MAURIZIO DE GIOVANNI

ZWÖLF ROSEN IN NEAPEL

DER ERSTE FALL FÜR MINA SETTEMBRE

ROMAN

Aus dem Italienischen von Susanne Van Volxem
und Olaf Matthias Roth

KAMPA

Die italienische Originalausgabe erschien 2019 unter dem Titel
Dodici rose a Settembre im Verlag Sellerio Editore, Palermo.

Wenn Sie zweimal jährlich über unsere Neuerscheinungen
informiert werden möchten, schreiben Sie uns bitte an:
newsletter@kampaverlag.ch oder
Kampa Verlag, Hegibachstr. 2, 8032 Zürich, Schweiz

DIE GRÜNE SEITE DER KAMPA RED EYES
Gedruckt auf säurefreiem und chlorfrei gebleichtem
Papier aus verantwortungsvollen Quellen, zertifiziert
durch das Forest Stewardship Council. Der Einband
enthält kein Plastik, die Kaschierfolie ist aus nach-
wachsenden Rohstoffen hergestellt und kompostierbar.

Veröffentlicht als Kampa Red Eye
Copyright © 2019 by Maurizio de Giovanni
Published by arrangement with The Italian Literary Agency
Für die deutschsprachige Ausgabe
Copyright © 2021 by Kampa Verlag AG, Zürich
Covergestaltung: Lara Flues, Kampa Verlag
Covermotiv: © Giordano Poloni
Satz: Tristan Walkhoefer, Leipzig
Gesetzt aus der Stempel Garamond LT / 210150
Druck und Bindung: CPI books GmbH, Leck
Auch als E-Book erhältlich
ISBN 978 3 311 12550 1

www.kampaverlag.ch

Für Daria,
die mit einem Lächeln dahinfliegt

Gelsomina Settembre, genannt Mina, machte einen Waldspaziergang, mitten in der Nacht.

Das glitschige Laub, die tief herabhängenden Äste und der leichte Nordwind, der ihre Haut aussehen ließ wie die eines gerupften Huhns, waren nicht eben angenehm, doch Mina wusste, es gab Schlimmeres, viel Schlimmeres. Also genoss sie den Spaziergang, in dem Wissen, dass alles Schöne irgendwann ein Ende hat – wie ihr im Übrigen auch die ersten paar Takte von *I will survive* bestätigten, die ihr Unterbewusstsein in Endlosschleife abspielte. Sie wollte das Ende unbedingt hinauszögern, deshalb nahm sie stur ihren Weg zwischen den Bäumen, ihre nackten Füße tappten über die weiche Erde, kein Zweig verhakte sich im flatternden Saum ihres Nachthemds, auf dem das Gesicht von Daisy Duck prangte.

Der Wald in der Nacht, dachte sie, während sie allmählich von der Tiefschlaf- in die REM-Phase hinüberglitt, ist vielleicht doch kein so unwirtlicher Ort. Klar, man weiß nicht, was sich im Dunkeln alles verbirgt, aber auch man selbst wird unsichtbar, und selbst wenn man niemanden überfallen oder keinem harmlosen Pflanzenfresser an die Gurgel will, kann man doch wenigstens versuchen, unbeobachtet seiner Wege zu gehen. Und jemand mit einer Comic-Ente mit rosa Schleife auf der Brust sollte wohl auch besser ungesehen bleiben. Vor allem, wenn das Gesicht der Ente durch die beachtliche Wölbung unter dem Nachthemd völlig deformiert ist.

In der Ferne brach Gloria Gaynor oder wer auch immer an ihrer statt das Intro auf halber Strecke ab. Aus irgendeinem Grund fühlte Mina sich plötzlich bedroht. Im selben Moment fand sie sich am Rand einer Lichtung wieder. Ein quer über den Weg ragender Ast versperrte ihr den Zutritt. Fast wäre sie mit dem Kopf dagegen gestoßen, was dramatische Konsequenzen hätte haben können, denn ein riesiger Nachtvogel, vielleicht ein Waldkauz, vielleicht eine Schleiereule, saß reglos auf dem Ast und starrte sie aus weit aufgerissenen Augen an. Mina stieß einen lautlosen Seufzer aus.

Ihr Unterbewusstsein raunte ihr zu: »Hast du gesehen? Was habe ich dir gesagt? Gloria Gaynor, Daisy Duck, der Wald. Alles klar, oder?«

Ergeben streckte Mina die Waffen und öffnete ihr linkes Auge einen Millimeter weit. Ein sachkundiger und zugleich objektiver Beobachter hätte dies als ein Zucken des Augapfels interpretieren können, wie es in der REM-Phase häufig vorkommt. In Momenten größter Verzweiflung greift man gern nach jedem Strohhalm.

Mit verquollenen Lidern, noch dazu ohne ihre Kontaktlinsen blind wie ein Maulwurf, versuchte Mina zu deuten, was sich ihrem eingeschränkten Blickfeld bot: ein ebenso bekanntes wie gefürchtetes Gesicht, mit einem riesigen Auge in der Mitte, wie das der Nachteule, das sie ausdruckslos fixierte. Jeder andere wäre in einer solchen Situation zu Tode erschrocken aus dem Bett gesprungen. Mina hingegen verhielt sich aus alter Gewohnheit wie ein in die Enge getriebenes Tier, das sich instinktiv tot stellt, und atmete so tief ein und aus, dass ihr Gegenüber sie zwangsläufig für schlafend halten musste. Früher hatte das hin und wieder funktioniert. Zwei-, dreimal immerhin im Lauf von zweiundvierzig Jahren.

Mit maliziöser Genugtuung krächzte das Auge:

»Ah, da sind ja welche. Auf beiden Seiten sogar.«

»Hährm?«, erwiderte Mina, einerseits um Zeit zu gewinnen, andererseits aus dem sehr menschlichen Unvermögen heraus, sich um diese Uhrzeit schon angemessen zu artikulieren.

Sie räusperte sich und versuchte es noch einmal.

»Was?«

Das Auge, das die ganze Zeit nicht einmal geblinzelt hatte, sagte triumphierend:

»Krähenfüße! An beiden Seiten, rechts und links. Richtig schöne Krähenfüße, wie gemalt! Mal ganz zu schweigen von der tiefen Falte zwischen den Augenbrauen und den Anzeichen von Hamsterbäckchen. Deine Haut wird schlaff, keine Frage. In ein paar Monaten oder gar Wochen war's das mit der blühenden Jugend. Dann siehst du aus wie eine alte Schachtel.«

Mina seufzte und öffnete resigniert die Augen. Der Wecker würde frühestens in einer halben Stunde klingeln, was bedeutete, man hatte sie um den wertvollsten Teil ihres Schlafes gebracht. Zu allem Überfluss hatte sie sich auch noch diese erfreulichen Prognosen über ihre ästhetische Zukunft anhören müssen.

»Guten Morgen, liebe Mama. Ich sehe schon, du bist mit dem rechten Fuß zuerst aufgestanden.«

Sichtlich zufrieden richtete sich die vermeintliche Nachteule in ihrem Rollstuhl auf und vollführte taktschlaggenau zum Intro von *I will survive* eine elegante Drehung, um die optimale Distanz für ihre Attacke herzustellen.

»Du kannst dir dein ›Guten Morgen‹ in die Haare schmieren«, bemerkte sie mit einem bösen Lächeln. »Hast du immer noch nicht kapiert, dass die Welt von heute – für die wohlgemerkt deine Generation verantwortlich ist und nicht meine, die noch ganz andere Werte und Prinzipien hatte – älteren Frauen kein würdiges Leben bietet? Du müsstest eigentlich besser wissen als ich, dass alles immer mehr den Bach runtergeht. Du solltest mir dankbar sein, dass ich dich darauf aufmerksam mache.«

Um eine passende Erwiderung ringend, die ihr vermutlich erst in fünf oder sechs Stunden einfallen würde, also viel zu spät, versuchte Mina, in ihrem Bett Haltung anzunehmen.

»Danke, Mama, danke. Was soll ich dazu sagen? Du erinnerst mich an diese Mönche im Mittelalter, die den Leuten auf der Straße ständig erzählt haben, dass sie eines Tages sterben würden. Einfach so, damit sie es auch ja nicht vergessen.«

Ihre Mutter verzog die Lippen zu einem zufriedenen Lächeln. Es war gerade mal halb sieben, doch wie immer waren ihre violett schimmernden Haare bereits perfekt gelegt und ihr Make-up makellos. Mina konnte sich nicht erinnern, sie jemals anders gesehen zu haben. Wäre sie nicht an den Rollstuhl gefesselt, sie hätte sich garantiert aufgemacht, das Familienglück anderer Leute zu ruinieren, davon war Mina fest überzeugt.

»Abgesehen vom Sex natürlich.«

O nein, dachte Mina, bitte nicht dieses Thema. Nicht um diese Uhrzeit.

Sie versuchte, das Bett zu verlassen, doch der Rollstuhl war strategisch so positioniert, dass sie keinerlei Bewegungsfreiheit hatte.

»Die einzige Option für jemanden wie dich – und ich betone, die *einzige* –, wenn du nicht irgendwann als zahnlose Alte im Armenhaus landen und täglich fade Brühe schlürfen willst, ist Sex. Ehrlich gesagt ist das nicht mal die schlechteste aller Möglichkeiten.«

»Mama, ich bitte dich, fang nicht schon wieder damit an! Ich will nicht mit dir über so was reden – du bist meine Mutter, verdammt noch mal!«

Concetta Settembre verzog das Gesicht.

»Ja, leider. Hätte das Schicksal es doch nur gewollt, dass du nicht nach deinem Vater kommst, diesem armen Irren, Gott hab ihn selig, sondern nach mir, die ich mit beiden Füßen im Leben stehe …«

»Mama, auch ich stehe mit beiden Füßen im Leben. Ich habe einen Job, gehe gerne aus, habe viele Freunde und …«

Eine Salve nach der anderen abfeuernd, begann die Frau im Rollstuhl ihre Sätze an den Fingern abzuzählen:

»Jemand, der praktisch veranlagt ist, denkt an die Zukunft. Jemand, der an die Zukunft denkt, sorgt finanziell vor. Jemand, der finanziell vorsorgt, heiratet gut. Und gut heiraten heißt, sich einen reichen Mann zu suchen, der so schwach auf der Brust ist, dass man ihn langsam, aber sicher in die Knie zwingen kann. Aber von solchen Überlegungen hast du dich ja schon lange verabschiedet, nicht wahr?«

Mina hielt noch immer Ausschau nach einer Lücke, in

die sie vorstoßen konnte, um das Bett zu verlassen, doch rational und analytisch, wie Concetta war, durchkreuzte sie ihren Plan, indem sie den Rollstuhl unter rhythmischem Quietschen permanent vor- und zurücksetzte.

»Pass auf, Mama, für mich gehört zu einer echten Beziehung wirklich mehr als … als … nun, als das, was du darunter verstehst. Der Richtige kommt schon noch, wenn es denn so sein soll, abgesehen davon hat man heute als Frau alle Möglichkeiten, ein unabhängiges Leben zu führen, und …«

»So ein Quatsch!«, fuhr Concetta ihr über den Mund. »Heute wie gestern muss eine Frau in erster Linie dafür sorgen, dass der Mann, mit dem sie zusammenlebt, Gefallen an ihr findet. Sonst wird man eine frustrierte alte Jungfer, die einen auf Kerl macht, ohne es zu sein. Guck dir doch deine Freundinnen an: Je nuttiger, desto erfolgreicher. Wobei wir hier nicht vom Job reden, versteht sich.«

Wie eine Meerbarbe auf dem Trockenen schnappte Mina ein paar Mal hektisch nach Luft und ging im Geiste ihre weiblichen Bekannten durch, um eine belastbare Alternative zu diesem mittelalterlichen Frauenbild zu finden.

Concetta lächelte mephistophelisch.

»Du brauchst dir gar keine Mühe zu geben, ich kann dir auf Anhieb die Top Twenty der erfolgreichsten Frauen nennen, und die haben sich durch Sexappeal und nicht durch Hirnschmalz hervorgetan. Womit bewiesen wäre, dass eine Schlampe, die jederzeit die Beine breit macht, eindeutig bessere Chancen im Leben hat als ein Blaustrumpf.«

Mina beschloss, dass es für die Tageszeit nun wirklich

genug war. Begleitet von einem schrillen Protestschrei Gloria Gaynors schob sie energisch den Rollstuhl zur Seite, um sich den Weg ins Bad frei zu machen.

»Ich sage das ja nur wegen dir!«, brüllte Concetta ihr hinterher. »Du hast nicht mehr viel Zeit. Genau genommen gar keine mehr, vergiss das nicht! Immerhin warst du schon mal verheiratet, aber in deiner unendlichen Dummheit hast du deinen Mann ja verjagt. Was nicht weiter schlimm wäre, wenn du wenigstens gewisse Talente im horizontalen Fach hättest. Aber dumm sein und keine Schlampe, das geht gar nicht, außerdem ...«

Die logischen Schlussfolgerungen ihrer Mutter gnadenlos unterbrechend, knallte Mina die Tür zum Badezimmer hinter sich zu. Doch dort lauerte schon der nächste Feind, der Spiegel.

So verletzend die Verbalattacken ihrer Mutter auch waren, so wenig unterschieden sie sich inhaltlich von Minas eigenen vagen Befürchtungen, was sie sich allerdings nur höchst ungern eingestand. Erstens war sie mit ihren zweiundvierzig Jahren noch immer Single und wohnte in ihrem alten Kinderzimmer. Zweitens hatte sie eine gescheiterte Ehe hinter sich. Und drittens würde ihre soziale Ader, die bei ihrer Berufswahl eine wichtige Rolle gespielt hatte, sie weder auf der Karriereleiter nach oben befördern, noch ihr die finanzielle Unabhängigkeit einbringen, die sie in früheren Gefechten so hochgehalten hatte.

In ihren Selbstgesprächen hatte sie Concetta einen Spitznamen gegeben: »das Problem«. Doch dummerweise war ihre Mutter nicht ihr einziges Problem. Etwa drei Handbreit unter den neu auf den Plan getretenen

Krähenfüßen warf Daisy Duck ihr einen prüfenden Blick zu. Sie schielte: Ihr eines Auge war lang gezogen, das andere riesengroß. Und während ihr Schnabel von einem gewaltigen Überbiss zeugte, schien die Schleife auf ihrem gefiederten Schädel wie bei einer Zwanzigerjahre-Frisur nach hinten gekämmt.

Mina schüttelte seufzend den Kopf. Jenes zweite »Problem« hatte zur Folge, dass ihre Mutter hartnäckig an der Hoffnung festhielt, sie eines Tages doch noch in der Kategorie »Schlampe« verorten zu können. Seit ihrer Pubertät hatte es Mina den Dialog mit dem anderen Geschlecht erschwert, da fast alle Männer bei ihrem Anblick erst einmal grinsen mussten und danach große Schwierigkeiten hatten, sich auf ein Gespräch mit ihr zu konzentrieren. Die Frauen hingegen waren meist grün vor Neid oder konnten sich hämische Bemerkungen über die Notwendigkeit von Schönheits-OPs nicht verkneifen. Und jeden Tag, den Gott werden ließ, konfrontierte Problem Nummer 2 sie erneut voller Stolz mit der Frage: »Na, wie willst du mich heute verstecken?«

Denn Mina war die unglückliche, verunsicherte Besitzerin eines ungeheuren Vorbaus, der sich weder mit einem BH in Körbchengröße E begnügen wollte, in den sie ihn seit ihrem sechzehnten Lebensjahr zu pressen versuchte, noch den Gesetzen der Schwerkraft unterworfen schien und beharrlich ihren Wunsch ignorierte, für ihren Charakter und nicht ihr Äußeres geliebt zu werden.

Nicht dass Mina unattraktiv gewesen wäre, im Gegenteil. Ihre drei besten Freundinnen, die sich als Einzige aus ihrem vorigen bürgerlichen Leben mit mühsam ertragenen Jachtclubpartys und Teegesellschaften auf Kreuzfahrtschiffen hinübergerettet hatten, die sich mit sämtlichen erlaubten und nicht erlaubten Mitteln dem Zahn der Zeit zu widersetzen suchten, diese »Mädels« machten ihr die heftigsten Vorwürfe, weil ausgerechnet Mina, die sich keinen Deut um ihr Äußeres scherte, die Schönste von ihnen allen war. Ihre glänzenden schwarzen Haare, die hohen Wangenknochen, die ausdrucksvollen dunklen Augen verdienten mit Sicherheit Aufmerksamkeit – doch Problem Nummer 2 war einfach unschlagbar.

Einmal hatte Mina sich vorsichtig bei einem Arzt nach einer Brustverkleinerung erkundigt, allein der Information halber, da sie im Grunde schreckliche Angst vor chirurgischen Eingriffen hatte und weit davon entfernt war, ein Skalpell an ihren Körper heranzulassen. Der Arzt hatte sie ungläubig angestarrt, ein paarmal geschluckt, seine Brille abgenommen, die Gläser poliert, die Brille wieder aufgesetzt und zu einer Antwort angehoben. Doch seine Stimme hatte sich in einem pubertären Quieken überschlagen, woraufhin er sich geräuspert hatte, um ihr mit hochrotem Kopf zu versichern, dass sein medizinisches Ethos ihm verbiete, Hand an einen gesunden Körperteil zu legen, der einen solchen Eingriff nicht nötig hatte. Anschließend hatte er sie nach ihrer Handynummer gefragt.

Von Krähenfüßen oder Ähnlichem war *dort* jedenfalls keine Spur, dachte sie, nachdem sie sich Daisy Ducks entledigt hatte, die sofort wieder normale Proportionen annahm. Selbst als Greisin würde Mina wohl kaum jemand abnehmen, dass sie nicht all ihr Geld in Schönheits-OPS gesteckt hatte, um als Busenwunder das Zeitliche zu segnen. Ironie des Schicksals für jemanden, der sein Brot als Sozialarbeiterin im Spanischen Viertel und nicht als Wäschemodel verdiente.

Ihre Gedanken wanderten zu Claudio, ihrem Exmann, und seiner Angewohnheit, beim Anblick ihres nackten Körpers für einen Moment innezuhalten und die Augen zu schließen, als suchte er nach Inspiration, um der Herausforderung gerecht zu werden.

Und sofort flogen ihre vorlauten, unkontrollierbaren Gedanken weiter, während der Spiegel das Traumbild einer jeden Pornodarstellerin zurückwarf, die sich die Zähne putzte, und ließen vor ihren kurzsichtigen Augen das Gesicht eines breitschultrigen blonden Hünen im weißen Kittel aufscheinen.

Wie soll ich mich dir gegenüber bloß verhalten, fragte Mina den Spiegel.

Doch der blieb ihr die Antwort schuldig.

2

Am Ende bist du tatsächlich Anwalt geworden.

Schon merkwürdig: Als wüsste etwas in uns weit im Voraus, wie das Leben so spielt. Als bekäme man bereits zu einer Zeit, in der alles noch wirr und konfus ist, erste Einblicke in eine ferne Zukunft.

Weißt du, ich erinnere mich nicht mehr an alle von euch. Natürlich war ich an jenem Abend dabei. Wir waren alle dabei – voller Hoffnungen und Erwartungen an das Morgen. Ich war dabei, aber meine ganze Aufmerksamkeit galt einer bestimmten Person; du kannst dir vorstellen, wem. Meine Erinnerung ist nur noch bruchstückhaft. Gäbe es ein Zurück, würde in Anbetracht der Ereignisse meine Aufmerksamkeit allerdings euch allen gelten. Ja, hätte ich eine Zeitmaschine und könnte mir einen Moment aussuchen, einen einzigen, den ich noch einmal erleben wollte, dann fiele meine Wahl wohl nicht auf einen jener Momente unseres gemeinsamen Glücks, als wir alle noch im siebten Himmel schwebten. Nein, ich würde genau dorthin zurückkehren wollen, zu jenem Abend, und mir alles ganz genau anschauen, ohne auch nur ein einziges Wort, eine einzige Geste zu verpassen.

Vielleicht wäre ich dann in der Lage zu rekonstruieren, wer für was verantwortlich war und wie viel Schuld auf sich geladen hat. Aber vermutlich wäre das gar nicht nötig, meinst du nicht? Denn wenn eines so sicher ist wie das Amen in der Kirche, dann die Tatsache, dass ihr euch alle schuldig gemacht habt. Alle!

Du bist also Anwalt geworden. Richtig so. Den Akten auf deinem Schreibtisch nach zu urteilen würde ich sogar behaupten, du bist ein guter Anwalt geworden; man sieht sofort, dass es sich um hoch komplexe Dinge handelt. Gesellschaftsrecht, nicht wahr? Du benutzt einen Rotstift, wie ein Grundschullehrer. Du schreibst Bemerkungen an den Rand der Dokumente, unterkringelst zu korrigierende Passagen, fügst Ergänzungen ein. Du machst das wirklich gut. Ich verstehe nicht viel davon, natürlich nicht, woher auch, ich bin ja eher simpel gestrickt. Aber man merkt in der Regel sofort, wenn jemand seinen Job beherrscht, und du tust das ganz offensichtlich.

Mir gefällt das. Eine gewisse Professionalität zu erreichen, Erfolg im Beruf zu haben muss etwas sehr Schönes sein. Du bist ganz bestimmt niemand, den man übersieht; mit deinen Zweitausend-Euro-Anzügen, den Designerkrawatten und strahlend weißen Keramikzähnen bist du ein echter Hingucker. Ich erinnere mich, dass du schon als Junge etwas Besonderes warst. Einer, der sich seiner sicher war, dem die Welt zu Füßen lag.

Du hast diese besondere Art, dich zu konzentrieren, so wie jetzt. Ein wenig in der Hüfte eingeknickt, den sorgfältig ausrasierten Nacken über die Arbeit gebeugt. Interessant. Womit du dich wohl gerade befasst? Wahrscheinlich irgendwas Illegales.

Mal abgesehen von dem, was du getan hast: So ganz korrekt verhältst du dich immer noch nicht, was? Du bist Anwalt, und man weiß doch, dass Anwälte gerne tricksen.

Sonst bräuchte man sie schließlich nicht. Sonst gäbe es sie gar nicht.

Deshalb lohnt es sich am Ende vielleicht doch. Womöglich tun wir sogar jemandem einen Gefallen, retten wir einen Unschuldigen, dem du etwas unterschieben willst, um einen anderen, der es sich gerade mit einem Longdrink am Pool gut gehen lässt, vorm Gefängnis zu bewahren, wo er eigentlich hingehört. Fangen wir mit dir an, der du schon damals eine Art Anwalt warst, und ja, das weiß ich sehr wohl noch, der du dich schon damals nicht korrekt verhalten hast. Alles andere als korrekt. Ja, du warst ein toller Typ, keine Frage, aber korrekt ist etwas anderes.

Aber ich will auch das, was ich zu tun gedenke, nicht kleiner machen. Ich brauche keine Rechtfertigung, ich muss mir nicht einreden, ich täte jemandem etwas Gutes – damit wir uns recht verstehen. So redet ihr Juristen doch, oder?

Du beginnst mit deinem Rotstift im Text zu streichen. Eine Zeile, zwei. Du schüttelst sogar den Kopf, wie um dein Missfallen zu betonen; vielleicht hat ja einer deiner Mitarbeiter Mist gebaut und wird morgen früh einen gewaltigen Anschiss von dir kriegen, wer weiß, vielleicht setzt du sogar jemanden vor die Tür.

Ich sehe schon, ich falle in mein altes Muster zurück, dabei muss ich mich gar nicht rechtfertigen. Du wirst lediglich den gerechten Preis für etwas zahlen, das du getan hast, zwar um viele Jahre verzögert, das stimmt, aber trotzdem ist der Preis angemessen. Was du danach Gutes oder Schlechtes vollbracht hast, ist dein Problem und das deines Gewissens; meinetwegen kannst du dich mit dem da oben arrangieren, das geht mich nichts mehr an.

Weißt du, wer ich bin, Herr Rechtsanwalt? Ich bin der Rotstift. Ein Objekt ohne Seele, ohne Schuld, dem niemand Beachtung schenkt, ohne Gewicht in jeder Hinsicht, ein Stift von vielen, der gut zu den anderen passt, dem grünen, dem blauen, dem schwarzen, und solange du ihn dort liegen lässt, tut er auch nichts Besonderes. Aber sobald du ihn zur Hand nimmst, wird er zu einer Tatwaffe; du streichst Wörter durch, tust so, als hätten sie niemals existiert, du korrigierst einen Absatz, und wer weiß, welches Schicksal, welches Leben dadurch einen anderen Lauf nimmt und nie mehr so sein wird wie zuvor.

Eine Fusion, eine Akquisition – es braucht nur eine Unterschrift unter einem Schriftstück, einem Vertrag. Und Dutzende, ja Hunderte von Familien sitzen auf der Straße. Nur damit dein Mandant mit dem Longdrink keine Steuern und Gehälter mehr zahlen muss. So ist es doch, nicht wahr, Herr Rechtsanwalt?

Aber wir haben uns ja vorgenommen, nicht Vergangenheit und Gegenwart in einen Topf zu werfen. Die Gegenwart ist dein Problem, im Gegensatz zur Vergangenheit.

Die Vergangenheit ist mein Problem. Ein Problem, das es zu lösen gilt.

Also, noch ein letzter Kontrollblick. In den anderen Büroräumen ist niemand mehr – was für eine schöne Angewohnheit, bis tief in den Abend hinein zu arbeiten, der Kapitän zu sein, der als Letzter von Bord geht. Alles ist in Ordnung, kein Mucks ist zu hören, die Straße liegt zwölf Stockwerke unter uns. Der Portier ist längst gegangen.

Die Rosen?

Da sind sie, in dieser hübschen Vase. Sie halten sich lange, nicht wahr? Kein Wunder bei dem Preis.

Nun, Herr Rechtsanwalt, es ist Zeit, dass der Rotstift seine Arbeit tut. Ja, die Zeit ist reif.

3

Die lange Fahrt mit den öffentlichen Verkehrsmitteln bis zur Beratungsstelle nutzte Mina in der Regel, um ihre Gedanken schweifen zu lassen. Sie dachte über sich selbst und ihr Leben nach, stellte Überlegungen an, was der vor ihr liegende Tag mit sich bringen könnte.

Was Fragen zu Religion und Schicksal anging, war sie zwar eher Agnostikerin, zumal ihr das nötige Wissen fehlte, sich eine fundierte Meinung zu bilden, dennoch war ihrer Seele das Konzept der Transzendenz nicht gänzlich fremd. Objektiv betrachtet schien es ihr angesichts ihrer eigenen Erlebnisse und täglichen Beobachtungen allerdings schwierig, an eine göttliche Vorhersehung zu glauben, und auch wenn sie häufig nach Mitteln und Wegen suchte, sich in Gelassenheit zu üben, glaubte sie nur bedingt an die Wirkungskraft fernöstlicher Lehren. Sie war eine praktisch veranlagte Frau, die vor allem ihren Nächsten behilflich sein wollte. Einer Mutter mit sechs vor Hunger weinenden Kindern, in deren Kellerloch die Ratten frei herumliefen, konnte ihrer Ansicht nach auch keine Zen-Meditation helfen.

Genauso wenig glaubte Mina an die Unausweichlichkeit des Schicksals. Für sie war jeder seines Glückes Schmied und konnte der menschliche Wille notfalls auch Berge versetzen. Und doch gab es da etwas Höheres, Übernatürliches, das sie als gegeben hinnahm. Und zwar mit der Resignation und Beharrlichkeit von jemandem, dessen Überzeugung unzählige Male Bestätigung erfahren hatte.

Mina glaubte an den »Scheißtag«.

Irgendeine höhere Macht schien dafür zu sorgen, dass alles, was ihr widerfuhr, stets nach demselben Muster ablief. Sie stellte sich einen Haufen Verschwörer mit entscheidendem Einfluss auf ihr Leben vor, die argwöhnisch um sich blickend mit verhüllten Gesichtern nacheinander an einem geheimen Ort eintrafen, einem Dachboden oder Keller, und dafür sorgten, dass bei ihr alles schieflief. Ein langer Tisch, am Kopfende ihre Mutter, die als Vorsitzende die Versammlung eröffnete – und ab ging die Post. Und zwar reibungslos, denn sobald der Scheißtag (den sie der Einfachheit halber mit dem Akronym »SchT« versehen hatte) einmal begonnen hatte, entfaltete er sich in seiner ganzen Pracht bis zum bitteren Ende wie eine meisterhaft komponierte Symphonie.

Aktuell manifestierte sich der SchT darin, dass sie bei der Wahl ihrer Kleidung einen eklatanten Fehler begangen hatte: Ihr weiter Pullover, der vor allem dazu diente, Problem Nummer 2 zu kaschieren, war eingelaufen, weil Sonia, die moldawische Zugehfrau von Problem Nummer 1, ihren Job wieder mal nur halbherzig erledigt hatte. Wie sehr der Pullover seinen sackartigen Charakter eingebüßt hatte, wurde Mina erst in dem Moment bewusst, als direkt vor ihrer Haustür ein Transporter auf einen Kleinwagen auffuhr, zum Glück ohne schwerwiegende Folgen, doch begleitet von einem Wutausbruch des Unfallopfers, woraufhin der Unfallverursacher, wie um sich zu rechtfertigen, mit dem Finger auf sie, Mina, zeigte.

Darüber hinaus hatte der SchT einen U-Bahn-Ausfall wegen Bauarbeiten und ein für November eindeutig zu mildes Klima anzubieten, sodass Mina viel zu spät zur Arbeit kam und das auch noch nass geschwitzt wie nach einem Workout im Fitnessstudio.

Die Beratungsstelle hatte ihren Sitz in einem heruntergekommenen Gebäude am Ende einer heruntergekommenen Gasse mit ein paar heruntergekommenen Geschäften im Erdgeschoss und einem heruntergekommenen düsteren Foyer, in dessen Ecke sich eine heruntergekommene Hausmeisterloge befand, in der folglich ein heruntergekommener Hausmeister hätte sitzen müssen. Doch ausgerechnet der Amtsinhaber unterbrach die Kette.

Mina blieb vor der Hausmeisterloge stehen und versuchte, die Dunkelheit mit ihren Blicken zu durchdringen. Sie war bereits zu spät dran und konnte sich eine Begegnung mit dem stolzen Besitzer dieser Vorhölle weniger denn je erlauben. Sie fühlte sich wie eine Gazelle in der Wüste, die, um zur Wasserstelle zu gelangen, durch das Revier des Löwen muss.

Niemand war zu sehen. Vielleicht war der Mann in eine Espressobar, ins Wettbüro oder in einen der illegalen Puffs gegangen, von denen es in der Gegend nur so wimmelte. Mit sechs, höchstens acht Schritten konnte sie den Treppenabsatz erreichen, ohne dass ihr Zeitproblem sich noch vergrößern würde. Sie holte einmal tief Atem und enterte das Gebäude mit schnellen Schritten, immer an der Wand entlang.

Doch der SchT konnte es sich nicht leisten, ausgerechnet in einer so wichtigen Angelegenheit zu versagen. Aus einem Kabuff, das Mina bisher nie aufgefallen war, obwohl sie diesen Ort schon seit Ewigkeiten aufsuchte, kam ein Männchen hervorgeschossen, das trotz seiner erhöhten Absätze keine ein Meter sechzig maß und zwischen siebzig und hundertzwanzig Jahre alt sein musste. Sein lebhafter dunkler Blick traf sie aus einem dichten Netz von Falten, die sich Jahrzehnten neckischen Zwinkerns verdanken mussten. Sein perfekt getrimmter Schnauzer war ebenso gefärbt wie die pechschwarze Haartolle.

Giovanni Trapanese, genannt Rudy, wegen seines unumstößlichen Glaubens, das Abbild von Rudolph Valentino in *Der Scheich* zu sein, nutzte die Chance, dass Mina vor lauter Schreck ihr Tempo verlangsamt hatte, und täuschte einen versehentlichen Zusammenstoß vor. Wieder einmal hatte der Löwe den Kampf gegen die Gazelle gewonnen.

Seine geringe Körpergröße und das zielgenaue Abpassen seines Opfers sorgten dafür, dass sein Aufprall von einem geradezu paradiesischen Airbag abgefedert wurde. Mina verfluchte im Stillen die SchT-Kommission, der Rudy zweifellos angehören musste.

Der Hausmeister war unter den Lüstlingen der Stadt mit Sicherheit der lüsternste. Frauen waren nicht nur das Haupt-, sondern das einzige Gesprächsthema von Trapanese, und Minas Busen bedeutete ihm ähnlich viel wie einem Kunstkritiker mit Stendhal-Syndrom ein echter van Gogh.

Rudy konnte also gar nicht anders, als jeder Frau auf die Brüste zu starren, während sich sein Mund unter dem rabenschwarzen Bärtchen zu einem ekstatischen Lächeln verzog und seine Zunge genüsslich über die Oberlippe fuhr. Und da er zu allem Überfluss auch noch schielte und seine beiden Sehachsen weit auseinanderdrifteten, hatte es den Eindruck, als spräche er zu den beiden Brüsten statt zu ihrer Besitzerin.

»Was für eine reizende Begegnung so früh am Morgen«, sagte er zur rechten Brust.

»Oh, Trapanese, guten Morgen. Ich habe Sie gar nicht gesehen«, würgte Mina hervor.

Der Mann wandte sich an die linke Brust.

»Kein Problem, das verstehe ich. Aber ich habe Sie gesehen, und das genügt.«

Mina blickte vielsagend in Richtung Aufzug.

»Der ist immer noch kaputt, was?«

»Was denken Sie denn, Dottoressa? Der Hausverwalter hat sich aus dem Staub gemacht, der Mann hat ein längeres Vorstrafenregister als ein Serienkiller. Hier bezahlen sie noch nicht mal die Reinigung des Treppenhauses, da steht der Aufzug ganz unten auf der Liste. Ich fürchte, Sie müssen zu Fuß gehen, Dottoressa. Aber ich kann Sie gerne begleiten.«

Das Angebot, das natürlich nicht an Mina, sondern an ihre Brüste gerichtet war, in der freudigen Erwartung, sie beim Treppensteigen auf und ab hüpfen zu sehen, wurde mit einem höflichen Lächeln abgelehnt.

»Und, was gibt's Neues bei Ihnen oben?«, fragte der Hausmeister, während seine Zunge genießerisch über die Unterlippe leckte, um zuckend im rechten Mundwinkel zu verweilen.

»Nichts Besonderes, alles beim Alten. Die Warteschlange bei Dottor Gammardella ist lang wie immer, die Dottoressa Monticelli glänzt wie immer durch Abwesenheit, und die Putzleute haben wie immer eine Stunde früher Schluss gemacht.«

Mina schüttelte seufzend den Kopf. Auch der SchT war zuverlässig wie immer.

Sie warf einen raschen Blick auf die Uhr. Bereits eine halbe Stunde zu spät!

»Ist schon jemand für mich gekommen?«

Rudy schenkte ihrer linken Brust ein mildes Lächeln.

»Aber sicher, Dottoressa. Die Signora Ammaturo ist da, wie jeden Montag. Diesmal hat sie sogar ihren kleinen Sohn dabei.«

Mina musste zugeben, dass dieser SchT ein echter *primus inter pares* war. Und mit einem weiteren tiefen Seufzer, gefolgt von Trapaneses Blick, der ihren Hintern streichelte, als wäre er die Hand eines Sittlichkeitsstrolchs in einem übervollen Autobus, begab sie sich in das wie immer unter einer Dunstglocke aus Zwiebeln und Knoblauch liegende Treppenhaus.

4

Hinter dem pompösen Namen »Beratungsstelle West« verbarg sich ein heruntergekommenes Büro im dritten Stock eines Gebäudes, das, wie gesagt, seit einiger Zeit keinen funktionierenden Aufzug mehr besaß. Dort hinzugelangen wurde zusätzlich erschwert durch das letzte Stück Treppe, das auf merkwürdige Weise anders konstruiert war als der Rest.

Dies hatte seinen Grund in der Tatsache, dass die überwiegend im siebzehnten Jahrhundert errichteten Häuser des Spanischen Viertels wie lebendige Organismen waren, die mit den Jahren in alle möglichen Richtungen gewuchert waren. Die Beratungsstelle West – die ebenfalls irgendwann einmal geplante Beratungsstelle Ost hatte es nie in die Realität geschafft – lag in einem nachträglich eingezogenen Zwischengeschoss oberhalb der zweiten Etage, mit dem Ergebnis, dass die zu ihr führende Stiege sehr viel steiler war als die Treppen zu den unteren Stockwerken. Aber auch deren Stufen waren verhältnismäßig hoch – als ob ihren Benutzern von Anfang an ein Dämpfer verpasst werden sollte, damit sie den letzten Absatz nicht als ganz so große Zumutung empfanden.

Der billige Putz war schon lange von den Wänden abgeblättert, und das dank der chronisch durchgebrannten Deckenlampe vorherrschende Dämmerlicht hatte nicht selten für heftige Stürze bei Minas Klienten gesorgt. Schon oft war sie Ohrenzeugin der kreativsten Verwünschungen geworden, wenn sich wieder einmal jemand wie zu Kinderzeiten die Knie aufgeschürft oder den Hintern blaugestoßen hatte.

Zu ihren Klienten zählte eine Reihe Körperbehinderter, was Mina gleich zu Beginn ihrer Tätigkeit, als sie noch voller Elan gewesen war, in das zuständige Amt geführt hatte, um lautstark dagegen zu protestieren, dass ausgerechnet diejenigen, die ihre Beratung am nötigsten hatten, gar nicht erst in der Lage waren, zu ihr zu gelangen. Die Sachbearbeiterin hatte ihre Brille abgenommen, sie mit einem herablassenden Lächeln gemustert (zumindest war es Mina so vorgekommen, in Wirklichkeit litt die Frau unter den Folgen einer partiellen Gesichtslähmung) und gesagt:

»Seien Sie doch froh, junge Frau! Dann haben Sie nicht so viel Andrang.«

Als die Beamtin merkte, dass Mina wenig Sinn für heitere Späße über ernste Angelegenheiten hatte, beeilte sie sich, den Ton zu wechseln.

»Damit ich Sie richtig verstehe: Soll das eine offizielle Beschwerde sein? Wenn ja, muss ich Ihnen jemanden für eine Besichtigung vorbeischicken. Da sich niemand unnötigen Ärger aufhalsen will, wird der Kollege vermutlich zu dem Schluss kommen, der Ort sei für Ihre Zwecke völlig ungeeignet. Und weil auch wir hier beim Amt uns keinen unnötigen Ärger aufhalsen wollen, werden wir die Beratungsstelle dann wohl schließen müssen. Was bedeutet, dass sie so lange geschlossen bleibt, bis sich irgendwo anders geeignete Räumlichkeiten finden lassen. Und das dürfte kaum realistisch sein. Also, was möchten Sie tun, Dottoressa? Möchten Sie schriftlich Beschwerde einreichen? Sagen Sie es ruhig. Soll ich ein Formular holen, damit wir es zusammen ausfüllen können?«

Such dir eine eilfertige Beamtin mit halbseitiger Gesichtslähmung, und du lernst zu schätzen, was du hast, dachte Mina. Inklusive der gemeingefährlichen Stiege, die sie im Anschluss an diesen Behördengang umso entschiedener in Angriff nahm.

Oben angekommen begegnete ihr gleich an der Eingangstür Dottor Rattazzi, dessen wässerige Augen sie mit liebevollem Blick umfingen. Der siebzigjährige pensionierte Gynäkologe war lange Jahre Ansprechpartner für Tausende von freiwillig und unfreiwillig schwanger gewordenen Frauen gewesen, bis seine Augen so schlecht und seine Hände so zittrig geworden waren, dass er nicht mehr praktizieren konnte.

Er war nicht nur warmherzig und voller Nächstenliebe, sondern auch mit einem großen Faible für weibliche Schönheit gesegnet, und der Anblick von Minas wogendem Busen bereitete ihm sichtlich Freude.

»Ah, da bist du ja«, begrüßte er die nach Luft ringende Sozialarbeiterin. »Ich wollte nur mal hören, wie es euch so geht. Aber ich musste feststellen, dass ich kaum mehr jemanden kenne. Wie die Zeit vergeht, was?«

Mina stützte sich mit der Hand am Türrahmen ab und lächelte ihm zu.

»Schön, dich zu sehen, Stefano. Aber darf ich dich daran erinnern, dass du uns erst am Freitag besucht hast, also vor gerade mal drei Tagen?«

Rattazzi blinzelte.

»Wirklich? Ich dachte, es wäre schon länger her. Wie die Zeit vergeht, was?«

Mina betrachtete ihn sorgenvoll.

»Geht es dir gut? Alles in Ordnung mit dir?«

Der Mann schaute verwirrt um sich, bis sein Blick an der kleinen Menschenansammlung vor der Tür zu seinem ehemaligen Sprechzimmer hängen blieb.

»Jaja, alles gut, ich habe nur noch nie so viele Leute vor der Praxis warten sehen. Zu meiner Zeit waren es zwei oder drei am Tag und das auch nur bei vermehrt auftretenden Infektionskrankheiten. Und jetzt schau dir das an! Wie die Zeit vergeht, was?«

Mina fragte sich, ob der Arzt mittlerweile irgendeiner neuen Glaubensrichtung anhing, die ihn gebetsmühlenartig diesen Satz wiederholen ließ.

»Was soll ich dazu sagen, Stefano? Kann schon sein, dass mal wieder irgendein Virus grassiert.«

Rattazzi schüttelte den Kopf.

»Ich weiß ja, liebe Mina, mit allem, was sexuell übertragbar ist, hast du nichts am Hut. Aber ohne mich in deine Angelegenheiten mischen zu wollen: Eine gesunde Aktivität auf dem Gebiet ist für Frauen deines Alters nur von Vorteil. Als du hier angefangen hast, da hattest du gerade erst geheiratet, oder? Was warst du strahlend, fröhlich, schön! Nicht so wie jetzt, wo du – verzeih mir meine Offenheit – immer ein bisschen … wie soll ich sagen … ein bisschen … Wie die Zeit vergeht, was?«

Kurz überlegte Mina, den Arzt zu fragen, ob er zufälligerweise mit ihrer Mutter gesprochen hatte, doch dann begnügte sie sich mit einem befreienden Atemzug.

»Stefano, wenn sonst nichts mehr ist, gehe ich jetzt in mein Büro, da wartet jemand auf mich, hat Trapanese gesagt.«

Der Arzt lächelte.

»Natürlich, geh du ruhig. Sogar Trapanese erscheint mir weniger abstoßend, seit ich nicht mehr hier arbeite. Früher hatte ich das Gefühl, die Hälfte meines Arbeitstags bestand daraus, irgendwelche Frauen davon abzuhalten, ihn wegen sexueller Belästigung anzuzeigen. Und jetzt fehlt sogar *er* mir – stell dir das mal vor! Wie die Zeit vergeht, was?«

»Ja, die Zeit … Apropos, ich habe es wirklich eilig, entschuldige, Stefano, ich muss rein. Und wenn ich dir einen Rat geben darf: Komm nicht mehr so oft her, das ist nicht gut für dich.«

Wieder blinzelte der Arzt.

»Meinst du? Na gut, ich versuch's. Grüß mir bitte den Kollegen und sag ihm, dass er mich jederzeit anrufen kann. Ich habe ihm einen Zettel mit meiner Telefonnummer auf den Schreibtisch gelegt. Sie steht auch auf einem Post-it im Bad und hier im Flur. Und du hast sie ebenfalls, oder? Nicht, dass jemand aus dem Viertel nach mir fragt, und ihr erreicht mich nicht.«

Mina warf einen Blick auf die Warteschlange vor dem Sprechzimmer. Niemand hatte sich zu ihnen umgedreht.

»Ich glaube, er kriegt das ganz gut alleine hin. Aber ich sage es ihm natürlich trotzdem, keine Sorge.«

Sie wandte sich um und ging mit energischen Schritten in Richtung ihres Büros, als Rattazzis bebende Stimme sie innehalten ließ.

»Mina?«

»Was ist denn, Stefano?«

Der Mann schenkte ihr ein unsicheres Lächeln.

»Wie die Zeit vergeht, was?«

5

Minas Büro war das kleinste der drei Zimmer auf der Etage. Der Gynäkologe hatte das größte, da er Platz für den Untersuchungsstuhl und für eine abgetrennte Nische als Umkleidemöglichkeit brauchte. Das dritte, kaum benutzte Zimmer war der unnütze Beweis für die Wichtigkeit von Dottoressa Lucilla Monticelli Salvi, einer vermögenden Psychologin, die im letzten halben Jahr ganze drei Mal in ihrer Praxis aufgetaucht war, was sie sich als Ehefrau eines bekannten Chefarztes problemlos leisten konnte.

Zugegeben, als Psychologin hatte man es im Spanischen Viertel nicht leicht, waren doch die Bedürfnisse der Klientel sehr unterschiedlich und weit gefasst. »Dottoressa, bei allem Respekt«, hatte eine Patientin, die einen Pass von ihr ausgestellt haben wollte, obwohl sie nicht mal einen Personalausweis besaß, unverfroren zu Minas Bürogenossin gesagt, »aber wenn wir hier über unsere Probleme reden wollen, dann gehen wir zum Heiligen Gennaro.«

Der Zulauf war schon immer niedrig gewesen, wie Dottor Rattazzi erzählt hatte. In einem Viertel, in dem täglich ums Überleben gekämpft wurde und in dem nur wenige Gesetze und gar keine Verkehrsregeln galten, es sei denn, es wurden Pakete überbracht oder (besser noch) staatliche Beihilfen, war die Bezeichnung »professionelle Unterstützung« tatsächlich nicht auf Anhieb verständlich. Auch wenn die Beratungsstelle mit der Zeit eine gewisse Akzeptanz erlangt hatte und nachts nicht mehr regelmäßig um ihr halbwegs neuwertiges Mobiliar und sonstige Gebrauchsgegenstände erleichtert wurde, schwebte über der Etage mit der steilen Stiege nach wie vor eine dunkle Wolke des Misstrauens.

Eine echte Kulturbarriere stellte vor allem das geschliffene Italienisch dar, das von den Mitarbeitern des Beratungsteams gesprochen wurde, eine ebenso unsinnige wie bornierte Marotte. Bei der Monticelli, deren Anwesenheit im Prinzip nur aus ihrem Namen auf dem Praxisschild bestand, war den wenigen Glücklichen, die sie tatsächlich angetroffen hatten, noch dazu ihr nicht gerolltes R nachhaltig im Gedächtnis geblieben. Weiter weg vom Jargon der Straße und dem Gequäke der Smartphones (über die dank großzügiger Werbegeschenke seitens der organisierten Kriminalität auch diejenigen verfügten, die nicht mal ihren eigenen Namen buchstabieren konnten), weiter weg von der Sprache des Volkes als die drei sich konsequent dem neapolitanischen Dialekt verweigernden Doctores musste man erst mal sein.

Wer ein korrektes Italienisch sprach, dem galt es zu misstrauen. Eine einfache, aber unumstößliche Regel. Es war die Sprache der Carabinieri und der Polizisten, jedenfalls der meisten von ihnen, und (noch schlimmer) der Fernsehjournalisten, die unter Vorspiegelung falscher Tatsachen Enthüllungsfilme zu drehen versuchten, aber sofort durchschaut und anhand fiktiver Szenarien zum Narren gehalten wurden, nicht zuletzt von den Straßenjungs, die frech und zahnlos in die versteckte Kamera grinsten.

Doch weil es genügend Anlässe gab, bei denen ein Besuch der Beratungsstelle von oben verordnet wurde, hatten sich die meisten Bewohner des Viertels wohl oder übel mit ihr arrangiert.

Hastig lief Mina durch den schmalen Korridor, dessen Wände mit unzähligen Plakaten gepflastert waren. Mit den Jahren waren die Fotomodelle auf den Postern fast alle durch Schmierereien verunstaltet worden, vornehmlich durch übergroße Genitalien, von durchaus kundiger Hand gemalt.

Minas sogenanntes Büro war ein enges, düsteres Zimmer, dessen Tapeten von dunklen Feuchtigkeitsflecken übersät waren. Eine staubige Glühbirne hing wie eine Drohung von der Decke herab, und auf dem wackeligen Schreibtisch thronte ein Computer, der aus grauer Vorzeit zu stammen schien. Jeden Tag dauerte es ein wenig länger, bis das Gerät sich ein- oder ausschaltete; auf vierundzwanzig Stunden hochgerechnet kam man etwa auf eine halbe Stunde insgesamt.

Das Bemerkenswerteste an dem Zimmer war – zumindest in dem Moment – Assunta Ammaturo, genannt Jessica. Sie gehörte zu jenen typischen Müttern des Viertels, die darum wetteiferten, wessen Kinder die geringste Schulbildung aufwiesen. Jessicas sechs Sprösslinge hatten den Rekord aufgestellt, nicht öfter als ein Dutzend Mal in dem für sie zuständigen Bildungsinstitut gesichtet worden zu sein.

Jessica war vermutlich Minas Klientin mit der höchsten Besuchsfrequenz. Die Sozialarbeiterin hatte ihr schon einmal vorgerechnet, dass ein rechtlich einwandfreies Verhalten sie maximal ein Viertel der Energie kosten würde, die sie aufbringen musste, um permanent dem langen Arm des Gesetzes zu entfliehen. Doch die Frau hatte stolz geantwortet, dass für sie Prinzipien nur jenseits des persönlichen Nutzens Gültigkeit besaßen.

Jessicas Ehemann Vincenzo Ammaturo, genannt Diegoarmando, weil sein Talent, den Ordnungshütern ein Schnippchen zu schlagen, in etwa vergleichbar war mit Maradonas Dribblingkünsten, befand sich seit gut zehn Jahren in »vorübergehender Abwesenheit«, was, wie seine Frau gerne richtigstellte, auf einem ebenso perfiden wie spektakulären Justizirrtum beruhte, schränkte man doch seine Gewerbefreiheit ein, sprich: seinen Handel mit zu Unrecht verbotenen Substanzen. Ganz im Sinne der Familientradition war der älteste Sohn, der sechzehnjährige Jonathan Ammaturo, genannt Zettelchen, gemeinerweise in die Fänge einer Polizeikontrolle geraten, als er harmlose Informationen über die Routen eines Geldtransporters an vier Gletscherbrillen tragende Ehrenmänner weitergegeben hatte, die sich einen Scherz mit dem Fahrer erlauben wollten.

Mina war es daher ein Rätsel, wie Jessica sich das nötige Kleingeld für ihren Bedarf an Alltagsgegenständen beschaffte, auf einem Niveau, das sie selbst nur erreicht hätte, wenn sie die Favoritin eines Scheichs geworden wäre, und zwar eines sehr reichen. Allein für ihre Klunker, Schminke und Klamotten gab diese Frau ein Zehnfaches vom Gehalt einer Sozialarbeiterin aus – vorausgesetzt, dieses Gehalt wurde regelmäßig bezahlt und ging nicht mit dreimonatiger Verspätung auf dem Konto ein, weshalb sie, Mina, noch immer auf die heiß geliebte Wohngemeinschaft mit Problem Nummer 1 angewiesen war.

Nicht, dass das Resultat der Mühe wert gewesen wäre. Die Ammaturo, die nervös rauchend in dem winzigen Büro auf und ab tigerte, war alles andere als eine Schönheit, und selbst ihr rasanter Look konnte nicht viel gegen die Natur ausrichten. Mit den üppigen Fettpolstern auf den ausladenden Hüften und den prallen Fußballerwaden erinnerte sie an einen alten Fiat 600, und hätte der Designer ihres kreischend bunten T-Shirts ihre bläulich verfärbten Oberarme gesehen, die aus den viel zu engen Ärmelchen hervorquollen, er hätte seine Künstlerkarriere sofort hingeschmissen.

Zwischen dem Saum des T-Shirts und dem Gummibund der Leggins, die wegen der extremen Dehnung des Stoffs eher hellgrau als schwarz waren, blitzte eine Handbreit nacktes Fleisch hervor. Ein Anblick des Grauens: Der Bauchnabel versank im Fett, und da er mit etwas Glitzerndem garniert war, sendete er jedes Mal, wenn seine Besitzerin ihn durch eine Änderung ihrer Körperhaltung freilegte, befremdliche Signale aus. Ganz zu schweigen von dem dunkelvioletten Streifen unter dem alles abschnürenden Bund der Hose, die nur durch ständiges Hochziehen am Herunterrutschen gehindert werden konnte. Die rückwärtige Ansicht war noch dramatischer: Zwei hübsche Grübchen hatten sich wie tiefe Krater rechts und links der Furche, die die enormen Hinterbacken voneinander trennte, ins Fettgewebe eingegraben.

Die Schuhe der Ammaturo waren gelb. Nicht weiter schlimm, sollte man meinen. Doch das Gelb war so gelb, dass es selbst in einer stockfinsteren Winternacht Scharen von Insekten angezogen hätte. Ganz zu schweigen von den schwindelerregend hohen Absätzen, die in manch einem Land die maximale Traufhöhe überschritten hätten. Doch selbst mit diesen Schuhen erreichte Jessica die ein Meter fünfundsechzig nur dank ihrer leuchtend blau gefärbten Turmfrisur.

Mina verdrehte innerlich die Augen.

»Signora, Sie wissen doch, dass Rauchen hier verboten ist. Außerdem habe ich Ihnen schon tausendmal gesagt, dass Sie draußen warten sollen, wenn ich noch nicht im Büro bin.«

Der unter tonnenweise Lidschatten schwer gewordene Blick ruhte kühl auf der Sozialarbeiterin, um sie anschließend von Kopf bis Fuß zu mustern. Ein riesiges Kaugummi in der Farbe der hochtoupierten Haarpracht, das zwischen den mächtigen Kiefern gemahlen wurde, verstärkte die Ähnlichkeit mit einer nordamerikanischen Kuh im Disney-Stil.

»Mamma mia, wie sehen Sie denn aus! Jedenfalls nicht wie eine Frau. So wird Ihnen garantiert keiner an die Wäsche wollen.«

»Hören Sie, Signora Ammaturo, mein Privatleben tut hier nichts zur Sache, abgesehen davon, dass …«

Die Frau lächelte raubtierhaft. Ihre mit einer dicken Schicht violettem Glittergloss bedeckten Lippen gaben zwei schiefe Schneidezähne frei, in die jeweils ein falscher Brillant eingelassen war. Je nach Lichteinfall war die Wirkung grandios: Man hatte das Gefühl, in eine dunkle Höhle zu schauen, die von funkelnden Monstern bewohnt wurde. Mit beiden Kiefern ihr Kaugummi malmend, sagte sie gedehnt:

»Dottoressa, es geht hier nicht um Ihr Privatleben. Es

geht darum, wie ungerecht eine Frau behandelt wird, die ohne die dezente Überwachung, die ihr Mann von seinem aktuellen Aufenthaltsort aus organisiert, Scharfschützen an ihren Fenstern aufstellen müsste, um nächtliche Übergriffe zu vermeiden.«

Mina maß ihre Gesprächspartnerin mit einem nachdenklichen Blick. Ihre ganze Erscheinung hatte etwas von einem antiken Tresor, der von einem farbenblinden impressionistischen Maler gezeichnet worden war. Sie musste zugeben, dass die Unterschiede zwischen ihr und Assunta, genannt Jessica, kaum hätten größer sein können.

Sie beschloss, das Thema zu wechseln.

»Signora, lassen Sie uns zum Punkt kommen. Ich nehme an, es geht um das übliche Problem.«

Mit einer ostentativen Geste warf Jessica ihre Kippe zu Boden, trat sie mit der Spitze ihres Plateauschuhs aus und blies der Sozialarbeiterin eine Rauchwolke ins Gesicht.

»Dottoressa, es handelt sich hier um Schikane. Eine vom Schicksal gebeutelte Frau wie ich, die wie auch immer ihre zahlreichen Kinder durchbringen muss, nicht zuletzt die Jüngste, die arme Shakira – stellen Sie sich vor, ihr Ohrloch hat sich entzündet, das vierte, wir haben es gerade erst stechen lassen –, ja, als hätten wir nicht schon Probleme genug, soll jetzt auch noch unser Kevin mit seinen beinah zwölf Jahren weiter zur Schule gehen. Finden Sie das etwa gerecht?«

Mina räusperte sich.

»Signora Ammaturo, darüber haben wir doch schon oft gesprochen …«

»Dann sagen Sie mir mal, wann ein Mann damit anfangen soll, seine Schäfchen ins Trockene zu bringen. Oder glauben Sie etwa, dass ich bis zum Sankt-Nimmerleins-Tag Kindergeld kriege? Kevin muss sich um die Lieferungen kümmern, die … Na ja, er muss tun, was er tun muss. Sie haben ihm sogar einen neuen Scooter gegeben, ein größeres Modell, und …«

Mina nahm ihre Brille ab.

»Wie, einen Scooter?«, fragte sie konsterniert. »Mit elf Jahren? Und was für Lieferungen?«

Die Ammaturo ließ sich schwer auf den Besucherstuhl sinken. Ein leichtes Beben erschütterte die Zimmereinrichtung.

»Also, erstens ist er schon fast zwölf. Jetzt ist November, und im Mai hat er Geburtstag. Und dann kann er mit dem Ding wirklich umgehen, er war schon immer sehr begabt, was fahrbare Untersätze betrifft. Wir müssen schließlich sehen, wo wir bleiben, Dottoressa. Also, lassen Sie uns Klartext reden: Selbst wenn er die Schule fertig machen würde – was ich nicht glaube, weil er Pickel kriegt, sobald er ein Buch aufschlägt –, was denken Sie denn, was dann passiert? Der Junge sucht sich einen Job und landet für drei Monate in einem Callcenter? Wissen Sie, was man da so kriegt? Ich weiß das, weil die Tochter von meiner Friseuse, die Maschinenbau studiert hat, überhaupt nur in einem Callcenter was gefunden hat – für vierhundert Euro im Monat! Können Sie sich das vorstellen? Ich zahle der Mutter für einen Termin zweimal die Woche das Doppelte, und sie muss das nicht mal versteuern, weil sie zu mir nach Hause kommt. Wenn mein Kevin mit dem Scooter die Runde dreht, macht er in zwei Stunden sechsmal so viel. Und ich will gar nicht wissen, was Sie hier verdienen – ich ahne es schon. Also, jetzt erklären Sie mir mal, warum er seine Zeit in der Schule verplempern sollte.«

Mina schnappte nach Luft wie ein Dorsch an Deck eines Fischkutters.

»Damit er nicht da endet, wo sein Vater und sein Bruder schon sind, deswegen! Ich verstehe nicht, dass ausgerechnet Sie, die Sie mit ihren Männern bereits so viel durchgemacht haben, auf diese ...«

Jessica brach in Gelächter aus. Es klang wie eine Mischung aus Kampfhahn und niederkommender Eselin.

»Ach Gottchen, Dottoressa! Denen geht's im Knast doch besser als in Abrahams Schoß! Die sind da unter Freunden, und der Junge lernt Dinge fürs Leben. Klar fehlt mir mein Mann hier zu Hause, aber eine von den Schließerinnen meint es gut mit uns und lässt uns immer ein Stündchen alleine, wenn ich ihn besuchen gehe. Jaja, die Shakira, das ist echt ein Herzchen. Aber zurück zu uns, Dottoressa: Sie müssen mir diese Leute von der Schule vom Hals schaffen, die rufen ständig bei mir an. Können Sie nicht Kevin einfach von der Liste streichen?«

»Also wirklich! Erstens: Nein, kann ich nicht, und es hat auch gar keinen Sinn, dass Sie jeden Montag wiederkommen und mit derselben Leier anfangen, das ist einfach nicht in Ordnung. Sie als Mutter müssten dieser Familientradition endlich etwas entgegensetzen – das kann ja wohl nicht angehen, dass diese kriminelle Veranlagung von Generation zu Generation weitervererbt wird. Vielleicht hat Kevin ja irgendein Talent, eine bestimmte Neigung ...«

Die Ammaturo setzte eine gekränkte Miene auf. Mina

musste an einen Seelöwen kurz vor dem Angriff auf einen Nebenbuhler denken.

»Oh, jetzt aber mal halblang, Dottoressa! Was heißt hier kriminell? Das sind Geschäftsleute, die von irgendwelchen beschränkten Richtern verknackt worden sind, nur weil die noch nie was von modernen Finanzformen gehört haben, diese ...«

Noch bevor sie ihren Satz beenden konnte, ging die Tür auf, und ein Mann im weißen Kittel steckte den Kopf ins Zimmer hinein. Mina, die mit dem Rücken zur Tür saß, sah nur, wie sich Jessicas Gesichtsausdruck auf wundersame Weise veränderte: Ihre Augen unter den veilchenfarbenen Lidern wurden feucht, und ihre heruntergeklappte Kinnlade gab den Blick auf das seit Stunden malträtierte Riesenkaugummi frei.

Mit einer Stimme, so wohltemperiert wie ein Cello, sagte der Mann:

»Oh, entschuldige, Mina, ich dachte, du bist allein. Verzeihen Sie bitte, Signora.«

In vollkommen verändertem Tonfall, der Mina an die Szene aus *Der Exorzist* erinnerte, in der der Dämon endgültig Besitz von dem Mädchen ergreift, entgegnete Jessica:

»Oh, ich bitte Sie, Dottore. Es ist mir eine Ehre, Ihnen zu begegnen, ich freue mich jedes Mal darüber.«

Ihr perfektes Italienisch klang wie das einer echten Lady, auch wenn ihre gefährlich leise Stimme Ähnlichkeit mit dem unterdrückten Brunstschrei eines Raubtiers hatte. Mina hätte sich nicht gewundert, wenn die Ammaturo sich im nächsten Moment auf den Mann gestürzt und ihn mit Haut und Haaren verschlungen hätte.

Seufzend drehte sie sich in Richtung Tür und sagte grimmig:

»Wie du richtig erkannt hast, Gammardella, bin ich beschäftigt. Ich sage dir Bescheid, wenn ich Zeit habe. Wenn du mich jetzt bitte entschuldigen würdest ...«

Der Arzt flatterte mit den Lidern, als hätte man ihm eine Ohrfeige verpasst. Seine blonden Strubbelhaare schienen mit einem Mal elektrisch aufgeladen, während die ebenmäßigen Gesichtszüge sich in Zerknirschung verwandelten und die breiten Schultern, die die ganze Türöffnung ausfüllten, entmutigt nach unten sanken. Die Ähnlichkeit des Doktors mit dem jungen Robert Redford in *Barfuß im Park*, einem von Minas Lieblingsfilmen, war kaum erträglich.

»Bitte, sag doch Mimmo zu mir. Und verzeih – die Hektik, du weißt ... Tut mir wirklich leid. Ich warte drüben auf dich. Die Warteschlange ist zwar elend lang, aber die Sache ist nicht ganz unwichtig, auch wenn es nicht pressiert ... Okay, ich stehle dir nur deine Zeit, bitte entschuldige noch mal.«

Mina hatte ihm erneut den Rücken zugewandt und brummte zwischen den Zähnen:

»Genau. Und jetzt mach schon, Gammardella. Ich melde mich.«

»Mimmo! Bitte nenn mich Mimmo. Natürlich. Ciao. Entschuldigen Sie, Signora. Ich bin schon weg. Ciao.«

Leise zog er die Tür hinter sich zu. Wie jedes Mal, wenn sie das Gefühl hatte, den einzigen attraktiven Mann in ihrem Umfeld schlecht behandelt zu haben, war Mina untröstlich wie eine Fünfzehnjährige, die mit beiden Füßen ins Fettnäpfchen getreten ist.

Die Ammaturo starrte sie an wie eine Mutter Oberin, die ihre Novizin auf frischer Tat dabei ertappt hat, wie sie hinter dem Hochaltar einen Joint raucht.

»Warum behandeln Sie ihn so schlecht, Dottoressa? Was hat er Ihnen getan? So knackig, wie der ist, muss der Himmel ihn geschickt haben – der reinste Engel! Ich verstehe nicht, warum so einer hier arbeitet, bei dem Aussehen könnte der glatt ein Pornostar werden. Ich habe Freundinnen, die würden stundenlang Schlange stehen, nur um seine Hände auf … Sie wissen schon … zu spüren. Und Sie schauen ihm nicht mal ins Gesicht! Wollen Sie etwa als alte Jungfer enden?«

Mina errötete.

»Ich bin keine Jungfrau mehr.«

Jessica schien ehrlich enttäuscht.

»Ach, das ist aber schade. Wohl vergewaltigt worden, was? Anders kann ich's mir gar nicht vorstellen …«

Unter heftigem Kopfschütteln, sodass Mina Angst um ihre Turmfrisur bekam, spuckte die Frau ihr Kaugummi in die Zimmerecke und verschwand.

6

Ein fahles Licht drang durch das perfekt geputzte Fenster. Auf Holzrahmen und Scheibe blitzten ein paar müde Reflexe auf. Seufzend drehte sich der Mann vom Fenster weg und schob seine Brille hoch. November ist wirklich ein schrecklicher Monat, dachte er, es dauert einfach viel zu lange, bis wieder Sommer ist.

Er richtete seinen Blick auf die Männer in den weißen Kitteln, die geräuschlos ihre Arbeit verrichteten. Sie legten Listen an, entnahmen Proben, verstreuten Pulver. Alle waren sie beschäftigt. Bis auf einen.

Dieser eine hing, einen Rotstift zwischen den Fingern, mit dem Oberkörper über dem Schreibtisch, als wäre er ganz plötzlich vom Schlaf übermannt worden. Gesellschaftsrecht, dachte der Mann mit der Brille. Zum Einschlafen, in der Tat. Nur dass der Typ nicht schlief, wie das Einschussloch in seinem Genick eindeutig besagte.

Ein Uniformierter trat auf ihn zu.

»Dottore, die Frau ist da. Sie wartet auf Sie.«

»Alles klar. Aber bringen Sie mich erst auf Stand, Gargiulo.«

Der Carabiniere nickte.

»Natürlich. Massimo De Pasca, Anwalt mit Schwerpunkt Gesellschaftsrecht. Eine der renommiertesten Kanzleien der Stadt, ein Haufen schwergewichtiger Mandanten, eine Art Fuchs, in der Szene sehr bekannt und …«

Ohne den Blick von der Schusswunde abzuwenden, fiel der Mann mit der Brille ihm ins Wort.

»Ich weiß, wer er ist, Gargiulo. Ich lebe und arbeite in dieser Stadt, und ich bin Staatsanwalt. Sagen Sie mir, was ich noch nicht weiß.«

Der Uniformierte senkte die Augen.

»Natürlich, Dottore. Im Januar wäre er vierundvierzig Jahre alt geworden. Keine Kinder, geschieden. Hier und da eine Affäre, heißt es aus dem Umfeld, aber nichts Ernstes. Nur Arbeit, Arbeit und noch mal Arbeit. Mit Sicherheit viele Feinde, aber keine von dieser Sorte.«

Mit dem Finger zeigte er auf den Toten.

Der Mann mit der Brille ließ seinen Blick ohne Hast durch den Raum schweifen, dann sagte er wie zu sich selbst:

»Zwölfter Stock. Glatte Fassade, weitere zehn Etagen oberhalb, Fenster geschlossen. Keine Möglichkeit, den Raum zu betreten, ohne vom Schreibtisch aus gesehen zu werden. Also hat der Mörder sich entweder versteckt und den richtigen Moment abgepasst, oder er hat das Opfer irgendwie dazu gebracht, sich umzudrehen, um ihm von hinten ins Genick zu schießen.«

Der Carabiniere murmelte:

»Vielleicht hat er es auch gezwungen, sich in diese Position zu begeben.«

Der Staatsanwalt nickte gedankenvoll.

»Sicher, alles ist möglich. Auf jeden Fall handelt es sich um eine Art Hinrichtung.«

Die Hände in den Manteltaschen vergraben begann er, wie gelangweilt ganz gemächlich durch den Raum zu schlendern.

»Fachbücher. Typische Büromöbel, ein paar Urkunden und Teilnahmebescheinigungen an Kongressen. Keine Fotos, keine Bilder. Aber er hat Blumen geliebt.«

Auf einer Kommode stand eine Vase mit einem Strauß langstieliger Rosen. Während die Männer in Weiß ihr stummes Ballett fortsetzten und einer von ihnen den Toten von allen Seiten fotografierte, zählte der Mann mit der Brille die Blumen in der Vase. Zwölf. Beiläufig nahm er zur Kenntnis, dass sie einen unterschiedlichen Frischegrad aufwiesen, manche Rosen waren schon fast verblüht, andere gerade erst aufgegangen.

»Gargiulo, bringen Sie mich zu der Frau, die ihn gefunden hat.«

Sie war noch jung, nicht sehr groß, mit leicht fettigen Haaren und geröteten Augen hinter riesigen Brillengläsern. Ihre Lippen zitterten, und zwischen den ebenfalls bebenden Händen knetete sie ein Taschentuch. Sie stand in einer Ecke des Vorzimmers, als wollte sie am liebsten in der Wand verschwinden.

»Guten Tag. Ich heiße De Carolis und bin der zuständige Staatsanwalt. Und Sie sind …«

Die Frau zuckte zusammen, als wäre sie auf frischer Tat ertappt worden.

»Ich? Giulia Bassi, ich bin … ich bin Anwältin, eine Mitarbeiterin von … Ich arbeite erst seit Kurzem in der Kanzlei … eine Art Fortbildung, ich mache bald meinen Fachanwalt und …«

»Signorina, ganz ruhig. Machen Sie sich keine Sorgen, atmen Sie tief ein und aus, und sammeln Sie sich. Erzählen Sie mir, was passiert ist, seit Sie Dottor De Pasca zum letzten Mal gesehen haben. Lebend, versteht sich.«

Die junge Frau richtete ihren Blick auf den Staatsanwalt, als nähme sie ihn zum ersten Mal richtig wahr.

»Ja, lebend, versteht sich. Denn jetzt ... jetzt lebt er nicht mehr, stimmt's? Er lebt nicht mehr. Mein Gott ...«

»Signorina, bitte. Sie müssen verstehen, die ersten Stunden sind die wichtigsten.«

Die Bassi atmete tief durch.

»Ja, natürlich. Ich habe gestern Abend an einem Schriftstück gearbeitet, ein Entwurf für eine Grundstückszuschreibung, eine Reihe von Haftungsklauseln, die ... Nun, ich habe ihm die Unterlagen noch gegeben, bevor ich gegangen bin.«

»Um wie viel Uhr war das?«

Die Frau versuchte sich zu konzentrieren.

»Um neun, glaube ich. Vielleicht etwas später. Mein Freund hat mich abgeholt, er will nicht, dass ich alleine unterwegs bin, wenn die Geschäfte zu sind, das Centro Direzionale ist abends kein angenehmer Ort. Er war schon unten und hat gewartet, aber er hat nichts zu meiner Verspätung gesagt, also wird es vielleicht fünf nach neun gewesen sein oder höchsten zehn nach.«

De Carolis nickte.

»Und De Pasca war allein?«

»Ja, sicher. Hier war niemand mehr, alle waren schon gegangen.«

»Was hat er gesagt?«

»Nichts. Außer: ›Legen Sie es hier hin, danke. Und jetzt gehen Sie nach Hause. Schönen Abend.‹«

»Wissen Sie zufällig, ob er noch einen Termin hatte? Hat er jemanden erwartet?«

Die junge Frau schüttelte entschieden den Kopf.

»Nein, niemanden. Da bin ich ganz sicher. Ich hatte in seinem Kalender nachgeschaut, da stand nichts von einer Verabredung. Heute Vormittag hat der Dottore ... oder vielmehr: hätte er einen Termin gehabt. Aber für gestern Abend war nichts geplant.«

»Kam es manchmal vor, dass ihn abends nach der Arbeit jemand in der Kanzlei abgeholt hat? Was weiß ich, ein Freund, eine Freundin ...«

Giulia legte die Stirn in Falten und kniff die Augen zusammen, dann schüttelte sie den Kopf.

»Nein, nein. Soweit ich mich erinnern kann, ist das nie vorgekommen. Der Dottore war sehr ... sehr diskret. Ich habe nicht ein Mal erlebt, dass er hier jemand anderen als seine Mandanten empfangen hätte.«

De Carolis starrte einen langen Moment auf seine Schuhspitzen. Schließlich sagte er:

»Die Rosen ... diese Rosen in seinem Büro. Können Sie sich erinnern, wer sie ihm mitgebracht hat?«

Die junge Frau blinzelte.

»Die Rosen? Welche ...? Ach, Sie meinen die in der Vase. Nein, ich habe keine Ahnung. Vielleicht hat er sie selbst mitgebracht. Wissen Sie, wenn ich morgens in die Kanzlei komme, ist er immer schon da. Und wenn ich gehe, ist er immer noch da. Ich kann es Ihnen wirklich nicht sagen.«

De Carolis nickte schweigend. Dann wandte er sich an den Carabiniere:

»Gargiulo, sobald der Erkennungsdienst mit dem Bericht fertig ist, will ich ihn haben. Und lassen Sie auch die Rosen untersuchen. Sie passen überhaupt nicht in diese Umgebung hier, ich will wissen, was das bedeutet. Ich bin im Büro, falls Sie weitere Fragen haben. Auf Wiedersehen.«

November ist wirklich ein schrecklicher Monat, dachte er, während er auf den Ausgang zueilte.

7

Um zum Büro von Domenico »Nenn mich Mimmo« Gammardella zu gelangen, musste Mina sich durch eine wahre Ansammlung von Patienten kämpfen, die den Flur verstopften.

Diese Belagerungszustände hatten zu Minas Ärger mehr oder weniger sofort begonnen, nachdem der junge Mann als Nachfolger des endlich in den Ruhestand verabschiedeten Rattazzi in die Beratungsstelle gekommen war. Sie erinnerte sich noch genau an ihre erste Begegnung, als er plötzlich vor ihr stand, wie ein Sonnenstrahl, der aus einer Wolkenwand hervorbricht und die Augen blendet, mit verstrubbelten blonden Haaren, in der einen Hand die Arzttasche, in der anderen den weißen Kittel, tollpatschig und unwiderstehlich wie ein Mischlingswelpe. Sie hatte gleich an den Robert Redford in *Butch Cassidy* denken müssen, einem ihrer Lieblingsfilme.

Leicht verlegen hatte er ihr in wenigen Worten erklärt, er komme aus Campobasso in der Region Molise, habe seinen Facharzt mit summa cum laude gemacht, aber bisher nur wenig Erfahrung in der Gynäkologie, dafür umso mehr Lust darauf, er wolle sein Bestes geben et cetera. Mina war sofort von ihm eingenommen, und zwar vor allem aus einem Grund: Er schaute ihr ins Gesicht und nicht auf den Busen.

Die Nachricht von der Ankunft des neuen Arztes

verbreitete sich in dem Viertel wie ein Ölteppich nach einem Schiffsunglück im Mittelmeer, und sehr bald war die gesamte weibliche und ein großer Teil der männlichen Bewohnerschaft mit homosexuellen Neigungen herbeigeeilt, um den »süßen Frauenarzt« näher unter die Lupe zu nehmen (die Herren vom anderen Ufer hatte man vergeblich auf den Wortteil »Frauen-« und die entsprechenden anatomischen Voraussetzungen hingewiesen, doch sie beriefen sich hartnäckig auf die Geschlechtergleichstellung). Dem frisch verrenteten Rattazzi war der Ansturm auf seinen Nachfolger gar nicht gut bekommen, hatte er doch gehofft, seine Patientinnen würden ihm wenigstens eine halbe Stunde nachweinen.

Auf Mina hatte Domenico eine seltsame Wirkung gehabt. Die warme Herzlichkeit, mit der sie normalerweise ihren Nächsten begegnete, war einem kühlen und zugeknöpften Verhalten gewichen, das fast an Grobheit grenzte. Sie hätte nicht sagen können, was der Grund dafür war. Vielleicht wollte sie instinktiv einen Kontrast herstellen zu dem geballten Wohlwollen des Viertels gegenüber diesem Neuankömmling, das noch dazu jeder Grundlage entbehrte. Vielleicht wollte sie ihm begreiflich machen, dass er in seinem Beruf besonders auf der Hut sein musste. Wahrscheinlicher aber war, dass sie um ihre Schwäche für sein attraktives Äußeres wusste und diese mit allen Mitteln bekämpfen wollte.

Tatsächlich behandelte Mina ihren Kollegen geradezu abscheulich. Seinem Gesichtsausdruck zufolge, der an den eines geprügelten Hundes erinnerte (ganz wie Robert Redford in *Die drei Tage des Condor*, einem von Minas Lieblingsfilmen), schien er darüber ehrlich betrübt zu sein. Die Sozialarbeiterin wäre ihm gern so begegnet wie allen anderen, doch es gelang ihr einfach nicht. Vor allem, seit sie von einer Kollegin aus Campobasso, dem Heimatort des Gynäkologen, gehört hatte, dass Domenico »Nenn mich Mimmo« Gammardella mit einer promovierten Medizinerin verlobt war, die im Ausland arbeitete. Verlobt und treu bis zum Umfallen.

Gleich neben der Tür zum Sprechzimmer stritten eine kräftige blonde Frau und ein dicklicher Transvestit unverständlich, aber lautstark darüber, wer als Nächstes an der Reihe war. Etwas abseits der Warteschlange lehnte eine Frau mit südamerikanischen Gesichtszügen an der Wand. Sie hielt den Kopf gesenkt und wirkte niedergeschlagen.

Mina bahnte sich energisch einen Weg durch die Menge und klopfte an die Tür des Sprechzimmers.

Sogleich ertönte Domenicos Stimme.

»Herein!«

Unter den giftigen Blicken der blonden Frau und des Transvestiten betrat Mina den Raum.

Bei ihrem Anblick hellte sich Domenicos Miene sofort auf. Jetzt sah er noch mehr aus wie Robert Redford, diesmal wie in *Bill McKay – Der Kandidat*, einem von Minas Lieblingsfilmen. Grund genug für sie, sich sofort wieder aufzuregen.

»Was ist los, Gammardella, du weißt doch, dass ich keine Zeit habe. Also, was willst du?«

Wie immer, wenn er sie sah, schnappte der Arzt erst einmal nach Luft. Dann sagte er:

»Du, entschuldige, ich wollte dich nicht stören ... Man hat ja immer das Gefühl, etwas falsch zu machen, egal ob man redet oder schweigt. Im Zweifelsfall … Meistens denke ich, die Leute wollen vor allem reden. Wenn du wüsstest, wie viele der Frauen, die hierherkommen, eigentlich gar nichts haben, im Gegenteil, sie sind kerngesund und …«

»Davon bin ich überzeugt«, unterbrach ihn Mina. »Aber es dürfte dir nicht entgangen sein, dass vor deiner Tür ein Haufen Leute wartet, die alle von dir untersucht werden wollen, deshalb solltest du dringend einen Zahn zulegen, also …«

Domenico nickte bestätigend.

»Natürlich, natürlich. Du weißt, ich versuche all diesen Menschen die gleiche Aufmerksamkeit zu schenken. Aber manchmal fragen sie mich Dinge, die … die meine Fachkenntnis einfach überschreiten, und dann …«

Mina konnte sich ein ironisches Grinsen nicht verkneifen.

»Deine Popularität ist mir auch schon zu Ohren gekommen. Du scheinst ein echtes Händchen für deine Patientinnen zu haben.«

Doch Domenico schien mit Ironie nicht viel anfangen zu können.

»Meinst du wirklich? Ich glaube, die Damen mögen es, wenn man einfühlsam ist, sich in sie hineinversetzt. Du wirst es nicht glauben, aber manche Frauen hier haben wirklich keine Symptome, sie wollen einfach nur reden. Ich finde das sehr schön, obwohl ich ihnen natürlich nicht so viel Zeit widmen kann, wie ich gerne würde, und es auch unprofessionell fände, mich außerhalb der Praxis mit ihnen zu treffen, wie mir schon einige vorgeschlagen haben, aber …«

Mina stieß ein genervtes Schnaufen aus.

»Hör zu, Gammardella, ich habe keine Lust, mir noch länger deine Vertraulichkeiten anzuhören. Was denkst du denn, ich habe auch viel ...«

»Kannst du bitte Mimmo zu mir sagen? Ich fühle mich dann mehr wie zu Hause und nicht so allein in der Fremde.«

Mina hätte ihm am liebsten einen Kuss gegeben, stattdessen sagte sie:

»Glaub mir, wir haben alle unsere Probleme. Also, hast du mir jetzt was zu sagen oder nicht?«

Der Gynäkologe seufzte ergeben und deutete auf die Wand hinter Mina. Die Sozialarbeiterin drehte sich um. Ihr Blick fiel auf ein etwa zehnjähriges brünettes Mädchen, das sie mit großen Augen anstarrte. In der Hand hielt die Kleine eine Unterhose.

Im ersten Moment war Mina komplett verwirrt. Sie spürte, wie ihr das Blut in den Kopf schoss, und sie wandte sich wieder zu dem Arzt um.

»Pass auf, Gammardella, ich weiß nicht, ob du dir bewusst bist, dass du wegen so was nicht nur hochkant hier rausfliegst, sondern wahrscheinlich auch deine Zulassung verlierst. So oder so, ich will mit so was nichts zu tun haben, aber ein Mädchen, das ...«

Der Doktor sprang auf. Blankes Entsetzen stand ihm ins Gesicht geschrieben.

»Was denkst du denn? Hör zu, ich habe sie noch nicht mal untersucht! Ihre Mutter hat sie hergebracht, sie wartet draußen, weil die Kleine nicht wollte, dass sie während der Untersuchung im Zimmer bleibt. Sie hat von einem Juckreiz gesprochen, ich wollte ihr ein Antiseptikum ge-

ben, irgendwas Leichtes. Und dann, als die Mutter raus-
ging, hat sie gesagt, dass …«

Mit einer auffordernden Geste wandte er sich an das
Mädchen, das im selben Atemzug sagte:

»Ich heiße Flor und bin elf Jahre alt. Ich bin hier, weil
ich glaube, dass mein Vater meine Mutter umbringen
wird.«

8

Nun also auch du.
Wirklich gut hast du es ja nicht gerade getroffen.
Dabei warst du früher so eine Schönheit, die Hübscheste der ganzen Clique. Ich weiß noch, ich habe mir richtig Gedanken gemacht, welchen Einfluss deine Schönheit auf dich haben könnte. Dein zartes Figürchen, die üppige Mähne, der Schwanenhals, die schmalen Hände mit den langen Fingern … Du konntest sie so anmutig bewegen, deine Hände. Du warst wirklich eine Prinzessin.

Doch das Leben spielt sein eigenes Spiel, nicht wahr? Eine wie du hätte etwas Besseres verdient, keine Ahnung, ein paar Angestellte, einen Gärtner oder vielleicht sogar einen Butler. Du hättest dir jemand anders suchen, dir genau überlegen sollen, wem du deine Unschuld opferst. Hättest du mal ein bisschen rumprobiert! Ich weiß noch, dass es hieß, du wärst keine von der leichten Sorte.

Gewiss, das waren andere Zeiten damals, aber trotzdem gab es auch früher schon Mädchen, die – sagen wir es mal so – auf Erfahrungen aus waren. Du warst keine von denen. Man hätte erwarten können, du würdest in ein paar Jahren die Frau eines Adeligen oder wenigstens eines schwerreichen Industriellen sein. Damit wir uns nicht missverstehen: Ich hätte dich auf jeden Fall gefunden, aber so war es jetzt natürlich viel einfacher.

Aber lass dich mal anschauen. Falten über Falten, neben den Mundwinkeln, auf der Stirn ... Falten sagen viel über Menschen aus, weißt du? Ich habe gelernt, in ihnen zu lesen; meines Erachtens sind sie sehr informativ. Deine zum Beispiel lassen erkennen, welchen Gesichtsausdruck du in den letzten Jahren wohl meistens hattest, sie erzählen von Bitterkeit, Unglück, Melancholie. Ehrlich gesagt, auch deine rotgeäderten Augen sprechen eine deutliche Sprache. Wein, Bier? O nein, ich glaube eher was Hochprozentiges; man kennt doch diese Flaschen mit dem Fingerbreit Flüssigkeit, die so gern im Geschirrschrank versteckt werden. Das dürfte so einiges erklären.

Aber wie ist es so weit gekommen? Nun, wenn ich genug Zeit hätte, könntest du mir in Ruhe alles erzählen. Doch ich habe keine Zeit, also lass uns rasch die einzelnen Punkte miteinander verbinden, wie bei diesen Zahlenbildern für Kinder.

Also, dein Mann ist Taxifahrer. Wer weiß, wo du ihn aufgegabelt hast. Oder besser: wo er dich aufgegabelt hat. Vielleicht hatte er ja mal den Kopf voller Träume, ein Selfmademan, der viel Geld verdient und dann eine Bruchlandung hingelegt hat. Und weil man schließlich für seinen Lebensunterhalt aufkommen muss, hat er sich was Solides gesucht, anstrengend zwar, aber eine sichere Bank.

Meinem aktuellen Vorhaben kommt das natürlich sehr entgegen. Sonst wäre es sicher schwierig gewesen, den richtigen Weg, die geeignete Zeit, ja sogar diese Gelegenheit hier zu finden. Die Umstände sind wirklich perfekt. Aber ein Taxifahrer, mein Gott! Du warst eine Prinzessin – und endest als Frau eines Taxifahrers! Ich kann gut verstehen, dass du Trost in der Flasche gesucht hast.

Und dann das mit den Kindern. Für mein Gefühl ist das völlig überbewertet. Die Leute sagen, eine Familie zu haben sei etwas Erfüllendes – aber wann denn bloß? Ich könnte eine ganze Vorlesungsreihe über das Thema halten. Dein Sohn zum Beispiel ist schon erwachsen; wenn man eins und eins zusammenzählt, weiß man, du bist verdammt schnell schwanger geworden. Der Taxifahrer hat eine Punktlandung gemacht – und das ganz ohne Navi. Und so kam eins zum anderen, stimmt's? Der Alltagsstress, ein geplatzter Traum nach dem anderen, lauter verlorene Hoffnungen … Und irgendwann hört man auf, sich was vorzumachen.

Eines Tages schaust du in den Spiegel und erkennst: Das war's jetzt. Schluss mit lustig, auch wenn du noch viel zu viele Jahre vor dir hast. Aber trotzdem war's das jetzt.

Wer weiß, was du dir bei den Rosen gedacht hast. Vielleicht haben sie dir einen kurzen Moment der Euphorie geschenkt, ein Fünkchen Hoffnung. Vielleicht hast du gedacht, jemand hätte über die Patina hinweggesehen, die du mit den Jahren angesetzt hast, Schicht um Schicht, du, die Prinzessin von einst.

Bestimmt hat jede der zwölf Rosen dir ein Lächeln entlockt. Hat dich jede Rose vor den Spiegel geführt, wo du deine Frisur gerichtet hast. Und hat jede Rose deinen Rausch auf dem Sofa versüßt, während dein Mann, der Arme, den Taxameter eingeschaltet oder rauchend am Seitenstreifen auf Kundschaft gewartet hat.

Du wirst geträumt haben, dass da jemand ist, der auf dich wartet, vielleicht hast du sogar an jemand Bestimmtes gedacht, den gutaussehenden Ingenieur aus der oberen Etage, den netten Kunden aus deinem Stammcafé, der dir irgendwann mal zugelächelt hat, ein stiller Verehrer aus der Ferne, so wie früher, der den richtigen Moment abpassen will, um sich dir zu erklären. Was vielleicht ganz plötzlich geschehen wäre – eines Tages hätte er dagestanden, eine Rose in der Hand, die dreizehnte, und mit einem tiefen Blick in deine Augen hätte er gesagt, dass du, ja du, die vierzigjährige Hausfrau mit den Falten im Gesicht und den spröden Händen, dass du die schönste und begehrenswerteste Frau bist, die er je gesehen hat.

Und er hätte hinzugefügt, dass er dich so, wie du bist, in diesem lächerlichen Fummel vom Markt, sofort in ein neues Leben entführen wollte, ohne auch nur ein Teil deiner armseligen Garderobe mitzunehmen, weil ihr als Allererstes einen Einkaufsbummel durch die Luxusboutiquen machen würdet. Was hättest du dann getan? Hättest du an deinen armen Taxifahrer gedacht, der sich den Arsch aufreißt, um dir im Sommer eine Woche Strandurlaub zu bieten? Oder an deinen zwanzigjährigen Sohn, der nur zum Essen und Schlafen nach Hause kommt und in seiner Haschwolke vielleicht das Gleiche sucht wie du in der Flasche?

Nun, lass es mich dir sagen: Du hättest die dreizehnte Rose entgegengenommen, dich anmutig darüber gebeugt, um ihren Duft einzusaugen, wie du es damals getan hast, in jenen fernen, beinah unwirklichen Tagen, und mit fliegenden Fahnen hättest du die Flucht ergriffen. Du hättest nicht eine Sekunde gezögert, diese zweite Chance zu nutzen.

Doch leider hast du schon wieder Pech gehabt, meine

Teure, denn es sind nur zwölf Rosen. Die dreizehnte Rose, das große Glück, den schönsten Traum – sie gibt es nicht.

Doch die Vergangenheit, die gibt es.

Und der Vergangenheit, der kann man nicht entfliehen.

9

Mina, die sich nur mühsam von ihrer Überraschung erholte, fragte ohne Überleitung:

»Und darf man erfahren, wieso du deine Unterhose in der Hand hältst?«

Das Mädchen starrte sie ausdruckslos an.

»Weil er ein Muschidoktor ist. Stimmt doch, oder, Dottore?«

Mina drehte sich zu Domenico um. Sie versuchte, ihn mit einem neuen professionellen Blick zu betrachten, einem zoologischen sozusagen.

Der Mann zuckte mit den Schultern, ohne ihr eine wirkliche Hilfe zu sein.

»Okay, dann zieh sie jetzt sofort wieder an. Aber dreh dich zur Wand!«

Domenico beschwerte sich leise:

»Mina, ich bin Arzt! Es ist wirklich nicht nötig, dass …«

Die Sozialarbeiterin warf ihm einen giftigen Blick zu.

»Als Arzt bist du für die Kranken da. Aber das Mädchen scheint mir kerngesund. Oder hat sie was?«

Wieder machte er eine ratlose Geste.

»Keine Ahnung. Wie gesagt, kaum war die Mutter draußen, in deren Anwesenheit sie sich nicht untersuchen lassen wollte, hat sie diese Aussage gemacht. Woraufhin ich sofort zu dir gelaufen bin. Wie soll ich beurteilen, ob sie gesund ist, wenn ich nicht mal …«

Mit dem Gesicht zur Wand sagte das Mädchen:

»Mir geht es gut. Ich habe zu meiner Mama gesagt, dass es mich untenrum juckt, deshalb hat sie mich hergebracht, ohne Papa was zu sagen, weil der sie sonst verprügelt hätte. Das macht er immer, wenn was ist. Egal was.«

Mina seufzte. Jeden Tag dasselbe Elend.

»Hör zu, meine Kleine, wenn es stimmt, was du da sagst, dann musst du mit deiner Mutter reden und sie davon überzeugen, dass sie deinen Vater anzeigt. Wir können hier nichts machen, es sei denn, du …«

Das Mädchen drehte sich um, zog den Rock gerade und richtete den Blick auf Mina, die sofort aufhörte zu reden. Das waren keine Kinderaugen, die sie da anfunkelten.

»Signora, ich weiß, was die anderen Väter im Viertel tun, ich wohne hier, ich bin hier geboren. Beim nächsten Mal bringt mein Vater meine Mutter um – deshalb bin ich hier. Können Sie mir helfen? Wenn Sie es nicht können, kann es niemand. Und wenn nicht bald was passiert, ist es zu spät.«

Mina kratzte sich am Kinn.

»Was ist denn, wenn wir deine Mutter reinbitten? Dann können wir uns mit ihr unterhalten, und vielleicht kann ich sie ja zu einer Anzeige überreden. Was meinst du?«

Das Mädchen schüttelte entschieden den Kopf.

»Nein, sie hat viel zu viel Angst. Sie denkt, dass ich dann Probleme kriege. Er macht es heimlich, im Schlafzimmer, mit dem Kopfkissen auf ihrem Gesicht, damit wir ihre Schreie nicht hören. Aber ich schaue durchs Schlüsselloch, ich sehe alles. Er schlägt sie mit dem Gürtel, auf den Rücken, auf den Bauch. Im Sommer am

Strand hat sie kein einziges Mal ihre Kleider ausgezogen. Sie hat gesagt, sie fühlt sich nicht gut, aber ich wusste genau, warum.«

Mit einem lauten Schnauben putzte Domenico sich die Nase. Vor Schreck fuhr Mina zusammen und sah ihn von der Seite an. Der Mann hob die Schultern, als wollte er sich für seine Empfindsamkeit entschuldigen.

Mina nickte gedankenverloren. Schließlich sagte sie:

»Hör zu, Flor: Wir holen jetzt deine Mutter rein, und der Doktor wird ihr sagen, dass du eine Blasenentzündung hast, also nichts Schlimmes, aber dass er dich in ein paar Tagen noch einmal untersuchen muss. Vielleicht hat sie uns dann was zu sagen.«

Die Sozialarbeiterin öffnete die Tür des Sprechzimmers. Sofort durchlief ein Zucken die Warteschlange im Flur. Mit eiserner Miene sagte Mina:

»Der Doktor wird heute niemanden mehr empfangen, Sie können also alle nach Hause gehen. Wo ist die Mama von Flor?«

Die Frau mit den südamerikanischen Gesichtszügen löste sich von der Wand und trat vor. Die Sorge spiegelte sich in ihren Augen.

Unter lautem Murren wandten sich die anderen Wartenden dem Ausgang zu. Der Transsexuelle sagte nörgelnd:

»Morgen muss die Reihenfolge aber genauso sein wie heute. Ich habe keine Lust, mich wieder ganz hinten anzustellen.«

Eine kleine Dicke mit dem Organ eines Baritons verwies ihn in seine Schranken.

»Sieh bloß zu, dass du bis morgen auch was zum Untersuchen hast! Ist sonst ein echt dickes Ding, was der Doktor da zu händeln hat ...«

Mina ließ Flors Mutter eintreten und machte die Tür zu, ohne sich die Antwort des Zurechtgewiesenen anzuhören.

»Signora, Sie sind also die Mama von Flor. Kompliment für diese aufgeweckte Tochter!«

Die Augen der Frau wanderten unruhig von Mina zu Domenico und von diesem zu Flor, die Hände fest um ihre Stofftasche gekrallt. Sie wirkte wie ein Tier in der Falle.

Mit einem angenehmen spanischen Akzent wandte sie sich schließlich an die Sozialarbeiterin.

»Und wer sind Sie, Signora? Meine Tochter sollte von einem Arzt untersucht werden, aber wer sind Sie?«

Mina lächelte ihr beruhigend zu.

»Machen Sie sich keine Gedanken, das ist eine reine Formsache. Bei gynäkologischen Untersuchungen von so jungen Mädchen wie Ihrer Tochter ist immer jemand von der Beratungsstelle dabei, in dem Fall also ich. Das ist zur Absicherung für alle Beteiligten gedacht.«

Domenico mischte sich in das Gespräch.

»Na ja, von Amts wegen ist das eigentlich nicht ...«

Mit einem wütenden Funkeln brachte Mina ihn zum Schweigen. Dann wandte sie sich erneut an die Frau und wies auf das Sofa, das Domenico von Rattazzi geerbt hatte.

»Bitte, setzen Sie sich für einen Moment, Signora. Wir haben keine Eile, Ihre Tochter ist für heute die letzte Patientin. Wir können in aller Ruhe miteinander reden.«

»Wie, die letzte Patientin?«, brachte der Gynäkologe

hervor. »Der ganze Flur war voll! Das bedeutet, morgen sind es doppelt so viele, und ...«

Mit zornroten Wangen zwang die Sozialarbeiterin sich zu einem süßlichen Lächeln.

»... und du wirst doppelt so lange arbeiten, mein lieber Gammardella. Du hast ja wohl sonst keine Pläne, oder?«

Endlich hatte es Robert Redford die Sprache verschlagen. Mina drehte sich wieder zu der Frau um und nahm Stift und Papier zur Hand.

»Wenn Sie mir bitte ein paar Fragen beantworten würden, Signora. Wie Sie heißen, seit wann Sie in Italien leben und so weiter. Diese Informationen benötigen wir für die Patientenaufnahme.«

Die Frau hatte auf der äußersten Kante des abgewetzten Sofas Platz genommen, als wollte sie jeden Moment aufspringen und die Flucht ergreifen. Ihre Tochter setzte sich neben sie auf die Armlehne. Mina war erstaunt über die Wandlung des Mädchens, das mit Eintreten der Mutter zwanzig Jahre jünger geworden und wieder ganz das unschuldige, verspielte Kind zu sein schien, das sich neugierig im Raum umsah. Sie hatte nicht mehr die geringste Ähnlichkeit mit der jungen Frau, die ihnen vor wenigen Minuten noch voller Sorge, aber klar und bestimmt ihre Beobachtungen geschildert hatte.

Flors Mutter benetzte sich mit der Zunge die Lippen und sagte:

»Ich heiße Ofelia, Ofelia Ramirez. Meine Tochter Flor heißt mit Nachnamen Caputo wie ihr Vater Alfonso, er ist von hier. Wir wohnen bei meinen Schwiegereltern im Vico Albanesi 50, im zweiten Stock. Wollen Sie meinen Ausweis sehen?«

Mina schüttelte den Kopf.

»Nein danke, Signora, das ist nicht nötig. Es reicht, wenn ich mir Ihre Angaben notiere.«

Ofelia schien überrascht.

»Wirklich? Leute wie ich werden hier ständig nach ihren Papieren gefragt. Ich habe sie immer dabei.«

»Wirklich, Signora, mir reicht, was Sie mir sagen. Wissen Sie, wir sind dazu da, den Leuten zu helfen, wenn sie Unterstützung brauchen. Nur dafür. Wir sind kein Finanz- oder Einwohnermeldeamt.«

Die Frau schien eher noch beunruhigter.

»Meine Tochter … geht es ihr nicht gut? Hat sie ein ernsthaftes Problem? Ich weiß nicht … Wir sind einfach so gekommen, nur zur Kontrolle, sie sagte, es juckt sie, und ich …«

Domenico, der sich von seinem Schreibtischstuhl erhoben hatte, lächelte der Frau aufmunternd zu. Während Ofelia wie alle anderen von seiner strahlenden Erscheinung geblendet schien, musste Mina an Robert Redford in *Der große Gatsby* denken, einem ihrer Lieblingsfilme, was sie erst recht aufregte.

»Nein, Signora, sie hat nichts Schlimmes. Eine leichte Blasenentzündung, die wir mithilfe natürlicher Heilmittel behandeln können – Eindorn, Schwarzbeere, so was in der Art. Moment, ich schaue mal gerade in meiner Schublade mit den Apothekenmustern nach … Genau, da haben wir doch was, das kann ich Ihnen mitgeben.«

Mina schenkte ihm ein bezauberndes Lächeln, das eine unverhohlene Drohung enthielt.

»Auf jeden Fall muss sie sich in ein paar Tagen noch mal vorstellen, nicht wahr, Dottore? Eine leichte Blasenentzündung ist zwar nicht wirklich schlimm, aber wenn man nicht aufpasst …«

Der Arzt blickte sie erstaunt an, dann nickte er heftig mit dem Kopf.

»Ja, natürlich, das ist so, keine Frage! Ich hatte das als bekannt vorausgesetzt, wie dumm von mir, entschuldigen Sie bitte. Ja, sie muss unbedingt zur Nachuntersuchung vorbeikommen, mit solchen Entzündungen ist nicht zu spaßen, unter Umständen können sie sogar sehr gefährlich werden …«

Mina merkte, wie ihr innerer Widerstand merklich nachließ, während sie eine wachsende Neigung verspürte, Gammardellas hübschen Schädel mit einem Lorbeerkranz zu krönen, wie ihn der von Rattazzi auf der Kommode vergessene kleine Bronze-Römer trug.

»Mit anderen Worten, Signora, in ein paar Tagen sollte Flor sich erneut hier vorstellen, in der Hoffnung natürlich, dass Sie sie dann begleiten. Was macht eigentlich der Papa der Kleinen? Was arbeitet er denn so?«

Ofelia zog unwillkürlich den Kopf ein, als hätte sie ein Donnern vernommen.

»Mein Mann … Mein Mann ist viel unterwegs, erst heute Morgen hat er sich wieder auf den Weg gemacht, er ist Handelsvertreter. Er … Wenn möglich, würde ich diese Sache mit Flor lieber alleine weiterverfolgen, falls Sie nichts dagegen haben. Er macht sich immer gleich schreckliche Sorgen, er ist, wie sagt man, ein … ein …«

Flor, die angestrengt auf eine alte Zeitschrift auf dem Beistelltisch gestarrt hatte, presste hervor:

»Ein Schwarzmaler, Mama. Papa sieht immer alles schwarz.«

»Ein Schwarzmaler, ja. Genau, das ist er.«

Mina hatte bemerkt, dass Ofelia ihre Worte gleichsam ins Leere gesprochen hatte. Ihre Gesichtszüge waren hart geworden. Die Signale waren eindeutig.

Sie lächelte ihr aufmunternd zu.

»Woher stammen Sie, Signora? Seit wann leben Sie schon in Italien?«

Plötzlich lächelte auch Ofelia. Ein hübsches, strahlendes Lächeln, das sie zehn Jahre jünger aussehen ließ. Diese Frau und ihre Tochter, dachte Mina, mussten nur ihren Gesichtsausdruck ändern, um eine Altersskala zwischen zehn und hundert abzudecken.

»Ich bin Peruanerin, mein Dorf ist in der Nähe von Lima. Meine Mutter und mein Vater leben noch dort, Flors Großeltern. Es ist schon lange her, dass wir … Ich bin leider nur ganz selten bei ihnen, die Reise dauert ewig, und mein Mann will nicht, dass ich mich unnötig anstrenge.«

Hinter dem Rücken ihrer Mutter warf Flor Mina einen warnenden Blick zu. Was so viel bedeutete wie »Bloß nicht das Thema vertiefen«.

Domenico, der genau das Gegenteil davon verstanden hatte, sagte:

»Da liegt ihr Mann aber falsch, Signora. Es ist wissenschaftlich bewiesen, dass das Adrenalin, das bei Familientreffen ausgeschüttet wird, wenn man sich länger nicht gesehen hat, regenerierend auf die Reisenden wirkt und die Strapazen ausgleicht. Mir selbst geht es genauso: Jedes Mal, wenn ich wieder zu Hause in Campobasso bin, fühle ich mich sofort viel besser, selbst nach zwei Stunden Autofahrt. Ihr Mann irrt sich da wirklich. Wenn er

Sie bei Ihrem nächsten Besuch begleiten sollte, kann ich ihm das gerne erklären.«

Sichtlich zufrieden über seinen genialen Schachzug drehte er sich zu Mina um, die ihm einen bitterbösen Blick zuwarf. Mit der Hand tastete sie in Richtung Bronzefigur.

Ofelia sprang vom Sofa hoch. Die nackte Angst war ihr ins Gesicht geschrieben.

»Nein, nein! Mein Mann wird uns nicht begleiten. Im Gegenteil, wir sagen ihm besser kein einziges Wort von unserem Besuch bei Ihnen, nicht wahr, Flor? Er macht sich sonst nur Sorgen – wie ich Ihnen schon gesagt habe. Er ist ein … ein Schwarzmaler, ja. Schwärzer geht es kaum.«

Verzweifelt versuchte Mina, den Schaden zu beheben, indem sie auf die Frau zuging.

»Natürlich, Ofelia, machen Sie sich keine Gedanken. Ihr Mann wird nichts davon erfahren, das fehlte uns gerade noch, mal ganz abgesehen davon, dass wir hier der Schweigepflicht unterliegen. Begleiten Sie Ihre Tochter gerne bei ihrer nächsten Untersuchung. Und übrigens, falls Sie selbst einmal …«

Die Peruanerin hatte die Lippen zu einem schmalen Strich zusammengepresst, als wollte sie sichergehen, nicht aus Versehen etwas Falsches zu sagen.

»Nein, nein, Signora. Ich brauche nichts. Mir geht es gut. Und Flor … Ich werde ihr die Medizin geben, die der Doktor uns geschenkt hat; vielleicht ist sie dann gleich wieder gesund, und wir brauchen nicht noch mal zu kommen. Wissen Sie, mir ist sehr wichtig, dass …«

Flor murmelte:

»Papa macht sich immer große Sorgen, wissen Sie, Signora. Besser, dass er nichts von der Sache erfährt. Nicht wahr, Mama?«

Ofelia drehte sich zu ihr um, als hätte sie in einer fremden Sprache gesprochen. Mit Tränen in den Augen sagte sie:

»Ja, das stimmt. Das ist auf jeden Fall besser, Flor.«

Sie nahm ihre Tochter bei der Hand und eilte aus dem Raum.

10

Mina begleitete Ofelia und Flor noch bis zum Ausgang, um nach Domenicos unbedachten Äußerungen und dem überstürzten Aufbruch der beiden wenigstens den Versuch zu machen, die Stimmung etwas aufzuhellen. Am liebsten hätte sie den Arzt erwürgt. Dieser Mann, der so viel Ähnlichkeit mit dem Robert Redford aus *Der Clou* besaß, einem ihrer Lieblingsfilme, hatte wirklich das Talent, sie aus der Haut fahren zu lassen.

Mutter und Tochter sprachen kein Wort miteinander, während Mina beruhigend auf sie einredete. Die Sozialarbeiterin registrierte, dass das Mädchen die Hand auf den Arm der Frau gelegt hatte, als wollte es sie sicher nach draußen geleiten. Die beiden bildeten eine Art Mikrokosmos, die eine beschützte die andere, und es war ganz sicher nicht die Erwachsene, die hier die Führung übernommen hatte.

Als Mina sich umdrehte, um zurück in ihr Büro zu gehen, drängte sich hinter ihr eine Frau mittleren Alters durch die Tür. Ihr Make-up erinnerte an die Totenmaske von Tutanchamun, und ihre Absätze waren so schwindelerregend hoch, dass sie nur mühsam darauf laufen konnte. Minas fragendem Blick hielt sie stand, ohne mit der Wimper zu zucken. Mit einer Stimme, die so rauchig war, dass jeder Bluessänger der dreißiger Jahre vor Neid erblasst wäre, fragte sie:

»Entschuldigen Sie, Signora, aber ist der Doktor da, dieser Hübsche? Ich habe da ein Problem, das nur er lösen kann. Es ist sehr dringend.«

Mina seufzte erschöpft. Am liebsten hätte sie die Dame mit einem Tritt in den Allerwertesten gleich wieder verabschiedet, doch sie war so wütend auf den Gynäkologen, der sich wie der sprichwörtliche Elefant im Porzellanladen benommen hatte, dass sie beschloss, die beiden ihr Match alleine ausfechten zu lassen.

Mit einer vagen Geste zeigte sie in Richtung von Domenicos Sprechzimmer und ging zurück in ihr Büro, begleitet vom Klappern der Absätze seiner museumsreifen Verehrerin. Sie konnte sich ein hämisches Grinsen nicht verkneifen, als sie sich schaudernd ausmalte, wie dieses Monstrum den jungen Arzt umgarnte.

Minas Zimmer war die Geburtsstätte eines kleinen Kommunikationswunders, das freilich erst spät von der Bürogemeinschaft registriert worden war. Anderenfalls wäre wohl ein regelrechter Wettstreit entbrannt, wem das Recht zufiel, maßgeblich von diesem Wunder zu profitieren.

Die Sache hatte folgenden Hintergrund: Vor Minas Fenster, das auf einen sagenhaft hässlichen Hinterhof hinausging, befand sich ein Sims, genauer gesagt: eine Fläche von acht mal acht Zentimetern, wo es Netzempfang gab. Dies war insofern bemerkenswert, als nicht nur die Beratungsstelle, sondern das ganze Haus ein einziges Funkloch war, egal welchen Internetanbieter man wählte. Da war einfach nichts, kein noch so winziger Balken wollte sich ums Verrecken auf dem Smartphone-Display zeigen. Der Anblick der Patientinnen vor dem Sprechzimmer des Gynäkologen, die mit ihren Handys in der Luft wedelnd durch den Flur hüpften und verzweifelt versuchten, irgendeine Welle zu erwischen, um sich die Wartezeit mit einem Online-Chat oder Videospiel zu verkürzen, hatte nicht wenig Ähnlichkeit mit einem Geistertanz. Eine funktionierende WLAN-Verbindung blieb erst recht utopisch. Wer schnell eine Information brauchte, musste zwangsläufig die kleine Espressobar von gegenüber aufsuchen. Zweieinhalb Stockwerke treppab, zweieinhalb Stockwerke treppauf. Die meisten Mieter hatten sich entmutigt darauf verlegt, doch wieder von herkömmlichen Nachschlagewerken Gebrauch zu machen, statt zu googeln.

Die buchstäbliche Erleuchtung war Mina gekommen, als sie irgendwann einmal ihre Handtasche auf den Kopf gestellt hatte, um nach einem der zahllosen Gegenstände zu suchen, die in den Tiefen des unförmigen Beutels für immer verschwunden schienen. Während sie ihre Habseligkeiten wieder einsammelte – was ein bereinigendes Aussortieren abgelaufener Snackriegel, unbrauchbarer Stifte, uralter Bonbons und benutzter Taschentücher mit sich brachte –, hatte die Sozialarbeiterin ihr Handy auf der Fensterbank abgelegt. Und das hatte plötzlich auf ganz wundersame Weise zu blinken und zu klingeln begonnen.

Das Ereignis war so außergewöhnlich, dass sofort die ganze Belegschaft angerannt kam, als hätte der Rattenfänger von Hameln persönlich einen Lockruf auf seiner Flöte geblasen. Eine Welle von Neid hatte Mina überrollt. Dabei interessierte sie sich am allerwenigsten für die Nutzung ihres Handys; kurz hatte sie sogar erwogen, ihr

Zimmer demjenigen zum Tausch anzubieten, der es am nötigsten hatte. Doch dann war ihr eingefallen, dass der oder die Glückliche ab dem Zeitpunkt wohl nur noch am Telefon gehangen hätte, statt zu arbeiten, weshalb sie lieber an Ort und Stelle geblieben war. Sie jedenfalls würde der Versuchung widerstehen, so viel war gewiss.

Dieser kleine Exkurs also nur um zu sagen, dass das Erste, was Mina bei der Rückkehr in ihr Büro sah, das erleuchtete Display ihres Handys war. Wegen der gegenüberliegenden Hauswand, die jeden Sonnenstrahl abschirmte, lag ihr Zimmer bereits am Nachmittag im Dämmerlicht, und das vibrierend vorankriechende Smartphone sah aus wie ein elektronisches Insekt, das seinen Kopf rhythmisch gegen den Fensterrahmen schlug.

Nichts Böses ahnend nahm Mina den Anruf entgegen, was sie jedoch augenblicklich bereute.

Concetta, ihre Mutter, hatte ein seltsames Verständnis vom Telefonieren. Sie war der festen Überzeugung, in den Hörer hineinbrüllen zu müssen, damit ihr Gesprächspartner, der sich ja in einiger Distanz zu ihr befand, sie auch wirklich hören konnte. Irgendwie schien sie zu glauben, dass die gleiche Lautstärke erforderlich war, wie wenn man von Fenster zu Fenster miteinander sprach, und da ihr Wohnviertel Posillipo mehrere Kilometer vom Spanischen Viertel entfernt lag, brachte sie ein ähnliches Stimmvolumen auf wie eine von Wagners Walküren.

Doch das war nicht das einzige Problem. Concetta misstraute dieser Form der Kommunikation via Satellit, weil ihr der Weg zwischen Sender und Empfänger eindeutig zu lang erschien. Bestimmt gab es da auf der Strecke jemanden, der das Gespräch abhörte. Also drückte sie sich möglichst vage in Anspielungen und Umschreibungen aus.

Dank dieser fixen Ideen waren die Telefonate zwischen Mutter und Tochter oftmals sehr surreal und für Mina vor allem anstrengend und nervtötend.

»Mina, bist du es? Hallo, bist du es?«, brüllte ihre Mutter so laut in den Hörer, dass es einen Toten hätte auferwecken können.

Mina seufzte und hielt das Handy eine Armlänge von sich entfernt.

»Natürlich, Mama, das ist mein Telefon, wer sollte das sonst sein? Was ist passiert?«

»Diese fürchterliche Frau, dieses ordinäre Weib, diese billige Nutte, die du mir ins Haus geholt hast – stell dir vor, sie hat schon wieder was ausgefressen!«

Mina fuhr sich mit der Hand übers Gesicht. Sonia, Concettas Krankenpflegerin-Haushälterin-Dienstmädchen-Köchin-Zugehfrau, war eine Kreuzung aus Kleinwagen und Sumoringer, mit einigen wenigen Goldzähnen im Mund, Haaren am ganzen Körper und einer Schnapsfahne vier Meter gegen den Wind. Mina hielt es für ziemlich unwahrscheinlich, dass sie ihr Einkommen steigern konnte, indem sie ihren Körper feilbot.

»Mama, mal ganz abgesehen davon, dass nicht *ich* sie eingestellt habe, sondern du, nachdem du sie aus viertausend Bewerberinnen ausgesucht hast, nicht ohne vorher mehrere Dutzend verschlissen zu haben: Was hat sie denn jetzt schon wieder Schreckliches angestellt? Hat sie die Spitzendeckchen im Wohnzimmer wieder falsch drapiert?«

Ohne die Stimme auch nur um ein Dezibel zu senken, nahm Problem Nummer 1 den Tonfall einer beleidigten Leberwurst an.

»Ich sage dir, diese Frau denkt nur an Sex, sie ist geradezu besessen von ihren kruden Phantasien, je perverser, desto besser, glaub mir, ich sehe ihr das an, diese Immigrantinnen sind alle gleich, diese Ostflittchen, die sind doch nur scharf auf unsere Männer, deswegen enden auch solche wie du als alte Jungfer, ich weiß, immerhin hattest du mal einen Kerl, aber du konntest ihn ja nicht halten, gut, er war kein Adonis, aber …«

Mina konnte sich zwar kaum vorstellen, dass Sonia eigens aus Moldawien gekommen war, um italienische Männer zu vernaschen, trotzdem war sie um des lieben Friedens willen bereit, bei dem Thema alle fünfe gerade sein zu lassen. Außerdem war es sowieso müßig, Concetta vom Gegenteil überzeugen zu wollen. Doch was ihren Exmann betraf, so kannte sie kein Pardon.

»Mama, bitte vergiss nicht, dass *ich* Claudio verlassen habe! Du solltest stolz darauf sein, dass deine Tochter so viel Charakter besitzt, sich gegen eine Beziehung ohne Liebe zu entscheiden, und …«

Concetta gab ein Geräusch von sich, das wohl ein höhnisches Lachen darstellen sollte, und brüllte in den Hörer:

»Liebe – wenn ich das schon höre! Liebe gibt's in Schlagern, in Filmen und in schlechten Romanen. Aber das wahre Leben, das ist was völlig anderes. Wie kann man nur so naiv sein? Ich möchte wirklich wissen, wer dich ernähren soll, wenn dieses Ostflittchen und du mich erst mal in Grab gebracht habt, was ihr ja schon seit Jahren betreibt. Aber macht euch keine Hoffnungen: Vielleicht wirke ich gebrechlich, aber ich bin stark. Da könnt ihr warten, bis ihr schwarz werdet!«

Kurz überlegte Mina, ob sie vorgeben sollte, dass die Leitung gestört war. Doch dann siegte ihre Neugier.

»Okay, Mama, was ist denn eigentlich passiert? Was hat Sonia angestellt?«

Concettas Talent, verschwörerisch zu raunen und gleichzeitig weiter in den Hörer zu brüllen, war wirklich bemerkenswert.

»Also ... Du weißt, ich ... Na ja, ich habe sie in die Parfümerie geschickt, und diese Idiotin ... Jetzt muss es umgetauscht werden. Aber ich traue ihr nicht über den Weg. Deswegen musst du das machen.«

»Mama, wenn es ein Umtausch ist, dann muss ich ja wohl vorher erst mal nach Hause kommen. Worum handelt es sich denn?«

Einen Moment herrschte Schweigen am anderen Ende der Leitung. Mina brachte unwillkürlich das Handy näher an ihr Ohr, um zu überprüfen, ob die Verbindung vielleicht abgebrochen war. Doch wie sich sogleich erwies, war die Stille trügerisch, denn Concetta kreischte so laut los, dass sie Angst um ihr Trommelfell bekam.

»Diese Idiotin hat eine Antifaltencreme statt einer revitalisierenden gekauft! Was erlaubt die sich, die Schlampe? Die denkt, ich wäre alt, verstehst du? So ein mieses Stück ...«

Frustriert massierte Mina ihr lädiertes Ohr. Selbst für jemanden wie sie war das Fass irgendwann übergelaufen.

Der SchT hatte sich wirklich in Bestform gezeigt.

11

Als könnte er Gedanken lesen, steckte in dem Moment Domenico seinen hübschen Kopf zur Tür herein. Sofort setzte er eine besorgte Miene auf.

»Mina, was ist los? Hast du Ohrenschmerzen? Du hast bestimmt Zug bekommen. Ich bin zwar Facharzt für Gynäkologie, wie du weißt, aber ich habe auch in HNO-Kunde eine Prüfung gemacht – wenn du willst, kann ich mir …«

Mit flehender Stimme fiel Mina ihm ins Wort:

»Bitte nicht! Bitte, Domenico, fang du nicht auch noch an!«

Der Arzt fühlte sich aufgefordert, das Zimmer zu betreten.

»Weißt du, Zugluft sollte man nicht unterschätzen. Vor allem nicht, wenn die Gefahr besteht, dass man sich eine Mittelohrentzündung geholt hat. Einmal hatte ich eine Patientin – für deren Unterleibsbeschwerden ich nebenbei gesagt keine Erklärung finden konnte –, die wegen einer Mittelohrentzündung noch mal wiederkam und …«

Mina beschloss, einen letzten Versuch zu unternehmen, das Gespräch auf Flor und ihre Mutter zu bringen, bevor sie sich endgültig aus dem Fenster stürzen würde.

»Apropos wiederkommen, Domenico: Glaubst du, dass Flor und Ofelia sich hier noch mal blicken lassen? Was hattest du für einen Eindruck von den beiden?«

Der Mann zuckte mit den Schultern. Statt ihre Frage zu beantworten, sagte er:

»Bitte, kannst du nicht endlich Mimmo zu mir sagen? Ich würde mich wirklich heimischer ...«

Als er das mörderische Funkeln in ihren Augen wahrnahm, beeilte er sich hinzuzufügen:

»Jedenfalls weißt du besser als ich, dass Mädchen in dem Alter gern mal versuchen, sich selbst oder ihnen nahestehende Personen in den Mittelpunkt zu stellen. Aber stimmt schon, bei Licht betrachtet schien es der Frau nicht gerade gut zu gehen. Sie wirkte ein bisschen ... ja, deprimiert, findest du nicht?«

Mina nickte ergeben.

»Kompliment, Sherlock! Auf die Idee wäre ich nie gekommen.«

Domenico wirkte ehrlich erfreut.

»Tatsächlich? Mir ist das sofort aufgefallen, deshalb habe ich auch versucht, ihr klarzumachen, dass die Reise zu ihrer Familie ihr sicher guttun würde. Weißt du, Familie ist nämlich ...«

Nicht ohne festzustellen, dass ihre Stimme fast so klang wie die ihrer Mutter am Telefon, brüllte Mina entnervt:

»Verdammt noch mal, natürlich war sie deprimiert! Mehr noch, sie war terrorisiert! Deshalb wollte ich auch von dir wissen, wie wir mehr über sie rausfinden können, falls die beiden nicht wiederkommen.«

Domenico blinzelte, ein unsicheres Lächeln auf den Lippen wie jemand, der einen Witz nicht verstanden hat.

»Aber ... aber sie haben doch gesagt, dass sie wiederkommen, oder nicht? Ich muss das Mädchen wirklich noch mal sehen, auch wenn ich nur sehr ungern lüge, weder im Job noch privat. Manchmal ist es sicher hilfreich, keine Frage, aber ich kann es einfach nicht.«

Sprachlos starrte Mina ihn an. Sie hatte noch nie einen Mann getroffen, der nicht nur keine Lügen erzählte, sondern nicht einmal die Fähigkeit dazu besaß.

»Ist das wahr? Ungelogen?«

Der Arzt schien ernsthaft überrascht.

»Warum sollte ich dir vorlügen, dass ich nicht lügen kann? Das wäre ja alles andere als ehrlich und würde mich als Lügner dastehen lassen, der ich aber nicht bin, denn wie gesagt, ich lüge nie, also …«

In Gedanken stellte Mina die These auf, dass man einem potenziellen Mörder, der nach einem solchen Tag so clever wäre, ein Kurzvideo für seinen Auftritt vor dem Jüngsten Gericht zu drehen, mit Sicherheit Absolution erteilen würde.

Statt sogleich zur Tat zu schreiten oder die surreale Konversation weiterzuführen, fragte sie:

»Und wenn sie nicht wiederkommen? Wenn das, was das Mädchen erzählt hat, die Wahrheit ist, und sie und ihre Mutter tatsächlich in Gefahr sind?«

Domenico dachte kurz über ihre Frage nach.

»Du meinst, sie könnten auch die Unwahrheit gesagt haben? Na ja, ich habe schon gemerkt, dass die Patientinnen hier gern mal … ich will nicht sagen: lügen, um Gottes willen, das wäre ungerecht, aber doch übertreiben. Vor ein paar Tagen zum Beispiel war hier eine Frau, die angeblich mit fünfundsiebzig zum ersten Mal ihre Periode bekommen hat. Und ich sollte sie untersuchen. Es liegt mir fern, jemanden der Lüge zu bezichtigen, vor allem eine Frau, die meine Großmutter sein könnte, aber du verstehst, dass ich …«

An dem Punkt gab es für Mina keinen Zweifel mehr: Wenn sie jetzt den Gynäkologen erwürgte, würde kein Gericht der Welt sie wegen Mordes verurteilen. Im Gegenteil, man wäre ihr dankbar, dass sie der fehlgeleiteten Hirnaktivität dieses Mannes ein Ende gesetzt hätte.

Sich an ihre lang zurückliegenden Pranayama-Übungen erinnernd atmete sie ein paar Mal tief ein und aus. Unglücklicherweise zog diese Übung jedoch Problem Nummer 2 stark in Mitleidenschaft, was selbst Domenico, der sich normalerweise gar nicht dafür zu interessieren schien, zu einem dümmlichen Lächeln veranlasste.

Sofort unterbrach Mina ihre Exerzitien und sagte mit finsterer Stimme:

»Wenn du mich fragst, warten wir bis morgen. Und wenn sie dann nicht wiederkommen, gehen wir sie suchen. Wir haben doch ihre Anschrift, oder?«

»Laut meiner Indikation wäre morgen noch zu früh. Die Kleine hat der Mutter von ihrem Problem erzählt, ich habe ihr etwas dagegen gegeben, also muss zumindest die Wirkung des Medikaments abgewartet werden. Lass uns übermorgen anpeilen. Wenn sie dann immer noch nicht gekommen sind, verspreche ich dir, dass wir einen Weg finden werden.«

Mina wandte den Kopf zum Fenster. In die Ferne konnte ihr Blick nicht gerade schweifen: Die gegenüberliegende Wand war kaum zweieinhalb Meter entfernt.

Sie seufzte und sagte:

»Ich vertraue auf mein Bauchgefühl, Domenico. Es lässt mich zwar fast alles im Leben falsch machen, vor allem in Beziehungen. Aber bei solchen Dingen hat es mich noch nie im Stich gelassen. Ich versichere dir, diese Frau hatte große Angst. Sie wirkte auf mich wie ein Tier in der Falle, das ums Überleben kämpft und nur einen einzigen Ausweg kennt: die Flucht. Die Rückkehr nach Peru, zu ihren Eltern. Was jedoch von jemand anderem verhindert wird.«

Mit sanfter Stimme, als wollte er sie beruhigen, sagte Domenico:

»Und ich versichere dir, dass es keinen Grund gibt, jedenfalls keinen medizinischen, diese Reise nicht anzutreten, Mina. Natürlich würde ich Ofelia von einer Schiffsreise abraten, das dauert zu lange, und abgesehen von den unterschiedlichen klimatischen Verhältnissen im Winter könnte der hohe Seegang auch Übelkeit verursachen, aber mit dem Flugzeug …«

Mit einem innerlichen Kotau vor dem SchT, der sich in seiner Genialität mal wieder selbst übertroffen hatte, und ohne den Doktor eines weiteren Blickes zu würdigen, verließ Mina wutschnaubend den Raum.

12

Inspektor Antonio Gargiulo hatte sich leicht versetzt neben dem Schreibtisch, der unter Akten und Papierstapeln halb begraben war, in Position gebracht.

Der Carabiniere fühlte sich nicht wohl in seiner Haut. Dieser Mann mit der schwarzen Brille, dem perfekten Krawattenknoten, den schnurgeraden Bügelfalten und dem süffisanten Ton in der ruhigen Stimme gab ihm das Gefühl, ständig auf den Arm genommen zu werden. Und Gargiulo hasste nichts mehr, als auf den Arm genommen zu werden.

Um seine Anwesenheit kundzutun, gab er ein Hüsteln von sich. Der Mann mit der Brille hörte auf, mit dem Stift auf das Dokument einzutrommeln, das er gerade las, und hob eine Augenbraue, ehe er zu ihm aufschaute. Sofort blickte Gargiulo aus dem Fenster und starrte den Lichtern der Autos hinterher, die auf der fünfundzwanzig Meter unter ihnen liegenden Straße vorbeirasten, als wäre er vollkommen absorbiert von tiefschürfenden Gedanken über das menschliche Dasein.

Wie ein Lehrer, der sich an einen minderbemittelten Schüler wendet (was Gargiulo noch mehr als alles andere auf die Palme brachte), sagte der Staatsanwalt langsam und deutlich:

»Wenn ich das richtig verstehe, denn auch dieser Bericht ist in einem Italienisch geschrieben, das ich nur als impressionistisch bezeichnen kann, handelt es sich um folgende Person: Annunziata Capano, genannt Titina, zweiundvierzig Jahre alt, Hausfrau, verheiratet mit Anselmo Russo, Inhaber der Taxikonzession Nummer so und so, wohnhaft in Via XY, wo die Leiche gefunden wurde, zweite Etage et cetera. Ein Kind, Giacomo Russo, einundzwanzig Jahre alt – will sagen: Sie hat verdammt früh angefangen.«

Gargiulo öffnete den Mund, um zu antworten, doch der Staatsanwalt kam ihm zuvor.

»Sie haben überprüft, dass der Ehemann zur mutmaßlichen Tatzeit bei der Arbeit war, und seine Taxifahrten rekonstruiert. Gut gemacht, Gargiulo, wirklich gut gemacht. Man könnte geradezu von Spürsinn reden.«

Gargiulo, der sich nun wirklich hochgenommen fühlte, schaute den roten Lichtern eines Autos nach, das gegen die Fahrtrichtung fuhr, und hoffte inständig auf einen Zusammenstoß. Doch nichts geschah.

De Carolis fuhr fort:

»Und Sie haben auch das Alibi des Sohnes überprüft, der sich zur Tatzeit bei einem gewissen Michelangelo Savarese aufhielt, wo er seinen Rausch nach einem Fest ausschlief, das am Mittag des Vortags zu Ende gegangen war, so jedenfalls laut Zeugenaussagen et cetera. Gargiulo, ich bin überrascht von Ihrer Eigeninitiative. Um nicht zu sagen: gerührt.«

Der Carabiniere wurde von einem plötzlichen Interesse an seiner linken Schuhspitze erfasst. Dieser Mann hatte das Talent, selbst ein Kompliment wie einen Anschiss klingen zu lassen, ohne die Stimmlage zu ändern.

»Sie haben sich sogar bei den Nachbarn umgehört, die

Ihnen erzählt haben, dass die Eheleute ein Herz und eine Seele waren und nie Streit hatten, dass sie, im Gegenteil, sogar einvernehmlich den gemeinsamen Sohn zusammengestaucht haben, der weder eine Ausbildung macht, noch einer Arbeit nachgeht, noch von sonst was einen Plan hat. Doch der Junge, lese ich hier, hat seinen Eltern ihre Erziehungsversuche nie übel genommen, nur wenn die Standpauke mal richtig heftig war, ist er abgehauen und einen saufen gegangen. Sehr schön, wirklich sehr schön, Gargiulo.«

Mit belegter Stimme erwiderte der Inspektor:

»Dottore, wenn ich mir die Bemerkung erlauben darf: Der Junge hat keinen schlechten Eindruck auf mich gemacht. Sicher, er ist nicht gerade der Hellste und relativ oberflächlich, aber bösartig ist er keinesfalls. Er konnte es nicht fassen, was seiner Mama passiert ist, und wollte gar nicht mehr aufhören zu schluchzen. ›Und wer wäscht mir jetzt meine Klamotten?‹, hat er unter Tränen gestammelt.«

De Carolis starrte Gargiulo an, als wäre er Gregor Samsa.

»Ach, wirklich? Sehr beruhigend. Bei so einer Jugend muss man sich wenigstens keine Sorgen mehr um unsere Zukunft machen.«

Er richtete den Blick wieder auf das Blatt Papier in seinen Händen und fuhr fort zu lesen.

»Ah, hier wird's interessant. Kein Hinweis auf einen Einbruch, kein aufgebrochenes Fenster, keine Fingerabdrücke. Mit anderen Worten: keine Gewaltanwendung. Ist das korrekt, Gargiulo? Verstehe ich das richtig?«

Gargiulo hüstelte erneut und schüttelte den Kopf.

De Carolis musterte ihn mit dem Forscherblick eines Insektologen.

»Sie müssen etwas gegen Ihren Reizhusten tun, Gargiulo. Das gefällt mir gar nicht. Zu trocken. So ein Reizhusten ist gefährlich.«

Während der Staatsanwalt sich wieder dem Dokument zuwandte, nutzte Gargiulo die Gelegenheit, die Hand in die Hosentasche zu schieben, um zu kratzen, was gekratzt werden musste.

Ohne den Blick zu heben, sagte De Carolis freundlich:

»Da nützt auch alles Kratzen nichts, Gargiulo. Reizhusten ist Reizhusten.«

Blitzschnell zog der Carabiniere seine Hand zurück.

De Carolis nahm den Faden wieder auf.

»Wir können also davon ausgehen, dass das Opfer seinen Mörder kannte. Oder zumindest mit nichts Bösem gerechnet hat. Der Schuss muss aus nächster Nähe erfolgt sein, ins Genick, wie eine Exekution. Damit wären wir beim neuralgischen Punkt.«

Die Stimme des Staatsanwalts klang mit einem Mal so anklagend, dass Gargiulo kurz davor war, den Mord selbst zu gestehen, nur um ihn bei Laune zu halten.

»Die Ballistiker sind sich zu hundert Prozent sicher, dass wir es hier mit einer Luger P08 zu tun haben, genau wie bei dem Mord an Rechtsanwalt De Pasca. Einer Luger P08, verstehen Sie, Gargiulo? Das geben die Kollegen uns auch noch schriftlich. Ist das nicht die Dreistigkeit?«

Gargiulo seufzte verständig, obwohl er nicht das Geringste verstanden hatte.

Das Tempo, mit dem De Carolis nun auf das Blatt Pa-

pier eintrommelte, erfüllte den Carabiniere mit wachsender Unruhe.

»Als wenn es vollkommen normal wäre, mit einer Luger P08 in ein Haus einzudringen, sei es durch die Tür
oder durch die Klimaanlage! Haben Sie schon mal eine
Luger P08 gesehen, Gargiulo?«

»Dottore, wirklich, ich …«

De Carolis schlug so fest mit der flachen Hand auf die
Schreibtischplatte, dass der Inspektor in seinen Springer-
stiefeln einen solchen Satz machte, als wollte er einen Rekord im Standhochsprung aufstellen.

»Natürlich haben Sie noch nie eine Luger P08 gesehen,
Gargiulo! Und wissen Sie, warum? Weil diese Pistole
ein reines Sammlerstück ist. Sie gehörte zur Ausrüstung
deutscher Offiziere im Ersten und Zweiten Weltkrieg.
Und wissen Sie, warum sie ›08‹ heißt? Na, wissen Sie
es?«

In dem engen Raum halten seine Worte wider wie ein
Echo im Gebirge.

Gargiulos Ohren hatten inzwischen einen aparten
Fuchsiaton angenommen.

»Weil das Jahr, in dem sie zur Pistole der Reichswehr
wurde, das Jahr 1908 war, deswegen! Wer hat die beiden
verdammt noch mal erschossen – ein Museumsdirektor
oder was?«

Gargiulos Gesicht leuchtete auf. Diensteifrig sagte er:

»Dottore, wenn Sie wollen, können wir der Sache nach-
gehen. Ich kenne ein Militärmuseum, wo sie historische
Waffen …«

Der Blick des Staatsanwalts war so angewidert, dass der
Carabiniere unwillkürlich einen Schritt zurückwich.

»Auf jeden Fall handelt es sich um ein und dieselbe Pistole, um denselben Modus Operandi und einen vergleichbaren Tatort. Wir dürften es also in beiden Fällen mit demselben Mörder zu tun haben. Eine Vermutung, die Sie – wie ich nur begrüßen kann – dazu veranlasst hat, die Fingerabdrücke an den beiden Tatorten miteinander zu vergleichen. Und, Gargiulo, haben wir denn auch Übereinstimmungen gefunden? Hat derselbe Scheißfinger hier und dort was berührt? Was weiß ich, ein Glas, einen Teller, eine Tischplatte?«

Gargiulo, der schon ahnte, dass seine Stimme ihm den Dienst versagen würde, räusperte sich. Schließlich brachte er im schönsten Kastratenfalsett hervor:

»Nein, Dottore, keinerlei Übereinstimmungen.«

Die Genugtuung war dem Staatsanwalt deutlich merken.

»Reizhusten, Gargiulo, sage ich doch. So was kann schnell chronisch werden, glauben Sie mir.«

Mit euphorischem Kopfnicken nahm Gargiulo die Information entgegen.

De Carolis fuhr fort:

»Also können wir daraus schließen, dass De Pasca und die vorgenannte Annunziata Capano, genannt Titina, vom selben Gespenst erschossen wurden. Das sich, vollkommen unbemerkt von irgendwelchen irdischen Lebewesen, für einen kurzen Moment direkt hinter seinen Opfern materialisiert hat, um sich nach vollbrachter Tat wieder in Luft aufzulösen. So weit, so gut, Gargiulo? Nun sagen Sie schon: Ist das korrekt?«

Entsetzt registrierte Gargiulo, dass er kurz davor war, in Tränen auszubrechen. Er machte eine unbestimmte

Kopfbewegung, die sowohl Ja als auch Nein bedeuten konnte.

Hinter seinen funkelnden Brillengläsern warf der Staatsanwalt dem Inspektor einen vernichtenden Blick zu. »Diesmal bist du noch davongekommen«, besagte der. »Aber beim nächsten Mal geht's dir an den Kragen, das verspreche ich dir.«

»Kommen wir zu den Rosen«, fuhr De Carolis fort. »Hier beginnt die Geschichte, die Züge einer Farce anzunehmen – wie eine amerikanische Fernsehserie, bei der man sofort weiterzappt. Denn auch bei der Capano zu Hause, gut sichtbar platziert auf einer Kommode, zwischen einer Pompeji-Schneekugel und einem Keramikengel mit angeschlagener Armbrust – mit anderen Worten: einem grauenhaften Szenario – erkenne ich auf den Tatortfotos eine hübsche Vase mit demselben Rosenstrauß wie im Büro von De Pasca. Das ist doch korrekt, oder, Gargiulo?«

Gargiulo konnte dummerweise nicht an sich halten.

»Nein, Dottore, nicht ›derselbe‹. ›Der gleiche‹.«

De Carolis sah von dem Foto mit der Vase und den langstieligen Rosen auf und ließ den Blick langsam zum Inspektor wandern.

Gargiulo, der diesen Reptilienblick nicht ertragen konnte, drehte sich leicht ins Profil und versuchte, genauso märtyrerhaft in die lichtfunkelnde Nacht zu schauen wie der Carabiniere Salvo D'Acquisto, der im Zweiten Weltkrieg sein Leben für den Widerstand geopfert hatte.

Für eine gute Weile schien es, als könnte De Carolis sich nicht zwischen einer Disziplinarstrafe und körperlicher Züchtigung entscheiden. Der Bequemlichkeit halber tat er schließlich so, als hätte er die Bemerkung überhört.

»Wie die von Ihnen veranlasste Untersuchung der Spurensicherung ergeben hat, waren die Rosen unterschiedlich alt: Einige standen schon kurz vorm Verblühen, andere waren frisch bis taufrisch. Als wären sie Tag für Tag eingetroffen, eine nach der anderen, und das Ganze zwölfmal. Habe ich das richtig verstanden?«

Gargiulo konnte der Versuchung nicht widerstehen, die Hacken zusammenzuschlagen. Was weniger ein Zeichen von Respekt als ein bloßer Reflex war.

»Exakt, Dottore! Genau wie der Strauß von De Pasca. Der Rosenstrauß, nicht der Vogel, versteht sich. Mit anderen Worten, der Strauß von der Capano und der Strauß von De Pasca schienen, obwohl es verschiedene waren, der gleiche Strauß zu sein, als stammten sie vom ... nun ja, vom selben Strauß.«

Seine Stimme war immer leiser geworden, bis sie wie ein Schlager aus den Siebzigern in einer Art Decrescendo verklang.

De Carolis, der von seinem Stuhl aufgesprungen war, brüllte los:

»Ich will wissen, woher diese Rosen kommen, Gargiulo! Und ich will, dass Sie das Leben dieser beiden Toten auf den Kopf stellen, um rauszufinden, was für Kontakte sie hatten. Und noch was, Gargiulo – hören Sie gut zu!«

Der Staatsanwalt machte drei Schritte auf den Carabiniere zu, der in den Augen hinter der schwarzen Brille das gleiche mörderische Funkeln wahrnahm wie zwanzig

Jahre zuvor in denen eines Bankräubers, den er gestellt hatte. Zum Glück hatte damals der Abzug an der Pistole des Mannes geklemmt, was dem blutjungen Stabsgefreiten Gargiulo eine Tapferkeitsurkunde und eine vollgeschissene Hose beschert hatte.

De Carolis baute sich nur wenige Zentimeter vor Gargiulo auf, so dicht, dass der Carabiniere schon Angst bekam, er wollte ihn küssen. Speicheltröpfchen benetzten sein Gesicht, als der Staatsanwalt zischte:

»Und Obacht, Gargiulo: Die Presse darf weder von den Rosen noch von der Luger P08 was erfahren. Das ist ein Befehl, verstanden? Wir wollen schließlich keine kollektive Psychose auslösen oder irgendeinen Trittbrettfahrer auf die Idee bringen, auch einen auf Gespenst zu machen. Sie haften mir persönlich, falls doch was durchsickern sollte. Ist das klar?«

Mit Schweißtropfen aus eigener Herstellung auf der Stirn und Spucke fremder Provenienz auf der Nase versuchte Gargiulo, ein »Jawohl, Dottore« hervorzupressen. Doch mehr als ein Krächzen brachte er nicht heraus.

»Reizhusten, Gargiulo, ich sag's doch: trockener Reizhusten. Passen Sie bloß auf, ein Freund von mir ist daran gestorben.«

13

Der SchT konnte nach Sonnenuntergang leicht in einen SchA ausarten. Dies war so etwas wie eine Konstante im Leben von Mina Settembre, die sich durchaus selbst die Schuld daran gab. Wenn man die eigene Existenz immer nur von einer negativen Warte aus betrachtet, sagte sie sich oft, bleibt das Glas eben halb leer.

Die Umstände begünstigten diese Entwicklung freilich, und auch wenn Mina auf dem Heimweg gern trödelte, um ihre Rückkehr hinauszuzögern, kam sie auf jeden Fall irgendwann zu Hause an, und Concetta, die sich bereits seit dem Mittagessen innerlich darauf vorbereitet hatte, ergriff die erstbeste Gelegenheit, ihren gesammelten Frust über die Tochter auszuschütten.

Nicht einmal Sonia, die moldawische Zugehfrau mit dem angeblich perversen Sexleben, bot sich als Blitzableiter an. Sie schien absolut unempfindlich gegenüber Concettas Beleidigungen und plumpen Vertraulichkeiten, und bis zu dem Tag, an dem sie sich nach zwei Monaten schweigenden Verharrens mit kehliger Stimme über ein Parmigiana-Rezept ausließ, war Mina überzeugt gewesen, dass sie nicht ein Wort Italienisch sprach.

Die Sozialarbeiterin hatte sich schon oft über Sonias Naturell Gedanken gemacht, ähnlich einer Tierforscherin angesichts eines Gorillas, der nähen und kochen und zugleich Problem Nummer 1 ertragen konnte. Minas

Befürchtung war, dass Sonia ihre Wut in sich hineinfraß und ihre Leber, Bauchspeicheldrüse oder Lunge langfristig Schaden nehmen würden, da man ihr äußerlich nicht das Geringste anmerkte. Trotzdem musste ihre Wut irgendwo abbleiben. Vielleicht würde sie eines Tages, ohne ihre gleichmütige Miene und den stumpfen Blick zu verlieren, Concetta in unzählige Stücke hacken, um ihre sterblichen Überreste besser in der Tiefkühltruhe verstauen zu können.

Bisher war es jedenfalls so, dass Concetta weiterhin wie eine köchelnde Bolognese-Sauce vor sich hin knurrte und Sonia konzentriert ihre Arbeit erledigte, ohne einen Mucks von sich zu geben. Nicht gerade die angenehmste Gesellschaft, um seinen Feierabend zu verbringen.

Das Schicksal schien Mina diesmal allerdings wohlgesinnt, denn nach einem raschen Gruß konnte sie sich unbehelligt in ihr Zimmer zurückziehen (wobei die Bezeichnung »Zimmer« ihr vor sich selbst peinlich war), um einen Anruf zu tätigen. Nicht, dass sie das aus freien Stücken getan hätte. Doch wie heißt es so schön: Den bitteren Kelch gilt es bis zur Neige zu leeren.

Es tutete einige Male, bis der Anruf entgegengenommen wurde und eine besorgte Stimme gepresst fragte:

»Bist du's, Mina? Was ist los? Geht's dir nicht gut? Gibt's ein Problem?«

Genau das war der Grund, warum Mina lieber auf den Anruf verzichtet hätte: Diese übertriebene Besorgnis ging ihr jedes Mal wieder auf den Geist. Gereizt sagte sie:

»Kannst du mir mal erklären, warum es ein Problem geben sollte? Warum musst du immer, wenn ich anrufe, an eine Katastrophe denken? Warum sollte es mir nicht gut gehen? Und warum, um Himmels willen, flüsterst du so?«

Für ein paar Sekunden herrschte am anderen Ende der Leitung Schweigen. Im Hintergrund waren gedämpfte Schritte zu hören. Schließlich sagte Minas Gesprächspartner ruhig:

»Weil ich meine Lehren aus der Vergangenheit gezogen habe – deshalb, Mina. Und wie du weißt, lasse ich mich gerne von Erfahrungen leiten. Seit unserer Trennung hatte ich nicht ein einziges Mal das Vergnügen, von dir angerufen zu werden, ohne dass es sich um einen Notfall handelte. Und fast immer ging es darum, dich aus der Scheiße zu ziehen.«

Mina dachte einen Moment über seine Worte nach. Sie beschloss, das Thema zu wechseln.

»Und warum hast du zuerst so leise gesprochen?«

»Abgesehen davon, dass dich das nichts angeht: Ich habe Susy von der Arbeit abgeholt. Sie nimmt gerade noch was auf. Und im Studio wird nun mal nicht rumgebrüllt.«

Minas finsterer Zorn verwandelte sich in helle Wut.

»Ah, deine Silikonfreundin! Ich vergaß.«

Claudio schien nun endgültig aus der Reserve gelockt.

»Hör zu, ich verbitte mir diese Gehässigkeiten! Susy hat nicht eine einzige Schönheits-OP machen lassen. Sie hält sich fit, indem sie ins Fitnessstudio geht und lange Spaziergänge unternimmt. Außerdem hat sie gute Gene und ein straffes Bindegewebe. Ganz wie ihre Mutter, die mit ihren über achtzig immer noch in Topform ist.«

»Ach ja? Und hast du dich noch nie gefragt, wie es sein kann, dass eine angeblich Fünfunddreißigjährige die

Tochter einer fast Neunzigjährigen ist? Wer ist sie, die Heilige Anna, Mutter Marias?«

Mina konnte förmlich durchs Telefon hören, wie der Mann am anderen Ende der Leitung sich im Kopfrechnen übte. Brüsk erwiderte er:

»Noch einmal, diese Dinge gehen dich nichts an. Und da ich nicht glaube, dass du mich nur angerufen hast, um mit mir über den Stammbaum meiner Freundin zu reden …«

Mina brach in Gelächter aus. Es klang wie eine Verwünschung.

»Hahaha, ›meine Freundin‹ … So weit sind wir also schon. Gestern war sie noch deine Bekannte, heute ist sie bereits deine Freundin.«

Claudios Stimme zitterte vor unterdrückter Wut.

»Dein Gestern ist Monate her! Als wir das letzte Mal miteinander telefoniert haben, war sie tatsächlich noch eine Bekannte, wir haben uns nur ab und zu mal getroffen. Inzwischen ist es mehr geworden. Übrigens wüsste ich gerne, was dein Tonfall soll, denn, wie du dich sicher erinnern kannst, hast *du* mich verlassen.«

»Das tut nichts zur Sache«, konterte Mina. »Außerdem: Seit wann spricht ein Mann in deinem Alter von ›meiner Freundin‹, als wäre er gerade mal fünfzehn? Findest du das nicht etwas daneben?«

Claudio erwiderte:

»Stimmt. Aber ›meine Verlobte‹ zu sagen fände ich noch lächerlicher, eine Bekannte ist sie nicht mehr, und wenn sie meine Lebensgefährtin wäre, müssten wir zusammenwohnen, also …«

»Ach, ihr wohnt nicht zusammen? Und warum nicht?«

Die Stimme ihres Exmannes wurde schrill.

»Weil ... Weil ... Weil das meine Sache ist, verstanden? Das geht dich verdammt noch mal nichts an! Sag mir, was du willst, und dann lass mich in Ruhe. Du bist der einzige Mensch auf der Welt, der mich in den Wahnsinn treiben kann, Scheiße!«

In einem abgelegenen Winkel ihrer Seele war Mina erleichtert über diese Eröffnung, denn selbst eine negative Wirkung auf jemanden auszuüben bedeutete doch, eine gewisse Macht über ihn zu haben.

»Ich wollte dich nur schnell was fragen. Bitte gib mir eine klare Antwort ohne viel Juristengeplänkel ... Wenn das mutmaßliche Opfer einer Gewalttat keine Anzeige erstattet, also nicht zur Polizei geht und nichts schriftlich zu Protokoll gibt, aber eindeutig Anzeichen für Gewalt vorliegen, kann man dann zur Überprüfung jemanden dort hinschicken?«

»Entschuldige, aber ich habe nicht verstanden, worauf du hinauswillst.«

Mina schnaubte so laut, dass man es am anderen Ende der Leitung auf jeden Fall hören konnte. Sie wusste genau, wie sie ihren Exmann auf die Palme brachte.

»Also, angenommen, eine Sozialarbeiterin, die in einer Beratungsstelle tätig ist, weiß von einer Minderjährigen, dass eine Frau misshandelt wird, sagen wir, von ihrem Ehemann ...«

»Mina ...«

»Lass mich bitte ausreden! Diese Minderjährige behauptet also, dass gewisse Dinge geschehen, und bittet um Hilfe. Was kann man in so einem Fall tun?«

Mit mühsamer Beherrschung erwiderte Claudio:

»Hat die Minderjährige Beweise?«

»Nein, natürlich nicht. Was für Beweise soll sie schon haben?«

»Und was sagt die misshandelte Person?«

Mina zögerte.

»Nichts. Sie sagt nichts, weder bestätigt sie den Sachverhalt, noch streitet sie ihn ab.«

»Wir reden also von einem Kind, das sich das Ganze auch ausgedacht haben könnte, wie Kinder es nun mal tun. Und das mutmaßliche Opfer verweigert die Aussage. Korrekt?«

Mina schwieg.

Claudio sprach weiter.

»Da kann man nichts machen, Mina. Kinder erfinden Dinge, sie haben oft eine lebhafte Phantasie. Es sind eben Kinder. Der Erwachsene, das Opfer, muss Anzeige erstatten. Oder wenigstens die Behauptung des Kindes bestätigen. Nur dann kann man intervenieren.«

»Aber das ist nicht gerecht! Abgesehen davon ist nicht gesagt, dass Kinder immer Dinge erfinden. Sie können genauso gut die Wahrheit sagen. Und wenn das der Fall ist, brauchen sie Hilfe! Ich …«

Claudio unterbrach sie, sein Ton wurde sanfter.

»Mina, man kann natürlich die Polizei rufen, aber weißt du, was dann passiert? Wenn niemand die Behauptung bestätigt, wenn niemand eine Aussage macht, muss der Streifenwagen wieder abziehen. Und derjenige, der gemeldet wurde, weiß jetzt, dass man ihm auf der Spur ist. Und falls der Vorwurf zutrifft: Was meinst du wohl, an wem er seine Wut auslässt?«

Mina dachte nach.

»Verstehe. Das heißt also, wenn jemand weiß, dass irgendwo eine Person von einer anderen misshandelt wird, muss er oder sie darüber Stillschweigen bewahren – so ist es doch, oder?«

»Nein, ist es nicht. Man sollte versuchen, den Dingen auf den Grund zu gehen, Indizien und Beweise sammeln. Und wenn man fündig wird, aber nur dann, tut man den nächsten Schritt. Weißt du, es gibt ein Gesetz, das …«

»Ein Gesetz, ein Gesetz …«, fauchte Mina. »Für dich gibt es immer nur das Gesetz. Ich sage dir was, Claudio: Das Gesetz ist ein Rahmen, innerhalb und außerhalb dessen sich Menschen bewegen. Und wenn sich jemand in Not befindet, sollte das Gesetz nicht verhindern, dass ihm geholfen wird, sondern Unterstützung leisten. Verstanden?«

Claudio war der einzige Mensch, den sie kannte, der am Telefon hörbar den Kopf schütteln konnte.

»Mina, Mina … Du bist immer noch dieselbe, du willst einfach nicht wahrhaben, dass das Zusammenleben in einer Gesellschaft fester Regeln bedarf. Lass mich raten: Was hast du diesmal vor, um dich in Schwierigkeiten zu bringen? Und wie soll ich dich da wieder rauspauken?«

Mina ihrerseits war der einzige Mensch, den Claudio kannte, der jemanden, ohne Zischlaute zu produzieren, anfauchen konnte.

»Pass auf, geh du zu deiner *Freundin* und hör dir an, wie sie die Nachrichten vorliest. Grab dich ruhig ein in deinem Kokon, während die Menschen da draußen vor die Hunde gehen. Und grüß mir dein Gewissen!«

Bevor er etwas erwidern konnte, beendete sie das Gespräch und schaltete ihr Handy aus, damit er nicht zurückrufen konnte. Sie verließ das Zimmer, um ins Bad zu gehen, doch ein Rollstuhl, der sich für Gloria Gaynor hielt, versperrte ihr den Weg.

»Du hast mit deinem Mann telefoniert, stimmt's?«, fragte Concetta lauernd.

Wie sie mit einer solchen Zielsicherheit immer ins Schwarze traf, war und würde wohl ewig ihr Geheimnis bleiben, dachte Mina.

»Wie kommst du denn auf die Idee, Mama?«

Das Unvermögen, unter diesem schmaläugigen Blick zu lügen, ein Erbe aus frühester Kindheit, hatte sie gelehrt, auf eine Frage stets mit einer Gegenfrage zu antworten. Der Trick funktionierte allerdings seit Jahren schon nicht mehr richtig.

»Vergiss nicht, eine Frau bleibt nicht für alle Zeiten jung. Wenn eine Beziehung gescheitert ist, muss man das Kapitel abschließen und es woanders probieren. Im Übrigen hast *du* ihn ja …«

»… verlassen, ich weiß, Mama. Und das war gut so, denn es hat zwischen uns nicht funktioniert. Ich habe ihn aus beruflichen Gründen angerufen, und wie immer war er mir keine Hilfe. So, jetzt weißt du's.«

Concetta lachte freudlos.

»Also bleibst du heute Abend wie jeden Abend zu Hause, bei deiner alten Mutter und ihrer moldawischen Putzschlampe. Statt auszugehen und dir einen neuen Mann zu angeln, der dich ernährt, wenn du deine Erzeugerin, also mich, ins Grab gebracht hast.«

»Mama, bitte, lass mich durch. Ich muss aufs Klo.«

Das spöttische Lächeln wollte einfach nicht aus Concettas Gesicht weichen.

»Und erst diese jämmerliche Beratungsstelle in der Bruchbude, die du hartnäckig ›Büro‹ nennst! Wo sie dich noch nicht mal anständig bezahlen! Ein winziges Zimmerchen mit Claudio-Baglioni-Postern an den Wänden, als wärst du noch immer ein Teenager – und das mit zweiundvierzig! Und keine Familie weit und breit! Du hast recht, der Lokus ist genau der richtige Ort für dich. Falls du die Rasierklingen suchst, sie sind in der Kommode, in der zweiten Schublade von oben.«

»Mama, was redest du da, bist du verrückt geworden? Mein Leben ist perfekt, ich habe einen tollen Beruf und …«

»Ein toller Beruf – Leuten zu helfen, die keine Hilfe wollen, Typen vorm Knast zu bewahren, die nirgendwo anders hingehören, und Frauen, die gegen Geld jede Schweinerei mit sich machen lassen …«

Verzweifelt versuchte Mina, sich am Rollstuhl vorbei ins Bad zu zwängen.

»Mama, bitte hör auf! Manche Dinge interessieren mich eben nicht, wie du weißt. Und wenn du es unbedingt hören willst: Ja, es gibt jemanden, der mir gefällt.«

Wieder ertönte das sarkastische Lachen.

»Ach, ja? Und wo ist es jetzt, dein neues Opfer? Während du dich zu Hause bei deiner alten Mutter und dieser Hure verschanzt? Ich nehme an, bei seiner Ehefrau und den gemeinsamen Kinderchen. Oder ist es vielleicht ein Pfaffe?«

Mit einer Finte nach rechts gelang es Mina endlich, sich links am Rollstuhl vorbei zu drängen und im Bad einzuschließen. Zur Sicherheit drehte sie den Schlüssel dreimal um. Nach einem kurzen Moment der Stille hörte sie Gloria Gaynor draußen im Flur ein Liedchen trällern.

Der SchT neigte sich seinem Ende zu. Sie konnte nur hoffen, dass er den Staffelstab nicht an einen Zwilling übergeben würde.

14

Fest entschlossen, nicht noch einen SchT über sich ergehen zu lassen, hatte Mina sich am nächsten Morgen eine halbe Stunde vor der üblichen Zeit aus dem Haus geschlichen. Um einer weiteren Tirade ihrer Mutter zuvorzukommen, hatte sie weder die quietschende Badezimmertür geschlossen, noch die Lampe in ihrem Zimmer eingeschaltet. Im Dämmerlicht hatte sie nur ertasten können, welche Kleidungsstücke sie aus dem Schrank holte.

Dummerweise hatte sie komplett danebengegriffen, wie ihr die Reaktion der Männer zeigte, denen sie auf dem Weg zur Arbeit begegnete.

Das, was unter ihren tastenden Fingern ein keuscher grauer Kaftan gewesen zu sein schien, für den sie sich nach stundenlangem Anprobieren in einem Outlet entschieden hatte, weil er komplett ihre Rundungen verhüllte, entpuppte sich beim Überstreifen auf halbem Weg ins Treppenhaus als ein besonders neckisches Geschenk ihrer Jugendfreundin Greta, die wie ihre Mutter der Überzeugung war, dass Frauen schon Organspenderinnen sein mussten, um im Leben höhere Weihen zu empfangen. Wäre Greta, eine ebenso erfolgreiche Anwältin wie Nachtschwärmerin mit einem Faible für Vorstadtclubs, wo sie Jagd auf Frischfleisch machte, mit einem solchen Dekolleté wie Mina gesegnet, so würde sie schon längst, wie sie gern behauptete, mit irgendeinem Mitglied der englischen Königsfamilie verheiratet sein und im Buckingham Palace wohnen.

Die Aufwertung von Problem Nummer 2 war für Greta zu einer Art Mission geworden und hatte ihren vorläufigen Höhepunkt in besagtem Geburtstagsgeschenk gefunden, das Mina sofort als vollkommen indiskutabel betrachtet hatte, in dem sie aber nun wie in einem ihrer schlimmsten Albträume unversehens steckte. Sie wäre ja umgekehrt, um sich etwas anderes anzuziehen, hätte sie nicht in dem Moment aus dem Schlafzimmer ihrer Mutter Gloria Gaynor das Intro von *I will survive* anstimmen hören. Zu spät. Sie musste so aus dem Haus gehen.

Bis zum zweiten Knopf von oben und ab Bauchnabelhöhe nach unten war die Bluse völlig normal. Die Farbe, zwischen Apricot und Nude changierend, war zwar das Gegenteil von formell, doch halb so wild. Eindeutig gravierender war, dass sich die Bluse zwischen dem zweiten und dem vorletzten Knopf zu einem großen herzförmigen Ausschnitt öffnete. Hätten ihre Brüste eine durchschnittliche Größe gehabt, sagen wir, irgendetwas bis zu Körbchengröße D, wäre das Ganze nicht wirklich dramatisch gewesen und hätte in einer bestimmten Sorte Kellerbar oder Stranddisco ab drei Uhr morgens auch als geheimnisvoll und faszinierend durchgehen können. Doch bei einem Busen wie Minas und das am frühen Morgen eines ganz normalen Arbeitstages konnte es schnell auf eine Anzeige wegen Anstiftung zu allen möglichen Tatbeständen hinauslaufen.

Als wäre ihr Albtraum nicht schon schlimm genug und der gestrige SchT noch immer nicht zu Ende, musste Mina feststellen, dass um diese Uhrzeit noch kein einziges Geschäft geöffnet hatte, wo sie sich ein Tuch, einen Schal oder irgendetwas anderes hätte kaufen können, um ihre Blöße zu bedecken. Also marschierte sie mit über der Brust verschränkten Armen die Straße entlang, ein Anblick, der an eine Zwangsjacke oder einen kürzlich erlittenen Herzinfarkt denken ließ.

Immerhin gelang es ihr auf diese Weise, nicht allzu viel Aufsehen zu erregen, zumal in der Innenstadt noch kaum etwas los war. Das Spanische Viertel hingegen vibrierte bereits vor Leben, und innerhalb von Sekunden sah sie sich einer freudig erregten Menge gegenüber, deren Absichten ebenso eindeutig wie ungebührlich waren. Ein paar frühreife Knaben verfolgten sie sogar bis zur Beratungsstelle und unterbreiteten ihr im krudesten Slang alle möglichen Vorschläge, was sie gern mit ihr anstellen würden. Im dunklen, kühlen Hauseingang fühlte sie sich endlich in Sicherheit und ließ die Arme sinken. Doch sie hatte vollkommen vergessen, dass sie just die Höhle des größten Lustmolchs vom ganzen Viertel betreten hatte.

Und tatsächlich stand plötzlich wie ein Deus ex Machina Giovanni »Rudy« Trapanese vor ihr, einen Besen in der Hand, um das zu tun, was neben der selbstgewählten Aufgabe als Serienverführer seine eigentliche war: als Hausmeister für Sauberkeit und Ordnung zu sorgen. Seine Reaktion bei Minas Anblick oder vielmehr bei dem von Problem Nummer 2 ähnelte der einer portugiesischen Schäferin beim Anblick der Schutzmantelmadonna. Es war wie eine Offenbarung, eine übernatürliche Erscheinung, die Erfüllung seiner kühnsten Träume. Vor Gretas neckischem Geschenk ließ der Mann sowohl

Besen als auch Unterkiefer fallen, riss die Augen auf und breitete die Arme aus, als wollte er den Heiligen Geist aus seiner Vision umfangen. Ein ekstatisches Lächeln verströmte sich über sein Gesicht, das seine wenigen faulen Zähne freilegte, ihn aber zugleich um einige Jahre jünger wirken ließ.

Sofort bedeckte Mina ihre Blöße, doch es war zu spät: Dieser Mann würde nie mehr derselbe sein.

»Was für eine Freude, Sie heute Morgen zu erblicken! Welch eine Ehre, was für ein schöner Tag! Dass ich das noch einmal erleben darf!«

Bedingt durch seine geringe Körpergröße befanden sich ihre Brüste direkt auf Trapaneses Augenhöhe. Sein starrer Blick unterstützte Minas Eindruck, dass er direkt zu ihnen sprach – eine so befremdliche Vorstellung, dass sie kurz davor war, dem Hausmeister eine Ohrfeige zu verpassen. Allerdings hätte sie dafür eine Hand von ihrem Dekolleté nehmen müssen, womit sie ihm nur einen Gefallen getan hätte.

Stattdessen knurrte sie:

»Was fällt Ihnen ein, Trapanese! Ich habe die Nase voll davon, dass eine Frau nicht anziehen kann, was sie will, ohne solche lächerlichen Reaktionen bei Männern auszulösen. Wenn Sie mit offenem Hemd vor mir stünden, würde ich im Leben nicht so ein Theater machen.«

Eher verwirrt als gekränkt blinzelte der Mann ein paar Mal, ohne jedoch den Blick von dem zu nehmen, was Minas Arme nicht ganz verdecken konnten.

»Dottoressa, ich bitte Sie, wenn ich alter Mann mein Hemd aufknöpfe, bin ich erst recht keine Augenweide mehr, aber Sie – was für ein Gottesgeschenk! Sie können meine Freunde aus der Espressobar fragen: Die sagen, ich rede von nichts anderem mehr, aber ich bin nun mal der Meinung, dass Sie ein echtes Naturwunder sind. Und nun stehe ich direkt davor: ein doppeltes Naturwunder, in all seiner Pracht und Üppigkeit!«

Kurz erwog Mina, erst den Hausmeister und dann sich selbst umzubringen, eine viel zu selten genutzte Möglichkeit, sich lästiger Probleme zu entledigen. Dann sagte sie nüchtern:

»Ich habe einen Knopf verloren, das ist alles. Jedenfalls freue ich mich auch, Sie zu sehen, Trapanese, denn Sie können mir einen Gefallen tun.«

Das Lächeln auf dem Gesicht des Mannes wurde so breit, dass Mina seine drei leeren Backenzahnhöhlen sehen konnte.

»Jederzeit, Dottoressa«, sagte er gerührt, »was auch immer es ist. Ich bin Ihr treuer Diener, wie einst die Ritter der Tafelrunde, die für die Dame ihres Herzens die Welt umrundeten und …«

Wenig geneigt, sich eine Vorlesung in mittelalterlicher Literatur anzuhören, unterbrach Mina ihn brüsk:

»Sie kennen doch hier im Viertel eigentlich jeden, oder? Haben Sie nicht schon immer hier gelebt?«

Der Mann nickte. Er lächelte weiterhin verzückt, als hätte Mina hochgeistig zu seinen Ausführungen beigetragen.

»Ja, Dottoressa, von Geburt an. Aber hier im Viertel wohnen so viele Menschen, dass man unmöglich jeden kennen kann. Natürlich sind nicht alle Leute gleich; Sie zum Beispiel würden hier immer auffallen, einem Verehrer der Schönheit wie mir selbstverständlich noch mehr.

Kennen Sie das Lied *Uocchie c'arraggiunate* von Roberto Murolo, in dem er von Concettinas Augen spricht, die er niemals vergessen kann …?«

Mit zusammengebissenen Zähnen warf Mina dem Mann einen wütenden Blick zu, den der jedoch gar nicht wahrnahm, weil seine Augen ganz woandershin schauten. Also fuhr sie ihm erneut in die Parade:

»Nein, ich kenne das Lied nicht, Trapanese. Und es interessiert mich auch nicht im Geringsten. Vielmehr würde mich interessieren, etwas über einen gewissen Alfonso Caputo zu erfahren, der im Vico Albanesi 50 im zweiten Stock wohnt. Er ist verheiratet mit einer Peruanerin namens Ofelia und hat eine zehnjährige Tochter, Flor.«

Ohne den Blick vom Objekt seiner Begierde zu lösen, schüttelte Rudy den Kopf.

»Kann sein, dass ich den Namen schon mal gehört habe, aber ich kenne ihn nicht persönlich. Warum interessieren Sie sich für ihn, Dottoressa? Was will eine Frau wie Sie mit einem verheirateten Mann, noch dazu mit dem einer Ausländerin? Was kann Ihnen so ein Mann schon bieten? Ist da nicht jemand mit einer gewissen Erfahrung viel geeigneter, jemand, der weiß, wie man eine Frau wie Sie ins Paradies entführt, noch dazu, wenn sie solche … solche … hervorstechenden Merkmale hat? Denken Sie gut darüber nach, Dottoressa!«

»Trapanese, was ist denn in Sie gefahren? Sie sind wohl völlig durchgedreht, was? Es handelt sich um eine rein berufliche Angelegenheit. Offenbar ist dieser Mann, den ich im Übrigen noch nie gesehen habe und auch nie sehen möchte, ein Gewalttäter, der seine Frau misshandelt.«

Mitfühlend schüttelte der Hausmeister den Kopf, ohne jedoch seine Blickrichtung zu ändern.

»Wirklich? Das ist ja unglaublich, Dottoressa. Wenn Sie wollen, erkundige ich mich. Und komme sofort zu Ihnen, sobald ich was rausgefunden habe.«

Bei dem Gedanken an eine weitere Begegnung mit diesem Scheusal schüttelte es Mina.

»Einverstanden. Aber gehen Sie mit äußerster Diskretion vor! Ich muss ganz sicher sein, dass niemand etwas davon erfährt und vor allem der Mann selbst nicht mitbekommt, dass wir ihm auf der Spur sind. Ich wiederhole, Trapanese: äußerste Dis-kre-tion! Haben wir uns verstanden?«

Das Lächeln wurde ein wenig schmaler bei dem Versuch, den ekstatischen Gesichtsausdruck in einen seriösen zu verwandeln.

»Aber sicher doch, Dottoressa. Ich werde schweigen wie ein Grab und es im Übrigen so halten, wie die Huren in der Nacht: immer schön im Schatten der Mauer entlang. Bis später!«

Mina nickte und betrat die Treppe, um die zweieinhalb Stockwerke hinter sich zu bringen. Der vor ihr liegende Tag, sicher wieder einer der Sorte Sch, erschien ihr wie ein riesiger Berg, den sie erklimmen musste.

15

Einen Stift zwischen die Lippen geklemmt, schob sich der Musiker eine Strähne seines langen Haares aus den Augen und schlug mit der rechten Hand einen Ton auf der Klaviatur an. Er ließ ihn auf sich wirken, nickte und wiederholte den Vorgang. Zwei-, dreimal, dann nahm er den Stift aus dem Mund und kritzelte etwas auf das linierte Blatt, das vor ihm auf dem Klavierpult lag. Die andere Person im Zimmer bewegte sich geräuschlos, stellte Gegenstände von hier nach dort, alles ganz selbstverständlich und ohne jede Verbindung zum Musiker.

Dessen lange Haare waren ein Zugeständnis an seinen Berufsstand. Bisher hatte der Musiker diesen Look für unverzichtbar gehalten. Die meisten erfolgreichen Kollegen ließen ihre Mähne während des Konzerts nur so fliegen; oft wurde ihre Darbietung dadurch noch wirkungsvoller. Auch das Auge hört schließlich mit. Allerdings war es nicht zu leugnen, dass sich auf seinem Oberkopf allmählich eine Glatze bildete, die ihn früher oder später zu der Entscheidung zwischen einem Toupet, *horribile dictu*, oder einer Komplettrasur zwingen würde. Ein blanker Schädel galt zwar in seinen Kreisen als angesagt, aber würde bei Insidern unweigerlich ein hämisches Grinsen auslösen. »Ach«, hörte er sie schon sagen, »hat er es endlich eingesehen …« Und diese Genugtuung wollte er ihnen nur ungern bereiten.

Während der kreative Teil seines Gehirns weiter nach dem nächsten Akkord suchte, der zu dem vorhergehenden passen und der Komposition eine weitere Farbe verleihen würde, befasste sich der andere Teil wie so oft mit dem Verlauf, den sein Leben genommen hatte.

Dass er Talent besaß, stand außer Frage. Er war intuitiv, seine Technik herausragend und seine musikalische Sensibilität außergewöhnlich. Sein erster Lehrer hatte ihm schon bald nichts mehr beibringen können, danach kam das Konservatorium und anschließend zusammen mit ein paar Freunden die Gründung einer Band. Die ersten Konzerte und Auftritte folgten. Die Lust, im Rampenlicht zu stehen, weitere Bühnenerfahrungen. Eine Ahnung, dass daraus auch ein Beruf werden könnte.

Und dann die erste Platte, die schnell Verbreitung fand und im Radio gespielt wurde. Der Vorschlag der Plattenfirma, etwas Kommerzielleres zu machen. Ein halbherziger Versuch, ein mittlerer Erfolg: nicht groß genug, um satt zu werden, aber zu groß, um aufzuhören.

Schon häufig hatte er gedacht, dass dieser Achtungserfolg wohl das Ende gewesen war. Wie oft hatte er sich anhören müssen: »Ach, du bist der von *Rhapsodie am Strand*! Ich erinnere mich noch, ein toller Song.« Wohl wahr – aber was kam danach?

Genau, sagte sich der Musiker und korrigierte einen Akkord in seiner Partitur: Was kam danach? Er wusste keine Antwort auf diese Frage. Weitere Songs, eine ganze Menge. Für andere, für sich selbst, für seine Freunde. Ein gewisser Bekanntheitsgrad, ein paar gute Kritiken, aber es reichte nicht, um einen Agenten für sich zu interessieren. Blieben Klavierstunden für talentfreie Schüler, Auftritte bei Hochzeiten und anderen Feiern und schließlich Barpianist. Von irgendetwas muss man ja leben.

Auf der Hinterbühne seines Lebens, allein in dem viel zu großen Haus seiner verstorbenen Eltern, hatte er nie den Gedanken aufgegeben, eines Tages etwas richtig Gutes zu schreiben, das ihn schlagartig nach oben katapultieren würde. Musste wohl mit seinen Anfängen zu tun haben, sagte er sich, während er aus den Augenwinkeln ohne größeres Interesse dem stummen Ballett der anderen Person im Zimmer folgte, mit jener magischen Zeit, als die Hoffnung noch größer war als die Verzweiflung.

Er machte sich eine Notiz auf einem zweiten Notenblatt, das auf einem Tischchen neben dem Klavier lag. Es passierte oft, dass ihm während des Komponierens plötzlich eine Phrase, ein paar Takte in den Sinn kamen, die mit dem aktuellen Stück nichts zu tun hatten, die aber den Ausgangspunkt bilden konnten für etwas Neues von ähnlicher oder größerer Bedeutung. Deshalb hatte er sich angewöhnt, diese Ideen in Form von ein, zwei Akkorden festzuhalten, um sie später nicht zu vergessen. Die *Rhapsodie* war auch Frucht einer ambitionierteren Komposition gewesen, einer Sonate, die nie das Licht der Welt erblicken sollte.

Ein Kollateralschaden, ein Abfallprodukt, etwas Überflüssiges, das plötzlich zum größten Erfolg seines Lebens geworden war. Diese Erkenntnis schmerzte ihn mehr als alles andere. Seine beste Arbeit – sofern man den Erfolg zum Maßstab nahm – war etwas, das er gar nicht hatte komponieren wollen. Der Typ, dem er das Stück vor fünfzehn Jahren anvertraut hatte, war nicht nur ein miserabler Sänger gewesen, sondern hatte auch noch eine eigene, verstümmelte Version des Songs erstellt und damit einen halben Sommer lang alle Strände und Uferpromenaden des Landes akustisch verpestet.

Und doch, das wusste er, besaß er Talent. Sogar großes Talent. Hätte er von der Person, die durch das Zimmer geisterte, eine etwas höhere Meinung gehabt als von einem Hund oder einer Katze, hätte er ihr erzählt, dass er als Zwanzigjähriger so viel begabter und kreativer war als alle anderen.

Er hätte ihr erzählt, wie das Publikum jedes Mal den Atem anhielt, wenn er die Bühne betrat, wie sich ein Lächeln auf den Gesichtern der Zuschauer ausbreitete, als hätten sie eine Erscheinung. Ja, sie hatten ihn angehimmelt. Und noch immer hatte er seine Fans, so wie jenen anonymen Bewunderer, der ihn jeden Tag mit einer Rose beschenkte. Er – oder sie? – musste ihn wirklich sehr verehren, um auf diese Weise seiner Kunst zu huldigen.

Andererseits hatte er immer noch Hoffnungen, große Hoffnungen. Sich zweiundzwanzig Jahre später in einem staubigen Wohnzimmer wiederzufinden, das an diesem Abend immerhin etwas glanzvoller erschien als sonst, um den Klaviertasten die Melodie eines verlorenen Erfolgs zu entlocken, war schließlich nichts, worauf man sehnlichst wartete.

Die andere Person im Zimmer ging seitlich an ihm vorbei und verschwand aus seinem Blickfeld.

Der Musiker notierte ein paar Takte und schob den Stift erneut zwischen die Lippen. Er brauchte noch eine zündende Idee für den Schluss. Diese Melodie hatte Potenzial, das spürte er. Jetzt fehlte nur noch das große Finale, der Schlussakkord.

Er dachte nach, kaute auf dem Stift herum. Plötzlich schoss ihm ein Gedanke durch den Kopf, ein ganz besonderer musikalischer Einfalt. Doch das war nicht das Letzte, was ihm durch den Kopf schoss.

Das Letzte war eine Kugel aus einer Luger P08.

16

Der Tag versprach tatsächlich, tough zu werden.
Wie eine Katze schlich Mina über den Flur, in dem seit einem Blitzeinschlag vor Urzeiten ein trübes Halbdunkel herrschte, bis zu ihrem Büro. Die Frauen in der Warteschlange vor Domenicos Sprechzimmer würdigten sie keines Blickes, sodass sie wenigstens an dieser Front Ruhe hatte. Nun musste sie als Allererstes eine Möglichkeit finden, ihre Blöße zu bedecken.

Sie verwarf sogleich die Idee, Rudy zu bitten, ihr einen Schal zu kaufen, zumal es ungewöhnlich warm war für die Jahreszeit und jedes überflüssige Kleidungsstück womöglich zu unliebsamen Nachfragen geführt hätte. Nein, das war kein guter Plan, auch weil Trapanese kaum dazu hätte beitragen wollen, die Aussicht, die er so sehr bewunderte, gleich wieder zu verhängen. Sie musste eine andere Lösung finden.

Die Erkenntnis traf sie wie ein Blitz: Sie konnte Domenico fragen, ob er einen zweiten Arztkittel besaß. Sicher, sie würde sich ihm in ihrem peinlichen Aufzug zeigen müssen, aber anders als alle anderen Männer schien er dem Objekt der Begierde gegenüber vollkommen indifferent. Vielleicht war er sogar schwul, Verlobung hin oder her. Es kam jetzt vor allem darauf an, das Problem vom Tisch zu kriegen und dafür zu sorgen, dass der SchT am Ende nicht noch ein Super-SchT wurde.

Voller Elan stürmte sie aus dem Zimmer, um sogleich mit der Tür die riesige Nase eines schmächtigen Jünglings zu rammen, der sich direkt davor postiert hatte. Hinter ihm drängelten sich mindestens ein Dutzend weiterer Nichtsnutze, die offenbar alle das dringende Bedürfnis nach einer Sozialberatung verspürten. Der Buschfunk im Viertel schien bestens zu funktionieren.

Mit Tränen in den Augen massierte der Junge seinen lädierten Rüssel, doch statt sich bei Mina zu beschweren, starrte er wie verblendet auf Problem Nummer 2.

»Es stimmt also«, murmelte er selig lächelnd im schönsten Dialekt.

Hinter ihm schälte sich ein weiteres Milchgesicht aus der Menge heraus, von dessen Lippen Mina ein stummes »Meine Fresse!« ablesen konnte. Zum ersten Mal – und wahrscheinlich aus den gleichen Gründen – war die Warteschlange vor ihrem Büro ähnlich lang wie die vor Domenicos.

Unter dem spontanen Applaus ihrer jugendlichen Fans bahnte sie sich mit rücksichtslosem Ellbogeneinsatz den Weg zu seinem Sprechzimmer. Die davor wartenden Frauen bedachten sie mit neidischen Blicken oder abfälligen Bemerkungen. »Die legt's aber drauf an«, sagte die eine, während eine andere bemerkte: »Wenn ich ein solches Waffenarsenal hätte, läge mir die Welt zu Füßen.«

Ohne anzuklopfen betrat Mina das Zimmer des Arztes, der gerade versuchte, eine junge Frau von etwa hundertfünfzig Kilo davon zu überzeugen, dass man bei Migränebeschwerden nicht seine Leggins ausziehen musste. Mina schickte die junge Frau, deren Gesicht so rot angelaufen war, als hätte man sie in flagranti bei einer

Vergewaltigung erwischt, was vermutlich auch der Plan gewesen war, zur Tür hinaus.

Domenico lächelte, wie immer, wenn er sie sah. Wäre er ein Hund gewesen, hätte er vermutlich mit dem Schwanz gewedelt. Mina musste sofort an den Robert Redford aus *Die Unbestechlichen* denken, einem ihrer Lieblingsfilme.

»Was kann ich für dich tun, liebe Kollegin?«

Er schien sie wirklich nicht als Frau wahrzunehmen, dachte Mina, der nicht entgangen war, dass er ihr geradewegs in die Augen und nicht etwa woandershin geschaut hatte. Oder aber er war der gewiefteste Lügner, der ihr je untergekommen war. Jedenfalls schien ihr der Doktor der einzige Mann zu sein, der offenbar nicht im Geringsten für Problem Nummer 2 empfänglich war.

Statt die Arme vor der Brust zu verschränken, nahm Mina eine Art Verteidigungshaltung aus dem Jiu Jitsu an und fragte ihn so freundlich wie möglich:

»Entschuldige, Domenico, du hast nicht zufällig einen zweiten Arztkittel, den du mir leihen könntest? Mir ... mir ist etwas kalt.«

Mit der Geschmeidigkeit des trainierten Sportlers erhob sich der Gynäkologe von seinem Stuhl und trat mit besorgter Miene auf sie zu. Er sah genauso aus wie der Redford aus *Die Brücke von Arnheim*, einem Film, den sie sehr mochte.

»Kalt, sagst du? Geht's dir nicht gut? Komm her, lass mal fühlen, ob du Fieber hast.«

Ihr fast eine Minute währendes Bemühen, sich ihm gegenüber höflich zu verhalten, augenblicklich vergessend, schnaubte Mina:

»Verdammt, Domenico, kannst du nicht einmal glauben, was ich dir sage? Mir geht es gut! Mir ist nur ein bisschen kalt. Deswegen brauche ich auch was zum Überziehen.«

Der Mann verzog die geschwungenen Lippen zu einem unwiderstehlichen Lächeln.

»Du kannst es wohl einfach nicht über dich bringen, Mimmo zu mir zu sagen, was? Und was deine Frage betrifft: Nein! In diesem Sprechzimmer habe *ich* das Sagen, und wenn du mit einem Problem zu mir kommst, das auf einen fiebrigen Infekt hindeutet, tue ich ganz bestimmt nicht so, als ginge mich das nichts an. Also, lass mich mal gucken, ob …«

Er streckte die Hand nach Minas Stirn aus. Reflexhaft hob die Sozialarbeiterin den Arm, um ihn abzuwehren. Und plötzlich war Problem Nummer 2 nicht mehr zu übersehen: Ebenso machtvoll wie keck quoll es aus Gretas Geschenk hervor.

Schlagartig blieb die Zeit stehen. Noch nie hatte Mina ihre Freundin Luciana, die seit der Pubertät ihren BH auspolsterte, um wenigstens Körbchengröße A zu erreichen, so sehr beneidet wie in diesem Moment.

Wie eingefroren blieben sie in dieser Haltung stehen: Domenico »Nenn mich Mimmo« Gammardella, Facharzt für Gynäkologie, die rechte Hand auf Höhe von Minas Stirn und die linke um ihre Hüfte, um sie näher an sich heranzuziehen, und Gelsomina »Bleib mir vom Hals« Settembre, Sozialarbeiterin, den linken Arm in Gegenwehr erhoben und die rechte Hand auf seiner Taille, um ihn von sich wegzuschieben. Wäre von irgendwoher Musik erklungen, hätten sie vermutlich ein paar Tanzschritte hingelegt.

Mimmo schaute überrascht nach unten, als er einen Widerstand spürte, den er auf diese Entfernung nicht erwartet hätte.

Vertraut mit sämtlichen Formen der Missbildung, aber auch mit der Schönheit des menschlichen Körpers wechselte der Gesichtsausdruck des Mediziners beim Anblick von Problem Nummer 2 sogleich von »professionell« zu »verzückt«. Und Mina registrierte voller Erleichterung, was sie allerdings nicht mal sich selbst gegenüber zugegeben hätte, dass es sich bei diesem Mann keineswegs um einen Homosexuellen handeln konnte.

»Donnerlittchen!«, sagte er so salopp, wie sie ihn noch nie hatte reden hören.

In seinem Ausruf schwangen Hochachtung, Bewunderung, ärztliche Diagnose und ein Hauch von Rührung mit.

Sofort schlug Mina die Arme über der Brust zusammen.

»Äh, ich habe einen Knopf verloren, weißt du … Oder vielmehr zwei … Aber kein Problem, wenn du keinen Ersatzkittel hast, werde ich schon irgendwie eine andere Lösung finden.«

»Einen K-K-Knopf verloren? Oder vielmehr zwei? Aber natürlich, so was kann passieren. Einen Ki-Kittel, sagst du? Ja, das scheint mir auch die beste … Warte, ich gehe mal schauen …«

Das kleine Handgemenge und die plötzlich aufwallenden Emotionen hatten sowohl Mimmo als auch Mina völlig aus der Bahn geworfen. Wie von einer magnetischen Kraft angezogen näherten sich ihre Gesichter bis auf wenige Zentimeter, tauchten ihre Blicke ineinander. Die Welt um sie herum hörte auf zu existieren, die Geräusche erstarben, die Lichter erloschen. Fast hörte man die Englein singen …

Stattdessen stand plötzlich selig lächelnd Giovanni Trapanese, genannt Rudy, vor ihnen, der ohne anzuklopfen und mit einem Hüpfer à la Fred Astaire in den Raum gesprungen war.

»Gestatten, Dottoressa … Ich habe die Informationen, die Sie brauchen. Das Schicksal war uns gnädig: Die Schwägerin des Besitzers von der Espressobar gegenüber wohnt zufällig im Vico Albanesi 50, eine Etage unter der Familie Caputo. Wir haben sie angerufen, und sie kam auch gleich; sie hat uns alles erzählt, aber sie konnte nicht länger warten, weil sie eine Bolognese auf dem Herd stehen hatte, und man weiß ja, wie schnell die ansetzt. Aber ich bin informiert und kann Ihnen Bericht erstatten.«

Domenico blieb stehen, wie er war, die Augen halb geschlossen, den Mund leicht geöffnet, die Arme ein wenig ausgebreitet. Mina hingegen sprang mit hochrotem Kopf und wogendem Busen zur Seite, was wiederum Rudy erfreute, der einmal mehr dem Allmächtigen dafür dankte, ein solches Naturwunder vollbracht zu haben und ihn diesen Anblick als demütiger Bewunderer genießen zu lassen.

Betont ruppig sagte Mina:

»Also, Domenico, was ist mit dem Kittel? Der Kollege Trapanese hier hat uns nämlich was Wichtiges zu sagen.«

Während der Doktor versuchte, zurück in die Niederungen des irdischen Lebens zu finden, sagte Rudy mit einer Miene, als hätte er gerade vom Tod seiner ganzen Familie erfahren:

»Kittel? Sie wollen einen Kittel anziehen? Warum das denn, Dottoressa? Heute ist es doch so schön warm draußen!«

Es hätte nicht viel gefehlt, und er wäre in Tränen ausgebrochen.

17

Der Mann mit der schwarzen Brille schlenderte wie ein Tourist durch das Zimmer, die Hände hinter dem Rücken verschränkt, die Miene forschend.

Inspektor Gargiulo musste bei seinem Anblick an die Rentner denken, die frühmorgens oder mittags gern um Baustellen herumstreichen und sich den Stand der Entwicklungen ansehen. Er war schon immer der Meinung gewesen, dass die Bauaufsicht gut daran täte, diese Alten zu rekrutieren, um die Arbeiten an öffentlichen Gebäuden zu überwachen. Mit Sicherheit wäre dann vieles deutlich besser gelaufen.

Wie er befürchtet hatte, blieb der Staatsanwalt neben der Kommode stehen, auf der sich die Vase mit den Rosen befand. Gargiulo seufzte leise. Er fühlte sich wie ein Bühnenbildner, dessen Werk kurz vor der Premiere von einem strengen Regisseur begutachtet wird, mit klopfendem Herzen vor lauter Angst, etwas falsch gemacht zu haben. Nervös wippte er auf den Zehen.

Am Fuß der hohen Vase lag ein Blütenblatt. Ein einziges. Ohne hinzusehen wusste Gargiulo, dass es zu der ältesten Rose gehörte.

De Carolis nickte ein paar Mal, als wären seine geheimsten Vermutungen bestätigt worden. Der Gerichtsmediziner trat von der Leiche zurück, die über das Klavier gebeugt lag. Er hatte ein wenig gebraucht, um unter den langen Haaren die Einschussstelle im Genick zu begutachten.

Der Arzt war alt, mit einem Walrossbart und einer starken Lesebrille auf der Knollnase. Er sah aus, als wäre er dem Cover eines Detektivromans vom Beginn des letzten Jahrhunderts entsprungen.

»Ich verstehe nicht, warum er nicht auf die Glatze gezielt hat, das wäre doch viel einfacher gewesen.«

De Carolis drehte sich zu ihm um.

»Warum wäre das einfacher gewesen, Blasi?«, fragte er mäßig interessiert.

Der Doktor kaute auf seinem Schnurrbart herum, eine so abstoßende Angewohnheit, dass Gargiulo, wäre er ein Vertreter der Legislative gewesen, sie zumindest mit einer Geldbuße belegt hätte.

»Na ja, er hat von oben geschossen, das ist ziemlich eindeutig. Der Mörder befand sich hinter dem Opfer, das am Klavier saß und spielte. Die Form der Schusswunde und der Eintrittswinkel lassen kaum Zweifel offen. Schriftlich kriegen Sie das von mir natürlich erst nach der Obduktion, aber so viel schon mal fürs Erste.«

Sich nach allen Seiten umblickend trat De Carolis langsam näher. Mit einem bestätigenden Kopfnicken sagte er freundlich zu dem Arzt:

»Er hat nicht gespielt, Blasi. Er hat komponiert.«

Der Gerichtsmediziner sah ihn aus seinen wässerigen Augen über den Brillenrand hinweg an. Er lutschte immer noch an seinem Schnauzer. Gargiulo hätte ihn am liebsten festgenommen.

Wie ein Professor, der sich während der Vorlesung willkürlich irgendeinen Studenten herauspickt, und ohne sich mit dem Gesicht zu ihm zu wenden, sagte der Staatsanwalt mit gleichförmiger Stimme:

»Und warum, Gargiulo, wissen wir, dass er komponiert und nicht gespielt hat, ob für einen Zuhörer oder für sich selbst? Und vor allem: Warum ist das so wichtig zu wissen?«

Blasi gab einen kaum hörbaren Seufzer der Erleichterung von sich, wie ein Student, den es diesmal nicht erwischt hat.

Im allerletzten Moment unterdrückte Gargiulo seinen Hustenreiz.

»Der Stift in der Hand, Dottore?«, sagte er krächzend.

De Carolis nickte nach einer gefühlten Ewigkeit. Er schien sichtlich enttäuscht von der korrekten Antwort, doch er wollte offenbar noch nicht so leicht aufgeben.

»Ja, zweifellos, der Stift ist ein Hinweis. Und auch die im Entstehen begriffene Partitur, die Streichungen und Anmerkungen. So weit, so gut. Aber ich frage noch einmal: Warum ist das so wichtig zu wissen?«

Gargiulo starrte hoffnungsvoll auf den Toten, als könnte dieser jeden Moment den Kopf von den Tasten heben und ihm die Antwort einflüstern. Blasi schien sich plötzlich sehr für die CDs zu interessieren, die auf einem Wandregal aufgereiht waren.

Der Inspektor wisperte:

»Wenn er komponiert hätte, dann hätte niemand im Zimmer sein dürfen – nicht wahr?«

Die Frageform war ein Versuch der Lastenverteilung. Gargiulo fragte sich, wieso in drei Teufels Namen er jedes Mal eine solche Tortur über sich ergehen lassen musste.

De Carolis fixierte ihn hinter seinen verdammten Brillengläsern, ohne eine verdammte Miene zu verziehen, die verdammten Kiefermuskeln angespannt und die verdammten Hände noch immer hinter dem verdammten Rücken verschränkt.

Durch jahrelanges Exerzieren beim Fest der Republik gestählt, hielt Gargiulo seinem Blick ausdruckslos stand. Was kann er mir schon wollen, tröstete er sich. Außer, dass er mir die Ohren wer weiß wie lang ziehen wird …

Wieder nickte der Staatsanwalt erst nach einer Weile, die dem Carabiniere wie gefühlte zwanzig Jahre vorkam.

»Genau, es hätte niemand im Zimmer sein dürfen. Niemand! Fragt sich, warum dann trotzdem jemand da war …«

Diesmal schien er keine Antwort zu erwarten, was bedeutete, dass auch er vor einem Rätsel stand. Dieser Gedanke erfüllte Gargiulo mit einer solchen Genugtuung, dass seine Hacken ganz leicht gegeneinanderschlugen.

Blasi lutschte an seinem Bart und widmete seine Aufmerksamkeit der Rückenlehne eines Stuhls, der an der Wand stand. Auch er hatte keine Antwort, machte sich aber auch keine Mühe, eine zu finden. Er war Arzt und damit aus dem Schneider.

De Carolis begann erneut, im Zimmer umherzuschlendern. Der Erkennungsdienst hatte die Spuren gesichert, Fotos geschossen und Etiketten verteilt. Mit dem Rücken zum Tatort studierte der Staatsanwalt die Namen auf den CDs.

»Lauter Zeitgenossen – Carlo Boccadoro, Luciano Berio, Evangelisti, Dutilleux … Keine leichte Kost. Der Junge schien ernsthaft Ambitionen gehabt zu haben.«

Bemüht, das Gespräch auf ein weniger komplexes Thema zu lenken, leierte Gargiulo herunter:

»Giuseppe Santoni, geboren am 18. März 1965 in Neapel, Beruf Musiker. Das hier ist sein Elternhaus, es gehörte dem Vater. Zahlreiche Kompositionen, von der Sinfonie bis zur Sonate, sogar zwei Opern. Ein einziger Erfolg, wenn man so will, ein Schlager mit dem Titel *Rhapsodie am Strand* ...«

Der Arzt wirkte plötzlich wie elektrisiert.

»Alter Schwede, der hat *Rhapsodie am Strand* komponiert? Wisst ihr noch? Das war ein echter Hit damals, ich glaube, im Sommer 2003 oder 2004. Der Text ging so: ›Weder Wind noch Wolken, nur die Sonne und der Strand, du und ich, die in den Wellen tollten, unsere Liebe, die im Meer versank ...‹«

De Carolis ließ seinen Reptilienblick langsam vom Carabiniere zum Gerichtsmediziner wandern, der mit seinem Hängebart an eine singende Robbe erinnerte. Je mehr dessen – durchaus melodische – Stimme erstarb, desto röter wurde sein Gesicht. Die Cover-Version von *Rhapsodie am Strand* endete in einem Hustenanfall, und Blasis Aufmerksamkeit wandte sich wieder dem Stuhl zu.

Der Staatsanwalt rieb seine Nasenwurzel zwischen Daumen und Zeigefinger, sodass seine Brille hochrutschte, und schüttelte sacht den Kopf.

»Was habe ich bloß in meinem Leben falsch gemacht? Was bloß? Dass ich mich jetzt hier befinde, kann nur an einem gravierenden Fehler liegen. Aber an welchem, verdammt noch mal?«

Er wedelte mit der Hand in Gargiulos Richtung, der sogleich mit seinen Ausführungen fortfuhr.

»Darüber hinaus hat die Recherche der Kollegen aus der Zentrale ergeben, dass er Barpianist war und bei Hochzeiten et cetera spielte. Manchmal hat er auch Sänger von außerhalb am Klavier begleitet oder bei Studioaufnahmen ausgeholfen. Mit anderen Worten: Er scheint sich irgendwie durchlaviert zu haben.«

De Carolis nickte, als hätte er das alles längst gewusst. Während der düpierte Inspektor zu spüren meinte, wie sich seine Leberwerte rapide verschlechterten, stopfte Blasi rasch seine Utensilien zurück in die Arzttasche und forderte die Leichenbestatter zum Eintreten auf.

Der Staatsanwalt, der seinen Spaziergang durch das Zimmer fortgesetzt hatte, blieb vor den Rosen stehen und betrachtete sie schweigend. Nach einer Weile hob er die Vase hoch, fuhr einmal mit dem Finger über das Regalbrett unter ihr und betrachtete aufmerksam seine Fingerkuppe.

Schließlich sagte er:

»Hat man Ihnen schon mal Blumen geschenkt, Gargiulo?«

Vielleicht hätte er doch das Angebot annehmen sollen, sich nach Sardinien versetzen zu lassen, dachte der überraschte Inspektor etwas zusammenhanglos.

»Nein, Dottore, noch nie. Wenn man von der Papierblume auf der Verpackung eines Pullovers absieht, den meine Frau mir mal geschenkt hat. Das war so eine Art Margerite, mit weißen Blütenblättern ...«

Mit erhobenem Zeigefinger drehte De Carolis sich zu ihm um und starrte ihn mit dem typischen Blick an, den er immer bekam, wenn er über Disziplinarmaßnahmen nachdachte. Der Carabiniere zog es vor, nicht weiter zu sprechen und sich stattdessen auf einen feuchten Fleck auf der Tapete hinter dem Staatsanwalt zu konzentrieren.

Nichts Gutes ahnend beschloss Blasi, der zudem seinen Ruf als ernsthafter Mediziner nicht ein zweites Mal innerhalb von wenigen Minuten riskieren wollte, dass es für ihn nichts mehr zu tun gab, und verließ, die Schnurrbartspitze im Mund und dicht gefolgt von der Leiche im Zinksarg, den Ort des Geschehens.

Allein mit seinem Untergebenen sagte De Carolis:

»Der Verstorbene hat also einen Hit gelandet, wenn auch keinen Welterfolg, und das bereits vor fünfzehn Jahren, wenn ich das richtig sehe. Er dürfte sich was anderes vom Leben erhofft haben, das zeigen seine Platten und die Partituren hier. Aber mit dreiundvierzig ist die Sache meistens gelaufen, sprich: Ein Boccadoro wäre wohl kaum mehr aus ihm geworden.«

Gargiulo, der nicht die geringste Ahnung hatte, wer Boccadoro war, nickte voller Überzeugung.

De Carolis fuhr fort:

»Also ist es eher unwahrscheinlich, dass ihm jemand die Rosen aus reiner Verehrung geschenkt hat. Und auch Rechtsanwalt De Pasca, der nichts anderes getan, als gearbeitet hat, und während der zwanzig Stunden, die er täglich im Büro verbrachte, nie Besuch bekam, war kein Adonis – wobei er bei unserem Eintreffen am Tatort zugegebenermaßen nicht in Topform war.«

Gargiulo nickte noch einmal, ohne den Witz zu verstehen.

»Die Frau des Taxifahrers war vielleicht mal eine echte Schönheit, aber hatte zwischenzeitlich auch deutlich Federn gelassen. Hier spielen die Rosen also ebenfalls keine größere Rolle, würde ich denken. Genauso wenig scheint es eine Verbindung zwischen den drei Toten zu geben, zumindest bis jetzt. Das ist doch korrekt, oder?«

Instinktiv schlug Gargiulo die Hacken zusammen.

»Jawohl, Dottore.«

De Carolis nickte zufrieden angesichts dieser schnörkellosen Antwort.

»Allerdings haben sie vier Gemeinsamkeiten. Erstens: die Luger P08, vorbehaltlich der Untersuchung des Projektils, das die KT noch aus dem Hinterkopf des verblichenen Tondichters rausoperieren muss. Zweitens: die Tatsache, dass der Mörder ihnen allen ins Genick geschossen hat, während die Opfer nichtsahnend ihrem üblichen Kram nachgegangen sind, so als wäre er unsichtbar gewesen und hätte sich ungesehen hinter ihnen postieren können.«

Gargiulo, der ein unangenehmes Kribbeln im Nacken verspürte, musste sich zusammenreißen, um sich nicht ruckartig umzudrehen.

De Carolis hob den dritten Finger seiner linken Faust.

»Drittens: natürlich die Rosen, die einen unterschiedlichen Frischegrad haben, wie uns das abgefallene Blütenblatt hier und die Knospe dort sagen. Die Erste und die Letzte, Alpha und Omega.«

Unsicher, ob es sich bei Alpha und Omega vielleicht um etwas Lustiges handeln könnte, versuchte der Carabiniere sich in einem zaghaften Lächeln.

»Aber es gibt noch ein Viertes, Gargiulo. Was ist die Nummer vier?«

Gargiulo war kurz davor, seine Dienstpistole zu zücken, um erst den Staatsanwalt und dann sich selbst zu erschießen, was in den Fernsehnachrichten mindestens vier Tage lang an erster Stelle gekommen wäre. Doch dann fiel ihm ein, dass es kein gutes Foto von ihm gab, das für die Medien brauchbar gewesen wäre, weshalb er den Gedanken schnell wieder fallen ließ.

»Keine Ahnung, Dottore. Was ist die Nummer vier?«

De Carolis lächelte – ein ungewohnter Anblick, der das Blut in den Adern des Carabiniere gefrieren ließ.

»Das wissen Sie nicht? Kann ich verstehen, das ist normal. Nun, das Büro des Anwalts war hell und aufgeräumt, und auch bei der Capano war alles tipptopp, wie in jeder Wohnung, in der eine Hausfrau wohnt, die nichts Vernünftiges zu tun hat. Da standen sogar Putzpantoffeln im Flur!«

Gargiulo, der sich mit wachsender Panik fragte, worauf um Himmels willen der Staatsanwalt hinauswollte, erwiderte sein Lächeln.

»Aber hier, Gargiulo? In dieser riesigen, heruntergekommenen Villa mit fünf Zentimetern Staub in jedem Zimmer – ich habe es überprüft, das ist eine Tatsache –, mit dieser miefigen Bettwäsche, die schon seit Ewigkeiten nicht mehr gewechselt wurde? Mit dieser Küche, die aussieht, als würden hier mindestens vier Kadaver in irgendeiner Ecke verfaulen? Warum gibt es in diesem Zimmer, und nur in *dem*, das im Übrigen das meistbenutzte war, also eigentlich am schmutzigsten sein sollte, warum gibt es hier nicht ein einziges Staubkorn? Na, warum? Sagen Sie es mir, Gargiulo, warum?«

Mit einem Sack voller Steine im Bauch wimmerte der Inspektor:

»Ich weiß es nicht, Dottore. Ich habe nicht die geringste Ahnung.«

De Carolis musterte ihn von oben bis unten, als hätte er es mit einem ausgewachsenen Vollidioten zu tun. Schließlich sagte er voller Verachtung:

»Stellen Sie sich vor, ich weiß es auch nicht.«

18

Domenicos Arztkittel war eindeutig zu groß, doch er verhüllte, was er verhüllen sollte, und kaschierte das Desaster, das Gretas Bluse angerichtet hatte. Die Ärmel hatte Mina hochgekrempelt, aber in der Länge reichte ihr das Kleidungsstück bis zu den Knöcheln, was ihr trotz ihrer finsteren Miene eine klösterliche Aura verlieh.

Rudy hatte die züchtige Kutte als persönliche Beleidigung aufgefasst. Schmollend saß er kerzengerade auf seinem Stuhl, nur hin und wieder legte sich sein Blick auf die beachtliche Wölbung unter dem weißen Stoff, der ihn die nur wenige Sekunden genossene paradiesische Aussicht ungerechterweise nicht weiter bestaunen ließ. Er fühlte sich wie ein Talentscout, der für einen Augenblick Zeuge einer überragenden Darstellung eines jungen Künstlers oder Sportlers geworden ist, die sich dann aber nie mehr wiederholt hat. Er *wusste* um die Dinge, aber er konnte der Welt nicht verkünden: »Seht her, was habe ich euch gesagt?«

Immer wieder warf er Mina zu deren Ärger vorwurfsvolle Blicke zu, aus denen nur dann eine melancholische Zärtlichkeit sprach, wenn sie über den geliehenen Kittel wanderten. Die Sozialarbeiterin musste an Walt Disneys Zwerg Brummbär denken, dessen mürrische Züge den verzückten Ausdruck eines Frischverliebten annahmen, als Schneewittchen ihm plötzlich einen Kuss auf die Wange gab.

Bei Domenico war das Gegenteil der Fall. Der kurze Moment des physischen Kontakts, das magische Verschmelzen ihrer Blicke und vielleicht auch die Offenbarung des zutiefst Weiblichen, das ihm bisher nicht aufgefallen war, hatten ihn überwältigt.

Der Gynäkologe war ein unkomplizierter Charakter, ein Junge vom Land, stets darauf bedacht, Beruf und Privatleben voneinander zu trennen. Er hatte nie irgendwelche Beziehungen gehabt, die sich aus seiner Arbeit ergeben hatten, welche den größten Teil seines Alltags ausmachte. Er bildete sich ständig fort, auch zu Hause. Er hatte keine Freunde und ging in der fremden Stadt, die ihm ein wenig Angst einjagte, so gut wie nie aus. Für Mina empfand er aufrichtige Bewunderung; er betrachtete sie als eine engagierte, tüchtige Kollegin mit großem Arbeitsethos. Sie war ihm von Anfang an sympathisch gewesen, und er hätte gern eine engere Beziehung zu ihr aufgebaut, aber da sie es ganz offensichtlich bei einem »Guten Morgen« oder »Schönen Abend« belassen wollte, hatte er sich wohl oder übel mit ihrem Desinteresse arrangiert.

Nun war es innerhalb von Sekunden zu einer wahren Revolution gekommen. Denn in dieser seltsamen Haltung, die an eine Tanzpose erinnerte, mit der Kollegin zu verharren, ihren Körper unter seinen Händen zu spüren, diese unglaublichen halbnackten Brüste zu erblicken, die sich heftig atmend hoben und senkten, in diese schwarzen Augen abzutauchen, in denen er Wut und Unterwerfung las, Hingabe und Widerstand, Sanftmut und

Fluchtreflex, all dies hatte ihn in einen Zustand äußerster Verwirrung gestürzt.

Denn, wie Mina wusste: Domenico war verlobt.

Er war es seit seiner Jugend, als seine Familie ihm unter großen Opfern seinen Berufswunsch, Arzt zu werden, ermöglicht und er sich für ein Medizinstudium eingeschrieben hatte. An der Universität hatte er eine Kommilitonin kennengelernt, Viviana, die genau wie er dafür brannte, anderen Menschen zu helfen, und so waren sie ein Paar geworden. Ihre Beziehung bestand seit fast zwanzig Jahren, doch wegen ihrer unterschiedlichen Karriereziele hatten sich ihre Wege getrennt. Die Beziehung bestand zwar weiterhin, allerdings reduziert auf gelegentliche Skype-Treffen am Abend. Viviana war zu Ärzte ohne Grenzen gegangen, sie engagierte sich bei humanitären Einsätzen in fernen, von Kriegen oder Epidemien geschüttelten Ländern. Verschiedene Zeitzonen, schlechte Flugverbindungen und Vivianas missionarischer Eifer hatten zwangsläufig eine gewisse Distanz und auch ein merkwürdiges Ungleichgewicht zwischen ihnen hergestellt. Domenico mit seiner herkömmlichen Laufbahn fühlte sich unterlegen, und sie mit ihren exotischen Plänen kam sich irgendwie maßlos vor.

Ein so lange währendes Verhältnis zu beenden war jedoch nicht einfach. Domenico hätte nicht sagen können, wie er das anstellen sollte; hinzu kam die Angst, Viviana nicht mehr in seinem Leben zu wissen. Wahrscheinlich spielte auch das Gefühl mit hinein, keine andere Beziehung zu brauchen, und so gab es schlicht nicht das Bedürfnis nach Trennung. So gefangen Viviana von ihrer großen Aufgabe sicher war, so wenig wollte sie wohl ebenfalls auf diesen fixen Punkt in ihrem Leben verzichten, egal wie weit weg er auch war. Folglich telefonierten sie täglich miteinander und sahen sich gelegentlich halb melancholisch, halb verlegen lächelnd auf dem Monitor.

Nicht ansatzweise ahnend, wie attraktiv er auf seine Patientinnen wirkte, hatte Gammardella sich für Frauenheilkunde entschieden, eben weil er so wenig empfänglich für weibliche Reize war. Jedenfalls konnte er sich nicht erinnern, dass sein Körper schon einmal so verrückt gespielt und so eindeutig sein Begehren signalisiert hatte wie bei dem überraschenden Anblick von Minas Brüsten. Und noch weniger wusste er mit dieser Regung umzugehen.

Dieser kleine Exkurs, um den offensichtlichen Widerspruch zu erklären zwischen dem Lächeln des Arztes, das seine Lippen wie nach einer Gesichtslähmung fest im Griff hatte, und dem Stirnrunzeln, das seine innere Zerrissenheit spiegelte. Sein Ausdruck ähnelte dem einer antiken Totenmaske, deren Schöpfer zugleich die Unerschrockenheit des verblichenen Monarchen auf dem Schlachtfeld und seine Großherzigkeit in Friedenszeiten dokumentieren wollte.

Mina hingegen hatte eine Riesenwut auf die ganze Welt. Vor allem war sie stocksauer auf ihre bescheuerte Freundin Greta, die sie in eine solche Lage gebracht hatte, nur um sich besonders witzig zu fühlen. Dann galt ihr Zorn sich selbst, wegen ihres Missgeschicks bei der Umgehung von Problem Nummer 1 und dem fatalen Versäumnis, sich am Vorabend bei vernünftigem Licht die die richtigen Kleidungsstücke zurechtzulegen. Sie war wütend auf Domenico »Nenn mich Mimmo«, weil er es gewagt hatte, die Hand nach ihrer Stirn auszustrecken – wie konnte er nur? Dieser lange und intensive Blickwechsel, ihre nur wenige Zentimeter voneinander entfernten Gesichter hatten sie massiv erschüttert (auch weil Domenico ihr absolut identisch erschienen war mit dem Redford aus *Stromer der Landstraße*, der ganz sicher zu ihren Lieblingsfilmen zählte). Den tiefsten Groll freilich hegte sie gegen Rudy, weil er einen Moment zerstört hatte, in dem der Arzt, das wusste sie, kurz davor gewesen war, sie zu küssen – was sie höchstwahrscheinlich dazu gezwungen hätte, ihm einen sanften Tritt ins Gemächt zu versetzen, und sei es nur, um auf dem Prinzip zu beharren, dass sie selbst bestimmte, wen sie wann küsste. Zumindest hätte das eine Pattsituation aufgelöst, die sonst, zum Verdruss, aber zugleich zur vollen Zufriedenheit beider Beteiligten, kein Ende gefunden hätte.

Die Luft im Sprechzimmer des Gynäkologen war also zum Schneiden dick.

Mit Grabesstimme forderte Mina den Hausmeister auf:

»Okay, Trapanese, erzählen Sie uns alles, was Sie wissen, und lassen Sie nichts aus.«

Rudy räusperte sich und wandte sich an Minas linke Brust, die er sich in ihrer ganzen Üppigkeit unter dem Kittel vorzustellen versuchte.

»Selbstverständlich, Dottoressa. Also, bei Peppe, dem Barmann von gegenüber, arbeitet, wie Sie wissen, eine Kassiererin – Deborah mit h, was man immer dazu sagen muss, weil sie sonst sauer wird. Diese Kassiererin hat eine Schwester, die mit dem Bruder von Peppe verheiratet ist, über dessen Broterwerb ich Ihnen leider nichts verraten darf, denn Peppe ist ein guter Freund, und ich will ihn nicht in Schwierigkeiten bringen. Diese Schwester, sie heißt Samantha mit h, ist also die Schwägerin von Peppe und zwar doppelt gemoppelt, denn sie ist ja auch die Schwester von Deborah mit h. Leider hat sich allerdings der Bruder von Peppe seit einiger Zeit etwas aus der Öffentlichkeit zurückziehen müssen, denn es gibt da bestimmte Leute, die ihm ein paar Fragen stellen wollen, und er, sagen wir mal so, würde nicht so genau wissen, was er antworten sollte, deswegen ...«

Mina hob die Hand.

»Trapanese, ich habe Sie etwas gefragt. Und nur darauf will ich eine Antwort. Die Familienverhältnisse des Barmanns von gegenüber interessieren mich nicht die Bohne. Wenn Sie sich also darauf beschränken könnten, uns das mitzuteilen, was wir wissen wollen, wäre das sehr freundlich. Anderenfalls trotzdem danke, aber dann können Sie jetzt gehen.«

Der Hausmeister nahm die Kritik sportlich und wandte sich lächelnd an Minas andere Brust.

»Sie haben vollkommen recht, Dottoressa, aber mit Ihnen zu plaudern ist einfach zu schön. Da kommt es schon mal vor, dass man sich verzettelt ... Also, Samantha mit h muss derzeit ohne ihren Gatten auskommen, aber nicht in dem Sinne, dass er sie verlassen hätte, nein, nein, denn sie mögen sich sehr gerne, sondern er hatte einfach ein bisschen Pech bei der Arbeit, deshalb ist Samantha mit den sieben Kindern in eine andere, leer stehende Wohnung gezogen, von der keiner so richtig weiß, wem sie gehört, sie haben sie, wie sagt man ... besetzt, ja, genau. Und zwar im Vico Albanesi, also da, wo auch die Caputos wohnen.«

Domenico nickte zufrieden.

»Sehr gut, Rudy. Um diese Familie handelt es sich. Erzählen Sie weiter.«

Trapanese warf ihm einen skeptischen Blick zu. Der Hausmeister, so viel muss gesagt werden, glaubte fest, dass der Arzt homosexuell war. Denn wie wäre es sonst zu erklären gewesen, dass er bei dieser Unzahl an Frauen, die ihm die Tür einrannten (was er im Übrigen nicht verstehen konnte, denn seiner Ansicht nach war der Mann vollkommen unattraktiv), nicht permanent Stielaugen bekam und an der Wand entlangstrich?

Er wandte sich wieder Minas Brüsten zu.

»Tatsächlich gehört die Wohnung wohl den Eltern von diesem Caputo, das behauptet jedenfalls Samantha mit h. Der Sohn lebt mit seiner Frau, einer Negerin aus Mexiko, und der Tochter in zwei Zimmern.«

Mina fuhr hoch und herrschte ihn an:

»Verdammt, Trapanese, was erlauben Sie sich? Solche rassistischen Ausdrücke sind hier drinnen untersagt, verstehen Sie? Mal ganz davon abgesehen, dass Signora Ofelia Ramirez Peruanerin ist.«

Rudy blinzelte, ohne jedoch den Blick von ihrem Oberkörper abzuwenden.

»Verzeihen Sie, Dottoressa, aber was habe ich denn Schlimmes gemacht? Ich habe nicht mal ›Schlampe‹ oder so was gesagt, ich habe nur gesagt, dass sie Mexikanerin ist. Meinetwegen, ich habe mich geirrt, oder vielmehr Samantha mit h hat sich geirrt, aber dafür kann ich doch nichts.«

In einer Geste der Verzweiflung breitete Mina die Arme aus.

»Fahren Sie fort, Trapanese, weiter im Text.«

»Nun, es sieht ganz so aus, als wären die beiden Alten ehrbare Leute. Er sagt kaum was, sie ist ziemlich dick und hat Krampfadern und Stützstrümpfe, will sagen: Sie bewegt sich so gut wie gar nicht und dann auch nur mühsam, aber die beiden sind in Ordnung. Laut Samantha mit h sind auch die große und die kleine Mexikanerin nett und freundlich, sie halten sogar hin und wieder ein Schwätzchen, und das Mädchen spielt mit einer ihrer Töchter – so weit also alles gut.«

Domenico, der seinen sorgenschweren Blick nicht einen Moment von Mina gelöst hatte, während sie ihm nach wie vor die kalte Schulter zeigte, sagte:

»Rudy, uns interessiert aber der Ehemann der Peruanerin. Über ihn weiß man nichts?«

Der Pförtner lächelte sein breites, zahnloses Lächeln.

»Na, hier fängt's an, interessant zu werden, Dottore. Denn laut Samantha mit h war der Typ, dieser Alfonso, von dem man nicht weiß, womit der sein Geld verdient, und der ständig unterwegs ist und eigentlich auch noch nicht zurück sein sollte, gestern Abend plötzlich wieder da. Und jedes Mal, wenn der zu Hause auftaucht, hören Samantha mit h und die Kinder mit und ohne h von unten Krach und Geschrei.«

Mina und Domenico tauschten einen Blick, der zwar voller Vorsicht war (der verpasste Kuss schwebte über ihnen wie ein dunkles Geheimnis), doch auch eine neue Einigkeit zwischen ihnen herstellte. Bedrückt, aber zugleich froh, dass ihr Verdacht bestätigt worden war, sagte die Sozialarbeiterin:

»Also stimmt es, dass er ein Gewalttäter ist.«

Rudy kratzte sich zweifelnd das Kinn.

»Na ja, Dottoressa, so ganz sicher wäre ich mir da nicht. Kann immer noch sein, dass die Ne… äh, Schwarze die Gewalttäterin ist. Ich kenne einen Verkäufer aus der Via Chiaia, der zweimal am Tag von seiner Frau vermöbelt wird, mittags und abends vorm Essen, weil sie meint, einer, der anderen Frauen Kleider verkauft, der kann nur ein Schwein sein. Man steckt da ja nicht drin, verstehen Sie? Auch weil diese Schwarzen … Na klar, das können ganz normale Leute sein, um Himmels willen, aber manche von denen benehmen sich so, als wären sie bei sich zu Hause. Also wie im Dschungel.«

Wütend sprang Mina auf.

»Trapanese, ich will kein Wort mehr von Ihnen hören! Und auch nicht mehr mit Ihnen reden. Das ist ja ekelhaft, so ein Rassismus – und das in diesen vier Wänden. Einfach abstoßend!«

Rudy suchte Unterstützung bei Domenico.

»Warum denn, was habe ich denn gesagt, Dottore? Ich meine doch nur, dass man ohne Beweise – und Samantha mit h hat nun mal keine Beweise – nicht einfach so was behaupten kann. Stimmt doch, oder? Niemand hat je gesehen, wie der Caputo seine Frau verprügelt, und auch nicht, wie vielleicht sie ihn verprügelt, das ist nun mal eine Tatsache. Aber, wie wir wissen, ist sie eine Schwarze, also muss sie schon irgendwas Komisches an sich haben, meinen Sie nicht? Aber da kann ich doch nichts für!«

Bevor Domenico etwas erwidern konnte, wurde von draußen an die Tür geklopft.

Und plötzlich stand Flor im Raum, einen riesigen Bluterguss unter dem Auge.

Das Mädchen machte einen Schritt vor und sagte fast sachlich:

»Meine Mutter ist im Krankenhaus. Sie lassen mich nicht zu ihr. Bitte, kann jemand von Ihnen mit mir kommen?«

19

Langsam, mit einem Quietschen, öffnete sich die Tür. Hätte in dem Zimmer jemand gelauscht, er hätte am Ende des Ganges Schritte vernommen, die sich ebenso langsam näherten. Doch es lauschte niemand.

Der Nachmittag war unmerklich in den Abend übergegangen, und durch die halb geschlossenen Fensterläden drang nun nicht mehr das Licht der untergehenden Sonne, sondern das der Straßenlaterne.

Von draußen schallten die unterschiedlichsten Geräusche herein: die Kraftausdrücke der Straßenjungen in der Endphase eines Fußballmatchs; das rhythmische Prallen des Balls gegen ein seit Urzeiten verrammeltes Rollgitter, das zum Fußballtor mutiert war; das Zetern der Mütter, die ihre Söhne vom Balkon aus zum Abendessen herbeizitierten; das Knattern der frisierten Motorroller mit abgesägtem Auspuff; plärrende Fernseher, Sänger und Querulanten jeder Couleur; ein Säugling, der schrie, als würde er abgestochen.

Im Zimmer selbst war nichts zu hören bis auf einen tiefen, rasselnden Atem.

Auch die hereindringenden Gerüche waren vielfältig: Küchendüfte, teils mit stark exotischer Note, aus aller Herren Länder; Abgase; der Gestank von Abfällen, der einem wie ein Vorbote drohenden Unheils die Kehle zuschnürte.

Drinnen roch es vor allem nach Urin. Und nach Zwiebeln vom Vortag und billigem Reinigungsmittel.

Die müden Schritte blieben vor der Tür des Zimmers stehen, das vom bläulichen Schein eines tonlosen Fernsehers erhellt wurde. Weder die Person drinnen noch diejenige draußen hätten sagen können, wie lange das Warten andauerte. Ein unendliches, nicht messbares Innehalten, eine Stunde oder zwei, eine Minute oder zehn Sekunden.

Dann setzten die Schritte wieder ein, und beide Personen befanden sich nun im selben Raum. Nur die von draußen kommende sprach.

»Da bin ich wieder. Noch atmest du, aber ob du mich auch hören kannst? Und, wie war dein Tag? Na ja, hat nicht viel Sinn, dich das zu fragen. Wie jeder andere, oder? Wie alle anderen.«

Die Person ging zur Anrichte, nahm ein Glas und schenkte Wasser aus einer Karaffe ein. Dann trat sie zum Sessel und ließ die andere Person unter größter Wachsamkeit erst eine blaue, dann eine rote Pille einnehmen und jeweils mit Wasser herunterschlucken. Aus dem Sessel erklang zweimal ein hohles Husten. Wieder blieb die Zeit stehen, aber diesmal schien die abgestandene Luft im Zimmer vor Angst zu zittern. Die Person im Sessel schluckte, dann ging der tiefe Atem wieder regelmäßig.

Die andere stellte das Glas auf die Anrichte zurück, als befürchtete sie, es könne zu Bruch gehen. Das Glas klirrte leise, was verriet, dass ihre Hand zitterte. Dann ging sie zum Sessel hinüber und begann vorsichtig, der sitzenden Person eine Windel voller Exkremente und Urin auszuziehen. Der Gestank war unerträglich, doch sie schien keinen Ekel zu empfinden.

Stattdessen begann sie zu sprechen, in einem Tonfall, als würde sie ein Märchen erzählen.

»Weißt du, heute habe ich wieder einen umgebracht. Den Musiker – erinnerst du dich? Santoni. Der war so großartig; alle hielten den Atem an, wenn er spielte. Ein wahrer Wunderknabe. Und nun ist er es, der den Atem anhält. Und zwar für immer. Komisch, oder?«

Sie begann zu kichern, und plötzlich war da kein anderes Geräusch mehr, weder draußen noch drinnen: nicht auf den Balkonen, nicht auf der Straße, weder in den Hauseingängen, wo mit dem Tod gedealt wurde, noch in den Absteigen, wo man ihn sich spritzte, nicht in den Gassen, wo die Messer aufblitzten, und auch nicht in den Kellerlöchern, wo man Sex kaufen konnte. Kein einziges Geräusch übertönte das erstickte mörderische Lachen im Zimmer mit den tiefen Atemzügen.

»Stell dir vor, es war ganz einfach, ein Klacks geradezu. Man glaubt ja gar nicht, wozu die Leute fähig sind, wenn sie zwei Euro sparen können. Und sie lassen dich einfach machen, ohne sich die Folgen auszumalen. Vor zwanzig Jahren hast du es dir tausendmal überlegt, bevor du einen Fremden in deine Wohnung gelassen hast. Heute zerren sie dich regelrecht hinein.«

Die tiefen Atemzüge stockten kurz und setzten dann wieder ein. Auch die Stimme fuhr fort, ein sanfter, einschmeichelnder Singsang.

»Sicher, da ist die Sache mit den Rosen, theoretisch ein Risiko. Außerdem ziemlich mühsam: Du musst dich vergewissern, dass sie ankommen, eine pro Tag und das in einem Abstand von wenigen Tagen zwischen dem einen Opfer und dem nächsten. Ich brauche schließlich Zeit für das, was ich zu tun habe. Aber ohne die Rosen wäre es nicht dasselbe, findest du nicht? Die Rosen sind unerlässlich. Das war dein Part, etwas Unvergessliches. Die Rosen, sie sagen alles.«

Ein dumpfes Keuchen entwand sich der schwer atmenden Brust, wie ein Klagelaut.

Die sanfte Stimme verstummte, eine besorgte Hand befühlte die schweißnasse Stirn und griff rasch nach einem Tuch, um sie abzutupfen.

»Ich habe dir ja erzählt, wie ich es mit den Rosen handhabe: Ich gebe einem Passanten, einem Kind, einem jungen Mädchen, einem Schwarzen – auf gar keinen Fall immer dieselbe Person – ein paar Münzen, um die Rose zu überbringen. Normalerweise nimmt der Pförtner sie in Empfang, aber wenn niemand da ist, wird sie eben in den Briefkasten gesteckt. O nein, ich überlasse nichts dem Zufall. Ich suche mir ein Versteck in der Nähe und warte so lange ab, bis der Adressat sie in Empfang nimmt. Zwölf Rosen, keine mehr, keine weniger. Rot, mit langem Stiel. Kostet mich eine hübsche Stange Geld, aber wie gesagt: Ohne die Rosen macht es keinen Sinn.«

Die Person mit der sanften Stimme legte die schmutzige Windel auf eine alte Zeitung neben dem Sessel und richtete sich müde auf, um ins Bad zu gehen und Wasser in eine Plastikwanne laufen zu lassen. Zurück im Zimmer begann sie vorsichtig, den Intimbereich der Person im Sessel zu waschen, die weder Wohlgefallen noch Missbehagen äußerte.

»Mit dem Rechtsanwalt war es ziemlich kompliziert«, fuhr die sanfte Stimme fort. »Weißt du, ich erinnere mich kaum mehr an ihn. Dabei sollte ich das, er war schließlich derjenige, der alles organisiert und die Rollen verteilt hat. Ich habe nicht wirklich verstanden, weshalb er diesen Beruf ergriffen hat, und das mit einer solchen Besessenheit, von frühmorgens bis spätabends. Ich hatte schon Angst, er würde nicht einwilligen, bei dem vielen Geld, das er verdient und gar nicht ausgeben kann. Aber nein, solche Leute sind oft die Geizigsten – er hat sofort Ja gesagt. Wer weiß, was er dachte, von wem die Rosen waren.«

Ein Kichern, bei dem jedem, der es hätte hören können, das Blut in den Adern gefroren wäre, begleitete ihre Worte.

»Und die Capano? Ich habe es dir ja schon erzählt, aber glaub mir: Was für ein Niedergang! Weißt du noch, wie schön sie war? Diese natürliche Eleganz, diese Klasse, diese Art, sich zu bewegen – eine wahre Prinzessin! Und jetzt nur noch Falten, alles welk und schlaff, die Haare ganz dünn. Sie war kaum wiederzuerkennen. Man sollte meinen, eine Frau von heute achtet auf ihr Äußeres. Aber nein, Fehlanzeige! Andererseits, mit einem Taxifahrer als Mann und einem Sohn, der sich jeden Abend zudröhnt, was will man da erwarten?«

Umsichtig begann die Person mit der sanften Stimme, die Person im Sessel abzutrocknen.

»Nach dem Waschen darf nirgendwo Feuchtigkeit zurückbleiben, sonst entzündet sich die Stelle. Passiert dir ja leider oft genug.«

Sie entnahm einer bereits geöffneten Packung, die unter dem Bett lag, eine neue Windel.

»So viel Kacka, so viel Pipi, mein Schatz. Weißt du, was meine Großmutter immer gesagt hat? ›So lang man tüchtig scheißt und pisst, das Leben einen nicht vergisst.‹ Erst wenn da nichts mehr geht, sollte man sich ernsthaft Sorgen machen. Dann ist es bald vorbei.«

Nachdem sie den Klettverschluss der Windel zugedrückt und ihren Sitz überprüft hatte, sagte sie:

»Die Capano hat die Rosen übrigens anders in Empfang genommen als die anderen. Ich glaube, sie dachte, sie hätte einen Verehrer, der sie irgendwann aus ihrem Elend befreien würde – und dann Adieu, mein lieber Taxifahrer! Aber nein, auch sie hat einen Schuss ins Genick abgekriegt. Wie der Musiker, der ehrlich gesagt ebenfalls ziemlich übel dran war, obwohl er meinte, er wäre ein großartiger Künstler mit einer glorreichen Zukunft.«

Sie stand auf, um einen sauberen Schlafzug aus dem Kleiderschrank zu holen.

»Das eigentlich Überraschende aber sind nicht die Rosen, so schön sie da immer in ihren Vasen stehen. Und auch nicht die Tatsache, dass sie mich alle einfach so reinlassen. Nein, das Überraschende ist der Schuss. Dieser ohrenbetäubende Krach. Das verdammte Schießeisen macht einen Höllenlärm, weißt du? Anfangs dachte ich immer, gleich steht eine Horde krakeelender Nachbarn vor der Tür, ›He, was ist denn da los, was soll der Radau?‹«

Routiniert streifte sie der Person im Sessel die Pyjamahose über, die Strickjacke lag bereits griffbereit auf dem Bett.

»Aber nein, mein Schatz, nichts dergleichen. Gar nichts. In was für einer Welt leben wir denn, in der sich jeder nur um seine eigenen Sachen kümmert und sich nicht mal fragt, was los ist, wenn jemand im Treppenhaus rumballert? Ich hätte Maschinengewehrsalven abfeuern können, und keiner hätte die Nase zur Tür rausgestreckt. Unglaublich!«

Ein dumpfes Stöhnen ertönte aus dem Sessel, als beim Versuch, die Jacke anzuziehen, der eine Ärmel zwischen Schulter und Rückenlehne eingeklemmt wurde.

»Jetzt haben wir es jedenfalls fast geschafft. Nur noch zwei. Eine übermorgen, denke ich, und dann die letzte. Sie macht mir allerdings etwas Sorgen, weil sie so neugierig ist. Die Einzige, bei der ich nicht beobachtet habe, wie sie die Rosen in Empfang nimmt. Aber bekommen hat sie sie, da gibt's kein Vertun. Was sie wohl glaubt, von wem sie stammen? Die Leute erinnern sich ja doch an nichts. Keiner erinnert sich mehr an irgendwas.«

Die Person mit der sanften Stimme schaltete den Fernseher aus. Sie hob den fragilen Körper aus dem Sessel, legte ihn aufs Bett und deckte ihn zu.

»Ruh dich aus, mein Schatz. Ruh dich aus. Bald ist alles vorbei.«

Die Stimme kam nun mit unendlicher Zärtlichkeit vom anderen Kopfkissen her, während eine Hand über ein Gesicht streichelte, über Nase und Stirn. Die tiefen Atemzüge wurden immer ruhiger.

Irgendwo in der Nähe schlug eine Autotür zu, der Wagen fuhr an und übertönte beinahe den letzten Satz, bevor die Albträume wieder begannen.

»Und auch die Rache ist bald vorbei.«

20

Ganz außer Atem kamen sie am Krankenhaus an. Wenn man schnell ging, brauchte man normalerweise zehn Minuten bis dorthin, sie hatten es in sieben geschafft.

Nach einer kurzen Beratung, wie nun vorzugehen sei, hatten sie Domenicos Fangemeinde quasi die Tür vor der Nase zugeschlagen. Mina hätte es begrüßt, wenn der Arzt mit Flor in der Praxis geblieben wäre, um herauszufinden, was wirklich passiert war.

Domenico hatte sie jedoch mit einer für ihn ungewöhnlichen Entschlossenheit angesehen und gesagt:

»Nein, ich komme mit. Erstens habe ich als Arzt leichter Zugang zu Informationen über den Gesundheitszustand der Patientin. Zweitens will ich mich persönlich von der Art der Wunden überzeugen, damit wir verstehen, was passiert ist. Und drittens, und das ist das Wichtigste, entscheide ich für mich und du für dich.«

Mina war die Kinnlade heruntergeklappt. Sie kam sich vor, als hätte sie Robert Redford in *Jeremiah Johnson* vor sich, einem ihrer Lieblingsfilme. Die widersprüchlichsten Empfindungen stiegen in ihr auf.

Sie verspürte den heftigen Impuls, Protest gegen Domenicos Befehlston einzulegen. Was fiel diesem Provinzdoktor ein, der den ganzen Tag zwischen den Beinen seiner Pseudopatientinnen herumhantierte, ausgerechnet ihr, die sie seit Jahren gegen die Unmenschlichkeit im Viertel ankämpfte, Vorschriften zu machen?

Dann war da das Eingeständnis, dass er im Grunde recht hatte, und das machte sie nur umso zorniger, zugleich aber das Gefühl, protestieren zu müssen, zunichte.

Die dritte Empfindung war tiefgehender, persönlicher und, wenn sie ehrlich war, ziemlich unangenehm: Durch den zufälligen körperlichen Kontakt und den Einblick, den Gretas verdammte Bluse dem Arzt erlaubt hatte, war die bis dahin von ihr sorgsam auf einem nüchternen, rein professionellen Niveau gehaltene Beziehung auf ein gefährliches Terrain geraten. Bei der Vorstellung, wie leicht das Gleichgewicht kippen und sich ein dunkler Abgrund auftun konnte, verspürte sie Angst, aber auch ein seltsames Kribbeln im Bauch.

Auch wenn Mina in dem geliehenen Arztkittel auf die Passanten wirken musste wie eine Mischung aus Krankenschwester und Nonne ohne Schleier, wollte sie ihn auf dem Weg ins Krankenhaus nicht ausziehen. Mit Domenico hatte sie sich darauf verständigt, dass Flor am besten zu Hause wartete.

Auf ihre an das Mädchen gerichtete Frage, ob sie Angst hätte und der Vater ihr außer dem blauen Auge noch anderes angetan hätte – in dem Fall hätte man sofort die Polizei hinzuziehen können –, erwiderte Flor entschieden:

»Nein, mein Vater fasst mich nie an. Er lässt alles an meiner Mutter aus. Den Schlag ins Gesicht habe ich abbekommen, weil ich dazwischen gegangen bin. Sonst hätte er sie tatsächlich umgebracht. Heute ist er den ganzen Tag nicht da, aber am Abend kommt er zurück. Wenn er erfährt, dass meine Mutter im Krankenhaus ist, wird er ausrasten. Bitte sagen Sie ihr, sie soll nach Hause kommen.«

Am Eingang zur Notaufnahme saß ein schläfriger Krankenpfleger mit Stöpseln im Ohr, der mit dem Kopf wippte. Als Mina heftig gegen die Scheibe klopfte, nahm er widerwillig den rechten Stöpsel heraus, fuhr sich mit dem kleinen Finger in die Ohrmuschel und fragte, was sie wollten.

»Vor ein paar Stunden wurde hier eine Frau namens Ofelia Ramirez eingeliefert, oder Ofelia Caputo, wenn sie den Namen ihres Mannes angegeben hat. Können Sie uns sagen, wie es ihr geht?«

Der Krankenpfleger prustete entrüstet:

»Sind Sie mit ihr verwandt?«

»Nicht wirklich, wir sind …«

»Wo denken Sie hin, wir können Ihnen das nicht sagen, so sind nun mal die Bestimmungen. Setzen Sie sich von mir aus da hinten hin und warten Sie, bis sie rauskommt. *Wenn* sie wieder rauskommt.«

Domenico trat einen Schritt vor. Diesmal riefen sein strenger Gesichtsausdruck und der keine Widerrede duldende Tonfall ein ziemlich eindeutiges Kribbeln in Minas Bauch hervor.

»Hören Sie zu, junger Mann, ich bin der Arzt dieser Frau, und ich verlange von Ihnen, dass Sie augenblicklich meinen Kollegen rufen, der sich hier im Krankenhaus um die Patientin kümmert. Und zwar ein bisschen plötzlich, wenn ich bitten darf! Das könnte sonst unangenehme Folgen für Sie haben.«

Die Drohungen, die umso mehr Eindruck zu machen schienen, als sie von einem potenziell gefährlichen Fremden kamen, verfehlten ihre Wirkung nicht. Der Krankenpfleger sprang auf, und während der linke Stöpsel aus seinem Ohr glitt, lief er los.

Domenico und Mina konnten gerade mal einen verlegenen Blick tauschen, als sich auch schon die Automatiktür öffnete und eine sichtlich erschöpfte Ärztin mit knittrigem Kittel und Stethoskop um den Hals auf sie zutrat. Sie hatte tiefe Augenringe und war vermutlich zehn Jahre jünger, als sie aussah. Ihre gereizte Miene verriet, dass sie nur ungern in den Eingangsbereich der Notaufnahme gekommen war.

Und tatsächlich sprangen die dort anwesenden Familienangehörigen, die bislang in Erwartung der Dinge, die da kommen mochten, vor sich hin gedöst hatten, nun wie auf Kommando alle gleichzeitig auf, da sie sich von ihr neue Auskünfte erhofften.

Der Krankenpfleger mit den Ohrstöpseln hob die Hand, worauf alle wie auf eine geheime Verabredung hin wieder auf ihre Sitze sanken.

Als die Ärztin Domenico erblickte, durchlief sie auf der Stelle eine spektakuläre Metamorphose: Jeder Anflug von Ärger war aus ihren Zügen verschwunden. Mina fragte sich, wie man es neben einem Menschen aushalten konnte, der allein durch sein Gesicht so aphrodisierend wirkte.

Sogleich zog sie die Hände aus den Taschen ihres Kittels, strich den Stoff glatt, zupfte das nicht sonderlich beeindruckende Dekolleté zurecht, fuhr sich durchs Haar und schob sich die Brille richtig auf die Nase.

Mit strahlendem Lächeln, das in grellem Kontrast zu ihrer vorherigen Leidensbittermiene stand, und einem gewollt verführerischen Timbre in der Stimme sagte sie:

»Guten Tag, ich bin Dottoressa Rinaldi von der Notaufnahme. Was kann ich für Sie tun?«

Das konnte sich zwar auf mehrere Personen beziehen, doch sie starrte weiterhin auf Domenicos Mund.

»Angenehm, Frau Kollegin, ich bin Domenico Gammardella, Gynäkologe im Beratungszentrum West, Sie kennen es bestimmt. Nennen Sie mich einfach Mimmo.«

Die Rinaldi, die weder davon gehört noch sich die Existenz eines solchen Beratungszentrums jemals hatte vorstellen können, nickte wissend.

»Aber ja doch, das Beratungszentrum West, natürlich. Hallo, Mimmo. Freut mich, Sie kennenzulernen. Freut mich sehr.«

Mina stampfte mit dem Fuß auf. Domenico beeilte sich, sie vorzustellen.

»Das ist Dottoressa Settembre, die Leiterin der Abteilung Soziale Fürsorge im Beratungszentrum. Wir sind hier, weil …«

Mina, die nur auf die Gelegenheit gewartet hatte, ergriff sofort das Wort.

»Bei Ihnen müsste eine Frau peruanischer Herkunft eingeliefert worden sein, Ofelia Ramirez. Wir haben Grund zu der Annahme, dass sie Opfer häuslicher Gewalt wurde, und möchten gerne wissen …«

Ohne den Blick von Mimmo abzuwenden und ihr Dauerlächeln abzustellen, fiel die Rinaldi ihr ins Wort.

»Sie möchten das gerne wissen, natürlich. Häusliche Gewalt, na klar. Ich kenne diese Frau Ramirez, sie ist regelmäßig hier. Ich glaube, dieses Jahr habe ich sie mindestens schon dreimal untersucht. Wirklich eine sehr unachtsame Person!«

Mina wollte etwas erwidern, doch Domenico kam ihr zuvor.

»Können Sie mir sagen, wie es ihr geht?«

Die Ärztin zuckte mit den Achseln.

»Na ja, eigentlich wie immer. Ein Bluterguss am Hals, ein anderer, großer an der Schulter. Diverse Prellungen an den Unterarmen, eine Platzwunde an der Stirn, muss aber nicht genäht werden. Ach ja, und ein hübscher blauer Fleck am rechten Oberschenkel. Ein Neuzugang sozusagen.«

Ein Muskel am Kiefer des Gynäkologen begann zu zucken.

Mina sagte trocken:

»Was meinten Sie damit, als Sie sagten, Frau Ramirez sei eine unachtsame Person?«

Die Rinaldi sah zu Mina hinüber. In ihrem Blick, nun nicht mehr von Domenicos Zauber gebannt, lagen Müdigkeit und Verbitterung.

»Was ich damit meine? Sie arbeiten doch auch im Spanischen Viertel, oder? Signora Ramirez gehört zu der großen Zahl von Frauen, die hierherkommen, weil sie ausgerutscht, die Treppe hinuntergefallen, in der Dusche gestürzt oder von der Katze angegriffen worden sind. Zumindest erzählen sie das, in voller Übereinstimmung mit jenen Unschuldslämmern von Ehemännern, Lebenspartnern, Söhnen. Wir nennen sie ›die Unachtsamen‹. Nicht um alles Gold der Welt könnte man sie zu einer Anzeige überreden. ›Ich bin gestürzt, Herr Doktor.‹ Ich bin gestürzt, und jetzt rutschen Sie mir bitte den Buckel runter.«

Mina und Domenico schwiegen betreten, die Frustration war ihnen anzusehen. Schließlich sagte der Arzt:

»Können wir zu ihr?«

Die Rinaldi zog eine Grimasse.

»Sie müssen nicht rein – sie kommt gleich wieder raus. Ich habe sie soeben untersucht, gerade erzählt sie noch einem Polizeibeamten den Hergang der Ereignisse. Man sollte die Treppen in dem Haus, in dem sie wohnt, wirklich mal ausbessern, finden Sie nicht? Noch so ein Sturz, und das war's dann. Sofern ich sie nicht vorher erwürgt habe, vor Wut.«

Mit einem Kopfnicken zu Mina und einem strahlenden Lächeln für Domenico verschwand die Ärztin wieder durch die Automatiktür. Kurze Zeit später öffnete sich diese erneut, und Ofelia tappte unsicher nach draußen. Sie hatte ein Verbandpflaster auf der Stirn, und aus ihrem Mantelkragen lugte ein violetter Fleck hervor.

Der zutiefst melancholische oder vielleicht auch verzweifelte Ausdruck auf ihrem Gesicht verwandelte sich in blankes Entsetzen, gepaart mit Misstrauen, als sie Mina und Domenico erkannte.

Schon machte sie Anstalten, den Rückzug anzutreten, doch die Automatiktür hatte sich bereits wieder geschlossen.

Mit einem Seufzer trat sie auf sie zu.

»Was machen Sie hier? Ich brauche nichts, es geht mir gut, danke.«

Mina sah sie scharf an. Sie war zornig. Domenico fand sie wunderschön so, und sofort regte sich sein schlechtes Gewissen Viviana gegenüber, die in dem Moment womöglich ihr Leben riskierte, irgendwo in Darfur, Osttimor oder sonst einem abgelegenen Ort.

»Wie oft soll das noch passieren, Ofelia? Worauf war-

ten Sie – dass er Sie umbringt? Und was haben Sie diesmal verbrochen? Vielleicht den Arztbesuch mit Ihrer
Tochter?«

Ofelia wandte den Blick ab.

»Ich weiß nicht, wovon Sie sprechen, Signora. Ich bin
die Treppe runtergefallen, wie ich dem Polizisten gerade
erklärt habe. Ich habe unterschrieben und darf jetzt gehen. Das ist alles.«

Domenico seufzte und schüttelte den Kopf. Wie schwer
es war, jemandem zu helfen, der sich dagegen sträubte.

Mina reagierte mit noch größerer Wut und ging um-
standslos zum Du über, woraus mehr Verachtung als
Mitleid sprach.

»Du denkst nur an dich selbst, was? Du hältst dich für
eine Heldin, weil du dieses Schwein nicht anzeigst, weil
du still leidest und glaubst, du wärst eine Märtyrerin. Ja,
siehst du denn nicht, was du Flor antust, die heute Morgen mit einem Bluterguss unterm Auge und völlig ver-
ängstigt bei uns aufgetaucht ist? Merkst du denn nicht,
dass du sie so zu einer Frau machst, wie du selbst eine
bist – in den Händen von irgendeinem Kerl?«

Voller Panik schaute Ofelia Mina an.

»Ein Bluterguss … Unterm Auge? Wann hat sie … Ah,
hat er auch sie in die Mangel genommen? Oder ist sie dazwischen gegangen … Ich weiß es nicht mehr. Ich kann
mich nicht erinnern.«

Domenico trat auf sie zu, um sie zu stützen, weil er
das Gefühl hatte, sie könnte jeden Moment in Ohnmacht
fallen.

»Signora, versuchen Sie bitte nicht, uns etwas vorzumachen. Es gibt Dinge, die lassen sich nicht mehr gerade-

biegen – sie werden einfach immer schlimmer. In meinem Dorf, da gab es mal vor längerer Zeit … Ach, lassen wir das. Also, wenn Sie Ihrer Tochter helfen wollen, dann müssen Sie etwas tun.«

Ofelia weinte stumm. Die Tränen liefen ihr groß und schwer über die Wangen, als hätten sich hinter ihren Augen zwei Dämme geöffnet. Sie biss sich auf die Unterlippe und schüttelte den Kopf.

Ins Leere starrend sagte sie schließlich:

»Sie haben recht, irgendwann schlägt er mich noch tot. Es wird immer schlimmer mit ihm, jedes Mal geht er einen Schritt weiter. Aber ich kann ihn nicht anzeigen. Es wäre sinnlos, bei der erstbesten Gelegenheit würde er mich umbringen oder einen seiner kriminellen Freunde damit beauftragen. Und jetzt lassen Sie mich bitte nach Hause. Ich muss mich um mein Kind kümmern.«

Leicht schwankend, aber fest entschlossen setzte sie sich in Bewegung.

Domenico murmelte vor sich hin:

»Ich kann einfach nicht glauben, dass man da nichts machen kann. Dass die Polizei nicht einschreiten kann, ohne dass Anzeige erstattet wurde.«

Mina starrte auf die Glasscheibe, hinter der der Krankenpfleger seine Ohrstöpsel-Jam-Session wieder aufgenommen hatte. Dann sagte sie:

»Kann sein, dass das Gesetz ohne Anzeige hier nichts ausrichtet. Aber das heißt nicht, dass man nichts machen kann …«

21

Das Telefon auf dem Schreibtisch klingelte dezent, während der Mann dahinter versuchte, einem Ehepaar die Tilgung eines Hypothekendarlehens zu erläutern. Das war nicht einfach, denn sie war jung und intelligent, sprach als Ukrainerin aber nur wenig Italienisch. Er dagegen war zwar Italiener, aber alt und verstockt und dementsprechend begriffsstutzig.

Schon manch ein Normalsterblicher hatte Probleme, die Zusammensetzung und Höhe der Raten unter Berücksichtigung von Zinsen und Kapital nachzuvollziehen. Hier kam jedoch noch eine Sprachbarriere erschwerend hinzu. Immerhin besaß der Mann auf dem gepolsterten Schreibtischstuhl insofern eine besondere Eignung, die Zusammenhänge zu erklären, als er jahrelang hinter den Schaltern etlicher Provinzsparkassen Dienst geschoben hatte, wo schon jemand mit Mittlerer Reife als gefährliche Intelligenzbestie galt.

Auf dem Schild vor ihm stand *Luigi De Luca – Vizedirektor*. Es war zwar nur ein kleines Kreditbüro, aber der Titel machte sich gut. Der Mann setzte seine Litanei fort, unbeirrt von dem desinteressierten Blick des Alten mit dem hängenden Unterkiefer und den zwischen dem Schild und den Zahlenreihen hin und her huschenden Augen der Ukrainerin, die zu überlegen schien, ob es nicht besser wäre, sich an denjenigen zu halten, der die

Kredite vergab, als an denjenigen, der sie dreißig Jahre lang abbezahlte.

Mit einem entschuldigenden Schulterzucken, das der Ukrainerin zugleich signalisierte, sie möge sich keine falschen Hoffnungen machen, hob der Mann den Hörer ab.

»Banca Cooperativa, hier De Luca, Vizedirektor. Was kann ich für Sie tun?«

Leise säuselnd erwiderte eine affektierte Stimme:

»Aber nicht irgendein Vizedirektor. Nein, der schärfste Vizedirektor der Welt, um genau zu sein.«

Als hätte sein Besuch die Stimme hören können, errötete De Luca und warf dem Pärchen einen prüfenden Blick zu. Der Mann starrte noch immer auf die Zahlenreihen, während die Frau ihn neugierig musterte – ein solches Erröten versteht man überall auf der Welt.

»Ach, hallo! Ja, ich bin gerade in einer Besprechung. Was kann ich denn für Sie tun?«

Die Stimme am anderen Ende der Leitung lachte glucksend.

»Du hast Besuch? Wahrscheinlich hättest du lieber mich vor dir, nicht wahr? Oder auch von der Seite oder von hinten – wo wir schon darüber sprechen. Es ist wirklich ein Glücksfall, dass wir beide so experimentierfreudig sind.«

Der schärfste Vizedirektor der Welt fuhr sich mit dem Finger in den Hemdkragen.

»Jaja, ich erinnere mich genau. Und keine Frage, es war mir immer ein großes Vergnügen. Aber bitte, schießen Sie los.«

»Oh, ich liebe Dirty Talk mit dir am Telefon, während du Kunden hast, Schatz! Das ist so was von sexy! Geilt es dich nicht auch auf? Bestimmt hast du schon einen Ständer, oder? Sag's mir, komm, sag's mir!«

Er sah den Schmollmund am anderen Ende der Leitung förmlich vor sich. De Luca seufzte, lächelte dem Pärchen zu und mimte ein »Augenblick noch, bitte!«.

»Aber natürlich. Selbstverständlich, das geht in Ordnung. Allerdings ist es wie gesagt im Moment etwas schwierig …«

»Also, wenn du mich so abservierst, weiß ich nicht, ob wir beim nächsten Mal das Spielchen machen, auf das du so stehst …«

Nervös fuhr De Luca sich durch die Haare.

»O ja, natürlich. Glauben Sie mir, von meiner Seite aus besteht nicht die geringste Veranlassung, von unserer … Übereinkunft Abstand zu nehmen. Aber wie gesagt, gerade ist es …«

Die Ukrainerin setzte sich zurecht. Sie verstand zwar nur jedes dritte Wort, aber mit Körpersprache kannte sie sich aus. Sie wusste genau, was da abging. Das war besser als eine Folge ihrer Lieblingssoap.

»Ich möchte dich nicht weiter stören, Schatzi«, sagte der Mann am anderen Ende der Leitung, »aber ich wollte dir unbedingt sagen, dass ich gerade die zwölfte Rose bekommen habe, und …«

De Luca runzelte die Stirn.

»Was für eine zwölfte Ro… Ich verstehe nicht …«

Die Ukrainerin straffte den Rücken. Jetzt kam das Wichtigste, kein Zweifel. Sie stieß dem Alten neben sich den Ellbogen in die Seite. Der schien aus dem Koma zu erwachen.

»Tu doch nicht so«, sagte die Stimme. »Ich weiß ganz

genau, dass du mir durch deine süße zurückhaltende Art zeigen willst, dass du mich liebst. Und ich wollte dir nur schnell sagen, dass ich das verstanden habe.«

Der Alte, der gerade noch versucht hatte zu begreifen, weshalb er das Dreifache der geliehenen Summe zurückzuzahlen hatte, rieb sich verwundert die Seite.

De Luca schüttelte den Kopf, als könnte sein Gesprächspartner das sehen.

»Nein, schauen Sie, das muss ein Missverständnis sein, ich habe nie …«

»Anfangs habe ich es nicht glauben wollen: eine pro Tag, langstielig und rot, genau wie ich sie liebe. Jedes Mal von einer anderen Person abgegeben, vor der Tür abgelegt, während ich nicht da war. Es gibt kaum etwas Romantischeres, mein Schatz!«

De Luca bedachte das Pärchen mit einem gequälten Lächeln und hielt zwei ausgestreckte Finger in die Höhe. Noch zwei Minuten, sollte das bedeuten.

»Hören Sie, Dottore, das werden wir noch im Einzelnen besprechen. Und zwar am besten persönlich. Ich …«

»Und noch etwas: Ich finde es wunderbar, dass du dich auf diese alte Geschichte beziehst, die so wichtig war für meine Karriere. Die zwölf Rosen. Wirklich, das hat mich umgehauen. Ich wollte bis heute warten, um zu sehen, ob tatsächlich die letzte auch noch kommt, und siehe da, sie ist pünktlich eingetroffen. Ich dachte, mein Herz zerspringt, so sehr habe ich mich gefreut!«

Die Ukrainerin verlor nun doch die Geduld und warf ihrem Begleiter einen Blick zu, der sich daraufhin einen Ruck gab, erst auf die Armbanduhr sah, dann zu De Luca hinüberschielte und mit dem Finger auf das Uhrenglas klopfte.

»Dottore, verzeihen Sie, aber ich muss auflegen. Ich rufe Sie an, sobald …«

»Natürlich, mein Schatz, natürlich. Aber ich wollte dir unbedingt jetzt gleich sagen, dass ich … ja, dass ich deinen Antrag annehme. Und bei den zwölf Rosen, die ein Zeichen dafür sind, wie großartig es mit uns läuft, bei ihnen schwöre ich, dass es für immer sein wird. Ich nehme deinen Antrag an, und du wirst bei mir einziehen.«

De Luca gab den beiden Kunden ein Zeichen sitzen zu bleiben und sagte:

»Ach, danke, Dottore, das ist wirklich eine schöne Nachricht, die Sie da für mich haben, ich hoffe, ich werde mich ihrer würdig erweisen. Aber jetzt entschuldigen Sie, ich muss mich wirklich um meine beiden zauberhaften Kunden kümmern, die hier vor mir …«

Am anderen Ende der Leitung erklang ein geziertes Lachen im Falsett, das nur zu deutlich aus dem Hörer klang. Jetzt dämmerte es auch dem Alten, woraufhin er sich De Luca mit neuerlicher Aufmerksamkeit zuwandte.

»Gut, gut, mein Schatz. Komm nur sofort nach der Arbeit zu mir, dann mache ich dir …«

Der Satz brach mit einem dumpfen Geräusch ab. De Luca nahm den Hörer vom Ohr und betrachtete ihn wie ein seltsames Objekt. Dann horchte er wieder hinein, aber alles was er hörte, war Stille.

»Hallo?«, sagte er. »Dottore, sind Sie noch dran?«

Doch er hörte nur noch das Besetzzeichen. Die Verbindung war unterbrochen worden. De Luca seufzte. Hoffentlich hatte er nicht wieder unwillentlich seinen äußerst sensiblen Partner verletzt, aber das würde er beim nächsten Telefongespräch zu klären versuchen, wenn er endlich ungestört reden konnte.

Er setzte sein schönstes Lächeln auf und wandte sich an das Pärchen:

»Wie ich vorhin schon sagte, Sie werden kein besseres Angebot finden. Das garantiere ich Ihnen!«

22

Und wenn am nächsten Tag der Weltuntergang drohte, an ihrem Treffen jeden Dienstag um acht in der Bar Miragolfo hielten sie fest.

Die treibende Kraft dahinter war Delfina, sie duldete schon seit Kindertagen keinen Widerspruch. Niemals war Mina jemand untergekommen, der sich Delfina widersetzt hätte, zumal sie dem- oder derjenigen die Hölle heiß gemacht hätte. Die Bedenken der anderen – »Lasst uns das doch ganz locker handhaben«, »Lieber telefonieren wir uns zusammen«, »Ich weiß nicht, wann ich aus der Praxis komme«, »Wenn ich nicht zu diesem Benefiz-Canasta müsste« – hatte sie glattweg abgebügelt. Wenn Delfina Fontana Solimena dei Baroni Brancaccio di Francofonte sich etwas in den Kopf gesetzt hatte, gab es keinen Verhandlungsspielraum.

Minas einzige Verbindung zu der Welt, in der sie aufgewachsen war, die sie aber immer auch verachtet hatte, bestand in der engen Freundschaft mit Greta, Delfina und Luciana, genannt Lulù. Diese war die Tochter eines steinreichen Baulöwen, der inzwischen das Zeitliche gesegnet hatte und dessen Vermögen sie durchbrachte, ohne dass die Summe beträchtlich geschmolzen wäre. Mina fragte sich, wieso ihre Freundschaft all die Jahre gehalten hatte, obwohl sie sich doch seit jeher von allen High-Society-Events fernhielt, die im Leben der anderen eine so große Rolle spielten. Schon als Kind war Mina anders gewesen, und als Erwachsene erst recht. Inzwischen beschränkten sich ihre Gespräche auf Alltagsgeplänkel, doch aus irgendeinem unerfindlichen Grund hätte ihr ohne die Treffen in der Bar, in die sie sich immer geflüchtet hatten, um nicht von Lehrern oder Eltern aufgespürt zu werden, wenn sie die Schule schwänzten, etwas gefehlt.

Delfina musterte die Sozialarbeiterin, die auf die Orangenscheibe am Rand ihres Glases starrte, als wäre sie auf der Suche nach Antworten.

»Hör mal, irgendwas stimmt doch nicht mit dir. Seit einer halben Stunde antwortest du einsilbig und stierst auf deinen Aperol Spritz, der schon ganz schal ist, während wir schon bei der dritten Runde sind. Darf man erfahren, was los ist? Von mir aus auch eine knappe Zusammenfassung.«

Delfina war ganz anders als ihr kilometerlanger Nachname hätte vermuten lassen. Sie hatte weder einen Schwanenhals oder ein energisches Kinn noch weiß schimmernde Haut. Nein, sie war kräftig mit einem ziemlich dunklen Teint, und ihre handfeste Art legte sie auch im Umgang mit Firmenchefs und Würdenträgern nicht ab. Delfina war sportlich und direkt, ganz im Gegensatz zum Rest ihrer adeligen Familie, deren schwarzes Schaf sie war. Mina mochte sie jedenfalls sehr.

»Ach, es ist wegen dem, was neulich in der Beratungsstelle passiert ist. Zu uns kam ein kleines Mädchen, das versucht, seiner Mutter zu helfen, weil die ständig von ihrem wild gewordenen Ehemann fast krankenhausreif geprügelt wird.«

Greta beugte sich vor. Sie hatte ihren »Anwaltsröntgen-blick« aufgesetzt, wie die Freundinnen es nannten.

»Sag bloß! Das heißt, sie hat ihn angezeigt?«

Mina seufzte.

»Schön wär's!«

Gretas Miene entspannte sich. Mit ihrem spindeldür-ren Körper lehnte sie sich wieder zurück.

»Tja, dann kann man wohl auch diesmal nichts machen. Ärger dich nicht.«

Mina hatte ihre Freundinnen schon oft um Rat gebeten, wenn sie es beruflich mit Menschen in einer Notlage zu tun hatte. Gretas fachliche Kompetenz, Delfinas Beziehungen zur Hautevolee und Lulùs finanzielle Ressourcen – wenn auch eher zögerlich gewährt – hatten schon häufiger etwas bewirken können. Doch bei einer masochistisch veranlag-ten Ehefrau, die sich aus Furcht nicht gegen ihren gewalt-tätigen Ehemann wehrte, ließ sich wenig ausrichten.

Lulù schlug die Beine übereinander und sah die Freun-din aus ihren strahlend blauen Augen an. Auch wenn sie in den Salons der Stadt schief angesehen wurde, weil sie nur eine Neureiche war, besaß sie jene Raffinesse, die man von Delfina erwartet hätte.

»Ehrlich gesagt glaube ich nicht, dass das der wahre Grund für deine Schweigsamkeit ist, Mina. Das ist dein Job, du hast da schon ganz andere Dinge durchgemacht. Gib's zu, da sind Gefühle im Spiel! Unter deinem benei-denswerten Vorbau schlägt schließlich ein Herz!«

Minas Problem Nummer 2 war ein häufiger Anlass zu Frotzeleien unter den Freundinnen. Wenn Mina jeder von ihnen etwas davon abgäbe, hatte Greta einmal gesagt, wären sie alle mehr als zufrieden.

Mina prustete entrüstet.

»Quatsch, Lulù. Romantik? Fehlanzeige.«

Delfina zog dank ihrer durchdringenden Stimme die Aufmerksamkeit der Nachbartische auf sich.

»Keine Romantik? Na, dann geht's wohl um Sex! Hast du etwa beschlossen, dein Nonnenhabit abzulegen und dich endlich mal wieder richtig durchvögeln zu lassen? Und von wem? Komm, sag schon!«

Mina blickte bestürzt nach links und nach rechts.

»Sag mal, spinnst du, Delfi? Was redest du denn da? Ich habe mit niemandem Sex. Mich beschäftigen im Augenblick ganz andere Dinge.«

Greta mischte sich ein:

»Andere Dinge? Aber was außer Sex kann einen denn beschäftigen? Schau doch nur die knackigen Jungs hier um uns herum. Ein bisschen Beckenbodentraining hat noch nie jemandem geschadet! Da kommst du gleich auf andere Gedanken. Also, ich glaube, du hast folgendes Problem: Seit deiner Trennung bringst du dich mit deinem Irrglauben an die große Liebe schlicht selbst um das Beste. Ganz bestimmt!«

Mina zischte nur verächtlich.

»Ach ja, man muss also nur mit einem Typen in die Kiste springen, und schon ist alles gut? Stell dir vor: Außerhalb eurer Wellness-Blase sieht die Welt ganz anders aus. Während wir hier unseren Weißwein süffeln, geht es einigen Leuten da draußen verdammt dreckig. Irgendwann werdet ihr das hoffentlich auch kapiert haben.«

Lulù hatte noch immer dieses ironische Lächeln auf den Lippen.

»Keine Grundsatzdiskussionen, bitte! Seit fünfundzwanzig Jahren höre ich mir das jetzt an, seit der ersten Klasse. Mir machst du nichts vor, Mina. So nachdenklich habe ich dich zuletzt gesehen, als du unbedingt Schauspielerin werden wolltest, wegen einem Typen, der sich dann aber als schwul herausstellte. Also, raus mit der Sprache! Und keine Widerrede, sonst übernimmt Delfina das Kommando, und dann hört das ganze Viertel deine Beichte mit an!«

Mina fuhr sie an:

»Frage ich euch denn jemals aus, mit wem ihr so ins Bett geht? Nein, und wisst ihr, weshalb? Erstens: Ihr erzählt es mir ja sofort selbst, weil ihr von morgens bis abends von nichts anderem redet. Zweitens: Es interessiert mich nicht. Und drittens: Es gibt schließlich noch was anderes als Sex auf der Welt. Schon mal was von Beziehungen gehört, die auf Gefühlen basieren und die …«

Delfina platzte heraus:

»Okay, schon verstanden: Der Gute ist verheiratet! Aber das ist doch nicht weiter schlimm. Gerade mit einem Mann, der verheiratet ist, kann man besonders viel Spaß haben. Das erlebe ich immer wieder.«

Das Grinsen der beiden Jungs am Nachbartisch wurde immer breiter, und selbst ein Rentner in drei Meter Entfernung zupfte sich optimistisch den grauen Haarschopf zurecht.

Greta sagte:

»Los, erzähl schon. Und sei's nur, damit wir quitt sind. Und um unsere liebe Delfina zum Schweigen zu bringen, sonst fallen sie hier in der Bar gleich alle über sie her. Komm schon, spuck's aus.«

Mina seufzte.

»Da ist dieser Typ, ein Gynäkologe. Er arbeitet in der Beratungsstelle.«

Delfina stieß einen gellenden Schrei aus. Zwei uralte Damen in ihrer Nähe zuckten erschrocken zusammen.

»Ich wusste es! Und wo sonst als auf der Arbeit hättest du jemanden kennenlernen sollen – du gehst ja nie aus!«

Greta meinte lakonisch:

»Na, zumindest ist es keiner von den Gangstern, mit denen du sonst zu tun hast.«

Luciana fragte:

»Aber sag mal, ist das nicht dieser alte Trottel, wie hieß er noch gleich? Rattazzi? Den hast du mir mal vorgestellt, als ich bei euch war, da ging's um die Abtreibung bei einer Dreizehnjährigen, die ich finanzieren sollte. Ihr Freund saß im Knast, und die Mutter wollte unbedingt, dass sie abtreibt oder so. Meinst du den?«

Mina schüttelte den Kopf.

»Nein, nein. Da ist jetzt ein anderer. Leider.«

Die drei Freundinnen sahen sich verständnislos an. Schließlich riefen sie wild durcheinander:

»Was? Davon hast du uns nichts erzählt!«

»Wie ist denn der Neue so?«

»Und was um Himmels willen meinst du mit ›leider‹?«

Mina sah sie lange an und seufzte wieder.

»Ich sagte ›leider‹, weil er mir wahnsinnig gut gefällt. Weil das Ganze völlig aussichtslos ist. Und weil ich ihn total mies behandele und er Angst vor mir hat.«

In stoischer Ruhe ließ sie das nachfolgende Gezeter über sich ergehen und saugte durch den Strohhalm die letzten Tropfen ihres Aperol Spritz aus dem Glas. Als ihre Freundinnen sich endlich wieder beruhigt hatten, blickte sie melancholisch in die Runde.

»Ihr wisst doch, wie ich drauf bin, oder? Denkt an Claudio – den habe ich so schlecht behandelt, dass er selbst zugeben musste, dass sich seine Lebensqualität schlagartig verbessert hat, nachdem ich ihn verlassen habe.«

Luciana verzog das Gesicht.

»Na ja, das stimmt. Ich sehe ihn noch ab und zu, und es geht ihm effektiv besser als vorher.«

Greta lachte spöttisch auf.

»Obwohl diese selbst ernannte Journalistin, mit der er zusammen ist, alles andere als eine Lady ist.«

Delfina kriegte sich gar nicht mehr ein vor Lachen.

»Neulich Abend im Jachtclub hat sie Gianchi – ihr erinnert euch, dieser faule Sack, der den ganzen Tag nichts anderes tut, als Frauen anzubaggern – erklären wollen, wie man eine Reportage baut. Sie hat irgendwas von ›Rohmaterial‹ und ›Abfolgen‹ erzählt. Und der Typ hat es doch tatsächlich geschafft, das Ganze so zu verdrehen, dass am Ende nur noch von ›rohen Körpern‹ und ›Folgen von Stellungen‹ die Rede war.«

Gegen ihren Willen musste auch Mina lachen. Dann sagte sie:

»Jedenfalls hat das alles keinen Sinn. Er ist mit einer Ärztin zusammen, die im Ausland arbeitet, und er ist megatreu. Also Schluss mit der Debatte.«

»Von wegen Schluss! Vergiss nicht, du hast da zwei sehr überzeugende Argumente.«

Mina sandte einen giftigen Blick in Gretas Richtung.

»Du bist schuld daran – oder vielmehr diese verdammte

Bluse, die du mir mal als ›lustigen Gag‹ geschenkt hast und die ich aus Versehen angezogen habe –, dass wir heute haarscharf an einer Katastrophe vorbeigeschrammt sind.«

Greta bedachte die anderen beiden Freundinnen mit einem bedeutungsvollen Blick.

»Na, dann habe ich ja alles richtig gemacht mit meinem Geschenk! Hör zu, Gelsomina Settembre, du wirst niemals verhindern können, dass ein Mann dir auf den Busen starrt, ob aus Geilheit oder aus Versehen. Das war schon in der Schule so, das ist jetzt so, und das wird immer so sein, solange deine Brüste kein Opfer der Schwerkraft werden. Was hoffentlich nie passieren wird!«

Delfina zuckte mit den Achseln.

»Seine Freundin ist doch eh im Ausland, oder? Was ich nicht weiß, macht mich nicht heiß.«

Lulù nickte bekräftigend.

»Komm schon, Mina. Einmal wirst du uns doch auch den Spaß gönnen, oder? Na, Mädels, noch eine Runde?«

23

Am nächsten Morgen beschloss Mina, sich Problem Nummer 1 zu stellen, wohlwissend, dass der blinde Griff in die Schublade auf der Suche nach einer Bluse noch mehr Schaden anrichten konnte als das Genöle ihrer Mutter.

Concettas Rollstuhl war gewartet worden, weshalb Gloria Gaynor sich von der Bühne verabschiedet hatte. Das Quietschen glich nunmehr dem Glenn-Miller-Klassiker *Chattanooga Choo Choo*, ein Stück, das sich als derart hartnäckiger Ohrwurm im Gehirn festsetzte, dass man es nur durch Elektroschocks loswurde. Mina hörte auf, sich schlafend zu stellen; sie hatte zu viel zu tun, und der Gedanke an Flor, mehr noch als an Ofelia, hatte sie die ganze Nacht beschäftigt.

»So ist's recht, immer schön schlafen. Schlafen, während die anderen Frauen der Stadt sich alle verfügbaren Männer unter den Nagel reißen und sich am besten gleich mit ihnen vergnügen. Und du schlägst sämtliche Möglichkeiten in den Wind, weil du die Welt retten willst, die sich übrigens einen feuchten Kehricht um dich schert.«

Mina setzte sich auf und rieb sich die Augen. Daisy Ducks Augen schielten daraufhin noch mehr als sonst.

»Ich kann es einfach nicht glauben. Die Seele einer Klostermaus, die sich im Körper eines Pornostars verbirgt. Wäre es doch umgekehrt, dann hättest du jetzt nicht diese Probleme!«

»Mama, ich habe keine Probleme. Ich habe, was ich brauche, und wenn du mir noch ein paar Tage Zeit gibst, suche ich mir irgendwo ein Zimmer, dann hast du wieder deine Ruhe. So, und wenn du jetzt so freundlich wärest, mich ins Bad zu lassen – ich muss mich beeilen.«

Die Mutter zog einen Flunsch.

»Ach, geh doch in ein Kloster, dann schließt sich der Kreis, und du erfüllst endlich deine wahre Mission!«

»Mama, vergiss bitte nicht, dass ich Atheistin bin. Könnte ein Problem sein, wenn man das Gelübde ablegen muss.«

»Nur zu, mach du nur deine Witze. Und zwischenzeitlich geht das Leben weiter, und du wirst so alt, dass dich keiner mehr haben will. Ich bin leider an den Rollstuhl gefesselt, sonst würde ich dafür sorgen, dass du einen reichen Mann abkriegst, der gut für dich sorgt. Dafür brauche ich keine fünf Minuten, glaub mir.«

Ihre Unterwäsche in der Hand versuchte Mina, sich an Concettas Rollstuhl vorbei zu zwängen, der strategisch günstig vor der Badezimmertür geparkt war.

»Das glaube ich dir sofort, Mama. Wenn man bedenkt, welche Unsummen du für Kosmetika ausgibst …«

»Eine Frau, die was auf sich hält, braucht solche Dinge«, sagte Concetta. »Wie auch du eigentlich wissen müsstest, aber leider ist es mir ja nicht gelungen, dir etwas beizubringen. Du bist mein größter Misserfolg, das wissen alle.«

Mina bedeckte sich die Augen mit der Hand.

»Nein, Mama, bitte nicht die Geschichte meines Scheiterns. Nicht heute Morgen. Ich habe gleich ein wichtiges Meeting und …«

»Statt für lau zu arbeiten, solltest du dich lieber um dein Leben und deine Zukunft kümmern. Ach übrigens, hast du rausgefunden, wer dein heimlicher Verehrer ist? Vielleicht jemand mit viel Geld.«

»Mama, diese Dinge interessieren mich nicht, das weißt du doch. Außerdem, vielleicht ist es Claudio; das sieht diesem Verstandesmensch ähnlich, solche heimlichen Aktionen. Da muss er nicht aus der Deckung kommen.«

Die alte Frau verzog wieder das Gesicht.

»Er ist und bleibt ein Nichtsnutz, das habe ich schon immer gesagt. Aber wenigstens war es ein Mann, und noch dazu einer mit einer anständigen Arbeit. Jedenfalls, auch wenn es dich nicht die Bohne interessiert, was hier im Haus so vor sich geht, möchte ich dich darüber in Kenntnis setzen, dass ich die moldawische Schlampe rauswerfen und eine tüchtige Italienerin einstellen werde.«

Mina fiel die Kinnlade herunter.

»Sonia? Und weshalb willst du ihr kündigen, bitte schön? Sie ist doch die Einzige, die dich er… äh, die es gut mit dir meint.«

»Ich habe schon aus Prinzip was gegen diese Ausländerinnen. Sie kommen mit dem einzigen Ziel hierher, uns die Männer wegzuschnappen, das habe ich dir schon oft genug gesagt. Ich kenne da eine Frau, die einen sehr guten Eindruck macht und angeboten hat, einen kostenlosen Probetag bei uns zu arbeiten. Sie will sich was dazuverdienen, sie hat familiäre Probleme und so weiter. Du sagst doch immer, man soll auf so was Rücksicht nehmen. Was ist, solidarisierst du dich etwa nur mit Ausländern und nicht mit deinen eigenen Landsleuten?«

Mina schüttelte den Kopf.

»Natürlich nicht, das wäre ja noch schöner. Aber Sonia vor die Tür setzen, das läuft überhaupt nicht. Lass mir wenigstens genug Zeit, eine neue Stelle für sie zu suchen. Bestimmt findet sie was Besseres als das hier.«

Concetta lachte höhnisch auf.

»Am besten wäre sie wohl im Bordell aufgehoben! Oder sie macht einen auf Masseuse. Mit der italienischen Perle wirst du dich übrigens unterhalten müssen, sie möchte nämlich alle Familienmitglieder kennenlernen. Es ist ihr viel daran gelegen, dass alle zufrieden sind.«

Mina lächelte.

»Wie schön! Ein Vollprofi. Mir tut es trotzdem leid um Sonia. Von daher, Mama, zeig einmal in deinem Leben ein bisschen Menschlichkeit und unternimm nichts, bevor ich nicht einen anderen Arbeitsplatz für sie gefunden habe. Versprichst du mir das? Und jetzt lass mich ins Bad, ich bin spät dran.«

Als sie schon in der Nähe des Büros war, sah sie einem Impuls folgend auf die Armbanduhr und machte einen Umweg.

Am Vortag hatte sie sich im Büro verschanzt, um nicht all denen zu begegnen, die sehen wollten, wie ihr Gretas Bluse stand, und war das Verzeichnis der Schülerinnen und Schüler des Viertels durchgegangen. Sie hatte Flor in der ersten Klasse einer weiterführenden Schule unweit des Beratungszentrums entdeckt. Die Tatsache, dass Flors Mutter das Krankenhaus so besorgt um ihre

Tochter verlassen hatte, beunruhigte sie sehr: Womöglich sah sich die Kleine Gefahren ausgesetzt, von denen sie ihr nicht zu berichten gewagt hatte.

Mina schob sich in das Gewirr der engen Gassen, die ihr inzwischen wohlvertraut waren, und hing ihren Gedanken nach. Was für eine Stadt, die wie eine Matroschka aus einzelnen, ineinander gesteckten bunten Städten zu bestehen schien. Jenes Neapel, das Mina am Vorabend von der Terrasse über dem Golf aus und im Kreise ihrer Freundinnen wie ein Gemälde erschienen war, blau, leuchtend, still in sich ruhend bis auf ein langsam am Horizont dahingleitendes Schiff, kam ihr heute wie ein anderes Universum vor.

Dutzende, Hunderte von Menschen wappneten sich hier mit mürrischem Gesichtsausdruck für einen neuen Tag, der vermutlich nichts Gutes mit sich bringen würde. Der tägliche Kampf gegen ein letztlich unabänderliches Schicksal. Der Drang, sich aus eigener Kraft eine Existenz aufzubauen, unbeirrt von Vorurteilen und dem Egoismus anderer. Mütter jedweder Hautfarbe, ihre Kinder an der Hand. Mit karierten Schürzen, ordentlich gekämmt und noch schlaftrunken, den Schulranzen auf dem Rücken oder die Schulmappe unterm Arm, stolperten sie neben ihnen her. Die schon etwas älteren Kinder befanden sich auf dem Weg zur Arbeit, denn eine mehrjährige Schulbildung war hier eine Utopie. Mina wusste nur zu gut, dass es daneben noch ganz viele Unsichtbare gab, die bereits in die Hände derer gefallen waren, die ihnen für bestimmte nächtliche Dienste raschen Gewinn versprochen hatten.

Die Sozialarbeiterin empfand die Situation der Menschen in diesem Schattenreich ohne Licht und Luft, inmitten der alten wuchtigen Mietshäuser, die sich über den schummrigen Gassen türmten, wie eine entsetzliche persönliche Niederlage. Manchmal hatte sie das Gefühl, das Meer mit einem Glas leeren zu müssen, ohne jemals aufgeben zu dürfen. Der Ausdruck in den Augen von Flor und all der tausend anderen Flors, den sie in den wenigen Jahren ihrer Arbeit in der Beratungsstelle schon wahrgenommen hatte, war ihr eine ständige Ermahnung.

Sie kam genau in dem Augenblick bei der Schule an, als auch die Kinder dort eintrafen. Sie hielt nach den Kleinsten Ausschau und entdeckte Flor sofort, die sich ein wenig abseits hielt. Ihre Mutter war bei ihr, und man sah deutlich, dass sie noch große Schmerzen beim Gehen hatte. Dennoch hatte sie es sich nicht nehmen lassen, ihre Tochter zur Schule zu begleiten. Die beiden standen dicht beieinander, Flor legte die Hand auf die Wange ihrer Mutter und sprach leise auf sie ein. Mina zerriss es das Herz, als ihr klar wurde, dass das gerade mal elfjährige Mädchen der verzweifelten Frau Mut zusprach.

Sie überlegte, ob sie die beiden ansprechen sollte, als wie auf ein heimliches Zeichen hin Ofelias Blick den ihren kreuzte. Es lag weder Überraschung noch Wut darin. Nur Schmerz. Ein Meer aus dunklem, zähflüssigem Schmerz ohne jeden Groll. Schmerz, der keine Hoffnung kannte.

Ofelia wandte sich ab und humpelte davon. Flor ging auf das Schultor zu. Mina dachte, sie hätte sie nicht gesehen. Selbst aus zwanzig Metern Entfernung war der Bluterguss unter ihrem Auge deutlich zu erkennen.

Bevor sie das Schulgelände betrat, drehte das Mädchen

sich jedoch um und sah die Sozialarbeiterin mit der stummen Melancholie verlorener Hoffnung an.

In dem Moment beschloss Mina, die Situation der beiden zu verändern. Um jeden Preis.

24

Inspektor Gargiulo wäre lieber draußen geblieben. Mit Leuten wie De Luca hatte er immer schon seine Probleme gehabt.

Er stammte aus einem Dorf in der Provinz, oder besser gesagt: einer städtischen Agglomeration ohne Anschluss an die anderen Gemeinden in der roten Zone am Vesuv, einem Gebiet, das eigentlich unbewohnt hätte sein müssen, aber von Menschen nur so wimmelte. Dennoch grenzte man sich dort stark voneinander ab, und nicht selten kam es zu gewalttätigen Auseinandersetzungen, die auch vor dem Fußball nicht Halt machten. Männer waren dort Männer, und Frauen Frauen, und wer sich nicht festlegen konnte, zog besser in die Stadt, wo alles erlaubt war.

Gargiulo war ganz bestimmt nicht homophob, und es hatte sogar einmal eine Zeit gegeben – er musste etwa vierzehn Jahre alt gewesen sein –, in der es seinen Blick immer wieder auf die eng anliegenden Hosen seines besten Schulfreundes gezogen hatte. Da er intensiv an sich gearbeitet hatte und sein Beruf nicht dazu geeignet war, irgendwelche Zweifel aufkommen zu lassen, war diese Verwirrung der Gefühle längst Vergangenheit. Allerdings empfand er seltsamerweise immer Schuldgefühle, wenn er sich Menschen mit einer anderen sexuellen Orientierung als seiner eigenen gegenübersah. Er versuchte sie dann durch eine besondere Ruppigkeit zu kaschieren.

Angestrengt musterte er den Tisch und die Stühle im Esszimmer und vermied es, den Mann anzusehen, der auf einem Sofa an der gegenüberliegenden Wand saß und unablässig in ein Taschentuch schluchzte. Es klang wie das Pfeifen eines Dampfkochtopfs, immer wieder unterbrochen von exzessivem Schnäuzen.

Staatsanwalt De Carolis hingegen schien sich gar nicht unwohl zu fühlen. Vielmehr zeigte er unverhohlenes Desinteresse. Langsam, die Hände hinter dem Rücken verschränkt, ging er im Zimmer auf und ab, nickte gelegentlich, als antwortete er auf imaginäre Fragen, und wirkte hinter seinen dicken Brillengläsern wie immer völlig undurchschaubar.

»Also, De Luca, schauen wir einmal, ob ich alles richtig verstanden habe.«

Der Mann auf dem Sofa gab ein zustimmendes Schnäuzen von sich.

»Sie kannten Gabriele Morra seit circa zwei Jahren. Sie hatten sich im Merlo Maschio kennengelernt, der Schwulenbar in der Via Domiziana, Richtung Mondragone. Richtig?«

Das Schluchzen verstummte kurz:

»›Schwulenbar‹ trifft es nicht ganz, Dottore. Es ist ein eher unscheinbarer Ort, an dem man etwas trinken und mit Menschen desselben Geschlechts reden kann, ohne das Risiko einzugehen, zusammengeschlagen zu werden, wie das leider anderswo in dieser Stadt der Fall ist, wenn ich mir die Bemerkung erlauben darf.«

Ohne den Mann anzusehen, murmelte Gargiulo pikiert:

»Also, wir von den Carabinieri und die Polizei, wir reagieren sofort, wenn man uns ruft. Wir können ja schlecht jede Homo-Bar mit einem Wachposten bestücken.«

De Carolis sah ihn überrascht an, erwiderte aber nichts. Stattdessen sagte er:

»Wie dem auch sei, Sie haben angefangen, sich regelmäßig zu treffen, sofern Ihre beruflichen Verpflichtungen es erlaubten. Sie sind Bankangestellter, nicht wahr?«

De Luca straffte unmerklich die Schultern.

»Ich bin Vizedirektor einer Finanzberatungsstelle. Also in leitender Funktion.«

De Carolis machte eine unbestimmte Geste.

»Verstehe. Und Morra, was hat der genau gemacht, Gargiulo?«

Der Inspektor knallte die Hacken zusammen und ratterte herunter, was er herausgefunden hatte:

»Gabriele Morra, Bühnenbildner und Designer, wäre im nächsten Monat fünfzig geworden. Die Wohnung gehörte ihm. Sehr bekannt im künstlerischen Bereich, Ausstattungen für Shows, Ausstellungen. Arbeitete aber hauptsächlich für das Theater.«

De Luca hob den Kopf:

»Er war der Beste, Dottore. Ausstellungen und Shows waren nicht sein eigentliches Metier – er war vor allem Bühnenbildner. Es gibt kein Theater im ganzen Land, das nicht mit ihm arbeiten wollte. Sie machen sich keinen Begriff, wie gut er war!«

De Carolis nickte und gab Gargiulo ein Zeichen fortzufahren.

»Er wird als extrovertierter, lebenslustiger und gescheiter Mensch beschrieben, sehr gebildet und durchaus unkonventionell.«

Der Carabiniere warf De Luca einen Seitenblick zu, zwang sich aber sofort, wieder auf die Tischplatte zu starren. Er räusperte sich.

»Ledig«, wisperte er.

De Carolis seufzte genervt.

»Schön, De Luca, den Inhalt des Telefongesprächs haben Sie mir ja schon in allen Einzelheiten übermittelt. Sprechen wir jetzt noch einmal von diesem Geräusch.«

Das Schluchzen wurde erneut unterbrochen.

»Dottore, ich werde es mir nie verzeihen, ihn so hastig abgewimmelt zu haben. Er war mein ... wir standen einander sehr nah, ich hing sehr an ihm. Unsere Beziehung festigte sich zusehends, und wir planten sogar zusammenzuziehen, hier in seine Wohnung, da ich zur Miete wohne. Und dann ... heute ...«

Das Pfeifen setzte wieder ein. Gargiulo seufzte heimlich, De Carolis nahm die Brille ab und legte zwei Finger an die Nasenwurzel.

»De Luca, bitte, kommen Sie zur Sache. Das Geräusch. Bitte.«

Das Pfeifen sank um eine Oktave und endete in neuerlichem Trompeten ins Taschentuch.

»Ich bitte um Entschuldigung, Dottore, aber Sie werden Verständnis haben für meinen Zustand. Der Mann, der ... Die Person, die dir am nächsten steht, ruft dich an, um dir etwas zu sagen, auf das du seit mindestens anderthalb Jahren gewartet hast, und du sitzt gerade vor zwei Kunden, die noch nicht mal die Vereinbarung unterschrieben haben, Leute, die dir die Zeit stehlen sozusagen, und daher hörst du nicht richtig zu. Und jetzt wird er ... wird er nie wieder ...«

Er wollte erneut in sein schrilles Pfeifen übergehen, doch diesmal schlug De Carolis mit der Faust auf den Tisch, dass die Nippsachen auf der Kommode leise zu klirren begannen. Gargiulo und De Luca zuckten in überraschender Einmütigkeit zusammen.

»De Luca, verdammt! Erzählen Sie schon weiter, Herrgott!«

Der Mann sah ihn gekränkt an und sagte dann:

»Er hat mir von den Rosen erzählt, etwas, wovon ich noch gar nichts wusste. Dann hat er innegehalten, als wäre er beleidigt. Kurz darauf hat er aufgelegt und ...«

»Nein, nein, De Luca, das weiß ich ja alles. Mir ging es um das Geräusch.«

»Es war wie ... wie ein Klatschen in die Hände. Erst dachte ich, ich hätte ihn wütend gemacht, es klang, als hätte er mit der Faust auf den Tisch geschlagen wie Sie gerade. Als ich die Kunden endlich losgeworden war, rief ich ihn gleich zurück, aber er hob nicht mehr ab. Ich habe mich schnell auf den Weg hierher gemacht, schloss auf und fand ihn ... so.«

Gargiulo rief sich den auffallend bunt gekleideten kleinen Mann ins Gedächtnis, der neben dem Telefontischchen auf dem Boden gelegen hatte, die Einschussstelle unter dem schütteren Haar im Nacken deutlich sichtbar. War es möglich, dass er telefonierte, als der Mörder abdrückte? Dass er mit seinem Freund turtelte und ihm scherzhaft Antworten in den Mund legte, die dieser nicht geben konnte, während jemand hinter ihm stand und ihm eine Kugel in den Schädel ballerte?

De Carolis nickte, als hätte er die Bestätigung für irgendeine heimliche Theorie gefunden.

»Schön. Wenn wir also davon ausgehen, dass jemand ihn erschossen hat, während er mit Ihnen sprach, müssen wir auch davon ausgehen, dass jemand anschließend den Hörer aufgelegt hat. Sonst wäre Morra der Mensch gewesen, der am längsten mit einer Kugel im Hirn überlebt hätte. Die Frage wäre nun: Wer hat sich hier aufhalten können?«

De Luca schnäuzte sich und zuckte mit den Achseln.

»Niemand, Dottore. Gabri bat nie jemand zu sich nach Hause, er hatte das Atelier und war ja sonst im Theater. Es hätte keinen Sinn ergeben, jemanden hierher zu bitten.«

Boshaft wandte Gargiulo ein:

»Vielleicht empfing er jemanden, ohne es Ihnen zu sagen, Herr Vizedirektor.«

Er hatte den Titel mit einem ironischen Unterton ausgesprochen, und wieder sah De Carolis seinen Untergebenen erstaunt an.

De Luca schüttelte entschieden den Kopf.

»Nein, ausgeschlossen. Ich hatte nie den geringsten Zweifel an Gabris Treue. Abgesehen davon: Warum hätte er mit mir telefonieren sollen, während jemand anders bei ihm war?«

Gargiulo, den Blick nach wie vor zu Boden gerichtet, verzog die Lippen zu einem hämischen Grinsen.

»Vielleicht hat er sich einen Spaß draus gemacht … Vielleicht hat es ihn erregt und …«

De Carolis fiel ihm ins Wort:

»Gargiulo, was ist denn heute los mit Ihnen? Sie haben recht, De Luca, das ergibt keinen Sinn. Aber wir müssen trotzdem rausfinden, wer zum Teufel bei Morra war und welchen verdammten Grund der Besuch hatte.«

Er schien einem Gedanken zu folgen, den ihm jemand eingeflüstert hatte.

»Sagen Sie mal, De Luca, wie war eigentlich Morras Verhältnis zu Ordnung und Sauberkeit?«

De Luca sah ihn überrascht an.

»Fanatisch, Dottore. Er war ein echter Sauberkeitsfanatiker. Nie war er zufrieden, ständig kritisierte er seine Putzhilfe. Ein Filipino sagte mal zu ihm, für das, was er verlangen würde, müsste er ihm eigentlich das Dreifache zahlen. Er war wirklich fanatisch.«

»Und zuletzt, wer war da für ihn tätig?«

De Luca kratzte sich am Kopf.

»Er hatte mir von einer Ausländerin erzählt, die zu ihm kam, aber wie üblich war sie ihm nicht gut genug. Dann hatte er jemanden zur Probe da, und zum ersten Mal sah es so aus, als wäre er wirklich zufrieden mit einer Putzhilfe. Aber er hatte nicht mehr die Zeit, mir Genaueres zu sagen.«

Der Staatsanwalt schwieg und fuhr mit dem Finger über die Tischplatte. Kein Staubkorn blieb daran haften.

»Verstehe. Und in diesem Haus gibt es keinen Pförtner und auch keine Überwachungskameras. Aber sprechen wir von den Rosen, De Luca.«

»Ja, Dottore. Wie gesagt, ich wusste nichts davon. Er meinte am Telefon, es könne ja nur ich gewesen sein, der sie ihm schickte, eine pro Tag, und dass es so lieb von mir gewesen sei, mich daran zu erinnern, dass … Was er dann gesagt hat, habe ich nicht verstanden, ich hatte ja die beiden Kunden vor mir, die mich schief ansahen, und …«

De Carolis spitzte die Ohren.

»Bitte versuchen Sie sich daran zu erinnern. Es könnte äußerst wichtig sein.«

De Luca starrte ins Leere und schüttelte den Kopf.

»Es hatte irgendwas mit seinem Debüt zu tun, eine Geschichte, an die ich ihn erinnert hätte, worüber er sehr froh gewesen sei. Aber ich weiß wirklich nicht, was ...«

»Hat er je von Rosen gesprochen, ich meine, in Bezug auf seine Arbeit? Was weiß ich, eine Ausstellung, ein Stück ...«

De Luca schnippte mit den Fingern.

»Na klar, ein Stück! Da war er noch ganz jung. *Die zwölf Rosen*. Das war sein erstes Bühnenbild, wie konnte ich das nur vergessen!? Damals wollte er Schauspieler werden, hat er mir erzählt, er war bei einer Laientruppe oder so etwas, aber dann wurde ihm klar, dass sein Talent doch woanders lag. Also hat er sein erstes Bühnenbild gebaut und auch noch Regie geführt. Eine harte Arbeit, meinte er, aber es hätte sich gelohnt.«

Schlagartig lag eine Spannung im Raum, die sich fast mit Händen greifen ließ. Sogar Gargiulo drehte sich um und blickte mit geöffnetem Mund zum Sofa hinüber.

De Luca sah überrascht von einem zum anderen.

»Was habe ich denn gesagt? Was stimmt denn nicht an dem, was ...«

De Carolis unterbrach ihn leise, aber bestimmt.

»Bitte, De Luca, das ist jetzt wirklich wichtig. Versuchen Sie sich zu erinnern, was Morra Ihnen über dieses Stück erzählt hat. Wo wurde es aufgeführt, in welchem Jahr? Wer war dabei, wie lange lief es? Wer war der Geldgeber?«

De Luca blinzelte verwirrt.

»Dottore, ich habe Ihnen schon alles erzählt. Es muss eine Laientruppe gewesen sein, ich glaube, hier in Neapel. Nach Mailand ging Gabri ja erst später. Alles, was ich weiß, ist, dass es eine unglaubliche Anstrengung für ihn bedeutet hat, denn er musste ja auch noch gleichzeitig spielen. Irgendwann ist dann ein anderer Schauspieler für ihn eingesprungen, und von da an führte er nur Regie und kümmerte sich um das Bühnenbild. Ich weiß noch, die paar Schauspieler mussten alle zwei Rollen übernehmen, denn jeder hatte zwei Rosen zu überbringen.«

De Carolis und Gargiulo sahen sich an. Der Carabiniere zählte an den Fingern einer Hand ab. Er kam bis fünf. Die andere Hand zuckte, blieb dann aber reglos.

Der Staatsanwalt fragte:

»Hat er Ihnen zufällig gesagt, von wem der Text war? Wenn er auch Regie geführt hat, muss das Theater ziemlich klein gewesen sein, sonst hätte man es ihm wohl kaum ermöglicht, oder?«

De Luca zuckte mit den Achseln.

»Keine Ahnung. Wenn es eine Laientruppe war, könnte es ein Gemeindehaus oder so etwas gewesen sein. Womöglich war es gar kein Theater.«

De Carolis nickte.

»Ja, das stimmt. Vielleicht war es keins.«

Er machte Gargiulo ein Zeichen.

»Gehen wir, Gargiulo. Wir haben zu tun. De Luca, bitte halten Sie sich bereit. Ihre Aussage könnte uns eine große Hilfe sein.«

Er verließ den Raum. Der Carabiniere folgte ihm, blieb aber plötzlich aus einem Impuls heraus vor De Luca stehen und sagte, ohne ihn dabei anzusehen:

»Mein herzliches Beileid. Es tut mir wirklich leid für Sie. Alles.«

Dann verließ auch er den Raum.

25

Mina unterdrückte den Impuls, gleich in Domenicos Büro zu stürzen und ihn davon zu überzeugen, augenblicklich eine Strategie für Ofelia und Flor auf die Beine zu stellen. Sie überlegte kurz und dachte, dass es vielleicht ausschließlich ihre fixe Idee war, dass der Gynäkologe sicher gerade mit anderen Dingen beschäftigt war und dass er überdies ja auch ein Privatleben hatte.

Sie selbst hatte kein Privatleben. Wenn Concetta mit ihrem klingenden Rollstuhl auf sie zugerollt kam und ihr ebenso taktlos wie grob die Meinung geigte, dann hatte sie ja im Grunde recht.

Klar, sie hatte ihre Freundinnen. Aber waren die nicht auch ein wenig seltsam? Keine von ihnen, sie selbst eingeschlossen, hatte ein Kind, einen Ehemann oder eine Familie. Greta war seit zehn Jahren geschieden, Delfina hatte sechstausend verschiedene Verlobte gehabt, Luciana ging mit jedem ins Bett, der nicht bei drei auf den Bäumen war, und erinnerte sich am Morgen danach oft nicht mal mehr an seinen Namen. Und sie selbst hatte Claudio den Laufpass gegeben und himmelte nun einen Typen an, der wie Robert Redford in *So wie wir waren* wirkte, den sie aber nicht mal anzulächeln wagte und der sowieso eine andere hatte.

Sie ging ins Büro, und kaum hatte sie das Handy auf dem Fenstersims abgelegt, begann es zu klingeln. Claudio.

»Hallo, alles gut bei dir?«

Sie fragte sich, weshalb er sie anrief, noch dazu so früh.

»Klar, alles gut. Was gibt's denn, Claudio?«

»Muss es denn immer einen Grund geben? Ich wollte einfach nur wissen, wie es dir so geht. Wie ging das denn neulich aus, da war doch die Sache mit der Anzeige, die nicht sein durfte, oder?«

»Nun, es ging so aus, dass es keine Anzeige gegeben hat. Es ging stattdessen zur Notaufnahme, zum x-ten Mal, ein Polizist stellte Fragen, und die Betroffene sagte, sie wäre die Treppe runtergefallen. So wie immer …«

»Na gut, Mina, wenn das Gesetz …«

»Claudio, bitte! Erspar mir die Leier. Heute ist nicht der Tag dafür.«

»Bei dir ist nie der Tag für irgendetwas – so sieht es doch aus. Nie gibt's mal ein Lächeln, nie ein bisschen Fröhlichkeit. Immer ist da was Wichtiges zu erledigen oder ein Feind zu bekämpfen.«

»Was willst du eigentlich von mir? Hast du jetzt nicht endlich jemanden, der zu deiner Unterhaltung beiträgt und sogar eine Reportage bauen kann?«

»Was soll das heißen? Was hat das damit zu tun?«

»Na, wenn du es nicht weißt … Aber jetzt muss ich weitermachen. Wir sprechen uns sicher bald wieder.«

»Da wäre ich mir nicht so sicher, Mina!«

Er hatte aufgelegt. Mina stiegen die Tränen in die Augen. Sie fühlte sich ein wenig wie König Midas, nur dass sie nicht aus Scheiße Gold machen konnte, sondern eher umgekehrt.

Die Tür ging auf, ohne dass jemand angeklopft hätte. Domenico kam herein. Wie immer waren seine Haare verstrubbelt, und unter dem offen stehenden Arztkittel, auf dessen Brusttasche ein Stift einen blauen Fleck hinterlassen hatte, trug er einen hässlichen Pullover mit einem Bären auf der Brust. Er hatte die Kiefer zusammengepresst und tiefe Ringe unter den Augen. In seinem Blick lag jene neue Härte, die seit der kürzlich erfolgten Annäherung zwischen ihnen seine vormalige schüchternzärtliche Verlegenheit ersetzte. Mina kam er vor wie Robert Redford in *Tollkühne Flieger*.

Ihre feuchten Augen und zitternden Lippen sprachen eine eindeutige Sprache, doch das schien ihn nicht sonderlich zu beeindrucken.

»Du bist nicht die Einzige, die Gefühle hat, weißt du? Und auch nicht die Einzige, die nachts nicht schlafen kann oder sich die Dinge zu Herzen nimmt. Du hast das Copyright für Mitgefühl nicht gepachtet, verstehst du?«

Mina versuchte sich zusammenzureißen.

»Ad eins: Wer hat dir beigebracht, einen Raum zu betreten, ohne anzuklopfen? Ad zwei: Was verschafft dir Einblick in meine Gefühlslage? Ad drei: Wovon redest du da eigentlich?«

Domenico wich einen Schritt zurück, als hätte ihn ein Faustschlag getroffen. Er blinzelte irritiert und erinnerte eine Sekunde lang an den alten, verschüchterten Domenico. Doch er war nicht mehr derselbe. Der verpasste Kuss hatte einen anderen aus ihm gemacht.

»Pass auf, du weißt ganz genau, wovon ich rede. Also tu nicht so, als würdest du das nicht verstehen: Ich spreche von Ofelia. Verdammt, ich bin Arzt, und wenn ich jemanden sehe, der leidet, dann mache ich mich nun mal an die Arbeit. Oder glaubst du, nur diejenigen, die ihren

Rucksack packen und in den Teil der Welt fliegen, wo die Beulenpest herrscht und die Bomben runterkrachen, sind richtige Ärzte? Wenn einer diesen Beruf gewählt hat, dann übt er ihn mit Leib und Seele aus, und zwar überall, verstehst du? Und wenn du glaubst, dass nur Frauen imstande sind zu leiden, dann irrst du dich gewaltig!«

Jetzt war Mina diejenige, die verwirrt blinzelte.

»Von … von wem sprichst du? Was meinst du damit?«

Er wedelte mit der Hand.

»Ist doch egal. Und statt dazusitzen und zu heulen oder mir zu erzählen, wie schön eine perfekte Welt wäre, solltest du lieber versuchen, mit mir eine Lösung für die beiden zu finden. Ich habe heute Nacht nämlich kein Auge zugetan, und wenn ich nicht meine sieben Stunden Schlaf habe, bin ich zu nichts zu gebrauchen.«

Mina begann, ihm von ihrem Umweg über Flors Schule zu erzählen.

»Sie haben mich beide gesehen, haben mich scharf angeschaut und sind dann ihrer Wege gegangen. Wenn uns nicht irgendetwas einfällt, dann gibt es ohne ihre Anzeige oder eine Zeugenaussage keine rechtliche Handhabe. So sieht's aus.«

Bevor Domenico etwas erwidern konnte, flog die Tür erneut auf, diesmal so heftig, dass der Türrahmen wackelte und der Putz von der Wand bröckelte.

Mina brüllte los:

»Hat denn hier keiner mehr Manieren? Es wird zuerst angeklopft, bevor man reinkommt, verdammt noch mal!«

Atemlos und aufgeregt, wie er war, starrte Rudy ihr diesmal direkt ins Gesicht statt auf den Busen.

»Entschuldigung, Dottoressa, gerade habe ich erfahren … Darf ich mich setzen? Ich bin so gerannt … Man ist ja schließlich nicht mehr der Jüngste …«

Ohne auf ihre Erlaubnis zu warten, ließ er sich auf einen Stuhl fallen und fächelte sich Luft zu. Domenico schloss die Tür und setzte sich ebenfalls, neugierig. Als er wieder zu Atem gekommen war, sagte der Hausmeister:

»Es geht um die Sie-wissen-schon und ihr Kind, Dottoressa. Es ist doch schlimmer, als Samantha mit h mir gesagt hat, aber die Arme kann natürlich nichts dafür, die sieht ja auch nicht alles, und wenn man etwas wissen will, muss man zuweilen in bestimmten Kreisen nachfragen, wo …«

Mina rang die Hände in gespielter Verzweiflung.

»Trapanese, ich bitte Sie, sprechen Sie in zusammenhängenden Sätzen! Subjekt, Prädikat, Objekt …«

Der Mann sah sie an, als hätte sie Armenisch gesprochen.

»Dottoressa, bitte lassen Sie mich so reden, wie mir der Schnabel gewachsen ist. Ich war ja nicht auf der Schule, wissen Sie?«

Domenico sprang ihm bei.

»Ganz ruhig, Rudy. Sagen Sie es so, wie Sie können, wir werden Sie verstehen.«

Der Mann nickte dankbar.

»Also, gestern sind mir dann doch so meine Zweifel gekommen. Dass dieser Alfonso Caputo immer wieder weg ist, manchmal nur einen halben Tag, und dann ist er wieder da – das kam mir komisch vor. Deshalb bin ich zu meiner Nichte, die ist mit einem zusammen, der … na ja, der so einen gewissen Handel betreibt. Sie ist ein patentes Mädchen, das müssen Sie mir glauben, die ganze Familie leidet unter dieser Verbindung, weil er aus einer Familie stammt, die ... Also, im Grunde ist er kein schlechter Junge, ich habe mich mal bei der Hochzeit einer Cousine von mir mit ihm unterhalten, und da ...«

Mina rutschte unruhig auf ihrem Stuhl hin und her, aber Domenico hob mahnend die Hand. Dass sich der Arzt auf einmal ihr gegenüber so dominant verhielt, ärgerte sie einerseits gewaltig. Andererseits war sie angenehm überrascht.

Ermutigt durch den Blick des Gynäkologen, fuhr Rudy fort.

»Jedenfalls bin ich da hin und habe mit dem Freund meiner Nichte gesprochen. Ich habe ihn gefragt, ob Caputo ... ob dieses Kommen und Gehen da irgendwie mit seiner Familie zu tun hat. Ich weiß, ich weiß, Dottoressa, Ihnen gefällt das nicht. Und ich weiß auch, dass es falsch ist, ich will ja genauso wenig was damit zu tun haben. Aber als ich dann an die beiden Ne... ich meine, die beiden Ärmsten in dieser Situation gedacht habe, da konnte ich gar nicht mehr schlafen, und ...«

Mina fauchte:

»Wenn Sie noch einmal auch nur daran denken, das N-Wort zu sagen ...«

Domenico warf ihr einen zornigen Blick zu.

»Rudy hat wenigstens die Initiative ergriffen, während wir hier nur die großen Systemdebatten führen. Da ist es mir im Moment ziemlich egal, wie er die beiden bezeichnet. Also, Rudy. Was haben Sie herausgefunden?«

»Nichts Gutes, Dottore, nichts Gutes. Der Typ ... er hat mit Waffen zu tun. Und verdient damit einen Haufen Geld. Scheint ein ziemlich hohes Tier zu sein. Wenn es dem einfällt, seine Frau abzumurksen, kriegt der nicht mal eine Geldstrafe. Seine Leute werden die Leiche schön verschwinden lassen und die Papiere gleich mit, so als ob die Frau nie existiert hätte. Man muss dringend was tun, Dottoressa, und zwar auf der Stelle. Deshalb ist das Mädchen hergekommen, das war nicht nur so. Nein, der bringt die wirklich um!«

Wie ein Holzstoß, der plötzlich in sich zusammenbricht, krachten die Worte in die Stille hinein. Mina und Domenico sahen sich verstört an.

Rudy fuhr fort:

»Außerdem hat mir der Verlobte meiner Nichte erzählt, dass dieser saubere Herr, um den es hier geht, eine neue Freundin hat, eine aus Serbien, blond, mit blauen Augen. Deswegen behandelt er seine Frau so schlecht, aber er hat auch nicht den Mut, sie davonzujagen, weil er an seiner Tochter hängt. So, jetzt wissen Sie alles.«

Mina bemerkte, dass ihr das Herz bis zum Halse schlug.

»Und jetzt, was machen wir jetzt?«

Domenico erhob sich.

»Jetzt hole ich die beiden da raus und bringe sie in Sicherheit. Dann sehen wir weiter.«

Doch er hatte die Rechnung ohne den Hausmeister gemacht.

»Ach, der Herr Doktor, schaut ihn euch an! Den Helden will er spielen, ja? Sie schaffen es nicht mal bis zur Piazza, glauben Sie mir. Der Schwiegervater von der … ich weiß, also der Vater von Caputo, der steht in direktem Kontakt zu diesen Leuten. Er braucht bloß zum Hörer greifen, und schon haben Sie ein Messer im Bauch, Dottore, und enden irgendwo in einem Hauseingang.«

Mina streckte die Hand nach ihrem Handy auf dem Fenstersims aus.

Rudy, der ihre Absicht erraten hatte, wackelte mit dem Zeigefinger und schüttelte den Kopf.

»Nein, nein, Dottoressa, wagen Sie nicht mal, daran zu denken. Wenn Sie da anrufen, wo ich glaube, dass Sie anrufen wollen, sind Mutter und Tochter mir nichts, dir nichts verschwunden. Vielleicht habe ich mich nicht deutlich genug ausgedrückt, aber mit diesem Caputo ist nicht zu spaßen. Ganz und gar nicht!«

Domenico fuhr sich durch die Haare, er wirkte entmutigt.

»Tja, dann können wir wohl nichts tun. Aber so gar nichts.«

Mina biss die Lippen aufeinander.

»Nein, das stimmt nicht. Etwas können wir doch tun. Trapanese, Sie haben doch diesen Freund bei den Sanitätern, oder?«

26

Mildes Nachmittagslicht drang durch die halb geschlossenen Jalousien. Noch drei, vier Stunden,
dann würden die Straßenlaternen angehen.

Die Sonne war warm, der Jahreszeit zum Trotz. Die
Kinder schwitzten beim Spielen, ihnen war es egal, ob es
heiß oder kalt war oder regnete. Ihnen war auch egal, ob
ihre Mütter sie riefen, damit sie nach Hause kamen und
Hausaufgaben machten und so vielleicht dem Elend des
Viertels entkamen.

Die Person hinter der Jalousie, die das Leben in dem
Innenhof mit dem armseligen Blumenbeet betrachtete,
erinnerte sich an ein anderes Leben, mit verwinkelten
Gassen und wenig Sonnenlicht. Dafür mit umso mehr
Menschlichkeit. Sie erinnerte sich an ein langes, inten-
sives Streitgespräch mit jemandem, der versuchte, seinen
Standpunkt durchzusetzen, der ihrem ganz und gar nicht
entsprach, bis der Widerstand gewichen war und einem
Gedanken Platz gemacht hatte.

Der Gedanke, dass ein Kind die Möglichkeit haben
muss, die Dinge anders zu machen, sein Leben zu ändern.
Dass nichts vorherbestimmt ist und dass es jedem Menschen gegeben sein muss, seine Talente zu entwickeln,
wenn er denn welche hat. Um jeden Preis.

Bezaubert von den Staubflocken, die im Sonnenlicht
tanzten, fragte sich die Person am Fenster, ob man ihr

wohl je vergeben würde, dass sie an dieser Überzeugung mit aller Macht festgehalten hatte. Denn diese Überzeugung hatte nicht nur ihr Leben an den Punkt geführt, an dem es nun angelangt war. Auch wenn derjenige, mit dem sie sich damals gestritten und der es für falsch gehalten hatte, in ein anderes Viertel zu ziehen und vor allem so viel Geld für die andere Schule auszugeben, seit Jahren unter der Erde war.

Die Person drehte sich um und trat zum Sessel.

»Komm, ich zieh dir was anderes an. Ist doch besser, oder? Wahrscheinlich hast du dich wieder eingepinkelt, und deine Haut juckt. Hab nur ein wenig Geduld, gleich darfst du wieder deine Tier-Dokus gucken. Die schaust du doch so gerne, was? Ja, Tiere hast du immer gemocht.«

Windeln wechseln. Immer dieselben Bewegungen, dieselben Handgriffe in derselben Abfolge. Die Person erinnerte sich an einen Film, den sie vor langer Zeit gesehen hatte, über Soldaten, die ein Geschütz in Stellung bringen und wieder abbauen mussten, immer schneller, immer schneller. So ungefähr kam sie sich vor.

»Nun, ich habe es dir ja schon erzählt: Das mit dem Regisseur ist auch erledigt. Dieser Dreckskerl. So ein Perverser. Den habe ich mir fast bis zum Schluss aufgehoben, schließlich war er der Hauptschuldige – oder nicht? Er hat das Zeug schließlich mitgebracht. Er war ein Schwein, das hat man ihm sofort angesehen. Aber weißt du, ich habe es gut hinbekommen. Bei ihm war es nämlich am schwierigsten.«

Eine kleine Unterbrechung, um das Becken mit dem lauwarmen Wasser zu holen, das Zimmertemperatur haben musste.

»Nicht, dass es schwierig war reinzukommen, auch wenn es diesmal keine Frage des Geldes war, sondern der Geschicklichkeit. Das war ein Besessener, so fixiert, wie der auf Reinlichkeit war. Kein Stäubchen, nirgends. Stell dir vor, als ich die Gummihandschuhe übergestreift habe, hat er so selig gelächelt wie ein kleines Kind. ›Genau, so geht das‹, hat er gesagt. ›Niemand hält sich sonst daran – ich sehe schon, wir werden uns blendend verstehen.‹«

Die Person brach in Gelächter aus. Es klang, als würde jemand mit Sandpapier über eine Schiefertafel reiben.

»Alles lief ganz wunderbar, bis er plötzlich angefangen hat zu telefonieren. Na schön, habe ich gedacht, warte ich halt, bis er fertig ist. Aber nein, er redete mit einem, der gerade bei der Arbeit war, und versuchte immer, den anderen zum Antworten zu zwingen, er hat ihn mit allen möglichen Schweinereien provoziert, wirklich widerlich. Ich mache aber in aller Seelenruhe weiter, nehme meine Position ein. Inzwischen habe ich Erfahrung damit, du solltest mich mal sehen. Ich hatte ihn schon im Visier, wollte schon abdrücken, da fing er plötzlich von den Rosen an.«

Die Hand, die die Haut wusch, verharrte plötzlich in der Luft, als wartete sie auf eine Antwort. Die natürlich ausblieb.

»Er war sich sicher, dass ihm der Typ, mit dem er sprach, die Rosen geschickt hatte. Ich weiß, die Gefahr besteht immer, aber wenn der Typ ihm gesagt hätte, dass er mit den Rosen nichts zu tun hat, wären ihm Zweifel gekommen, und er hätte sich gefragt, wer und woher und so weiter. Ich habe die Ohren gespitzt und gehofft, dass das Gespräch unfallfrei zu Ende geht.«

Die Person stand auf und nahm ein kühlendes Gel aus dem Nachtkästchen.

»Ich reibe dich mal damit ein, man weiß ja nie. Ich habe also gewartet. Und auf einmal, du wirst es nicht glauben, sprach er von dem Theaterstück! Er sagte: ›Wie romantisch, diese Anspielung auf meinen ersten Erfolg. Dass du noch daran denkst.‹ Der andere Typ hat sich bestimmt sehr gewundert, ich kann mir nicht vorstellen, dass er eine Ahnung hatte, worum es geht, aber wer weiß. Ich musste die Sache also zu Ende bringen. Normalerweise lege ich einen Lappen um den Lauf, damit es nicht so knallt. Allerdings telefonierte er ja noch mit dem anderen Typen da!«

Das Gel wurde vorsorglich auf eine Körperpartie aufgetragen, die noch kein Zeichen einer Rötung aufwies. Dann zog die Person wie immer die Packung mit den Windeln unter dem Bett hervor.

»Ich habe den Hörer aufgehoben und aufgelegt. Es blieb nicht viel Zeit, denn der Typ am anderen Ende der Leitung hätte ja die Polizei rufen können, oder? Ich durfte nichts dem Zufall überlassen, also habe ich alles wieder schön aufgeräumt. Dann habe ich mir einen Beobachterposten gesucht, einen Tisch vor der Espressobar gegenüber, und habe gewartet. Zwei Stunden lang ist niemand erschienen. Also alles in Ordnung.«

Die Windel wurde geöffnet und angelegt.

»Kannst du dir das vorstellen? Hätte ich mit ihm angefangen, was nahelag, ich habe ihn ja schon immer für den Hauptverantwortlichen gehalten, dann hätte das Theaterstück die Polizei auf die Spur bringen können. Es ist altes, uraltes Zeug, gut, aber wer weiß, irgendeine Annonce, eine Notiz, etwas, das man in diesem komischen Internet findet, wo man auf alles und nichts zugleich stößt. Dann hätten sie mich festgenommen, und alles wäre aus gewesen.«

Sorgfältig und fachmännisch fixierte die Person die Klettverschlüsse, nicht zu straff und nicht zu locker. Viermal pro Tag, so wie es sein sollte.

Sie erhob sich und trat einen Schritt zurück, musterte alles kritisch und nickte zufrieden.

»Du, es ist mir egal, ob ich ins Gefängnis gehe. Wer auch immer sich dann um dich kümmert, macht es ja vielleicht sogar besser als ich. Aber ich kann jetzt nicht auf halbem Weg umkehren. Alle, alle müssen sie bezahlen, alle tragen sie ihren Teil der Schuld. Deshalb muss nun zum Schluss noch jemand dran glauben, der gar nicht dabei war.«

Die Person schaute wieder zu dem riesigen Innenhof hinab, in dem die Kinder spielten.

»Mitgefangen, mitgehangen.«

27

Nachdem Rudy verschwunden war, um nach seinem Freund bei den Sanitätern zu suchen, breitete sich ein unbehagliches Schweigen in Minas Büro aus.

Domenicos Haltung ihr gegenüber hatte sich verändert und war nun beinahe feindselig. Mina konnte sich das nicht erklären. Früher, als sie ihn noch so rüde behandelt hatte, hätte sie ja Verständnis dafür gehabt, aber jetzt? Wie konnte es sein, dass dieser innige Blickwechsel zwischen ihnen, jener Moment der Verzauberung, den der Hausmeister durch sein Hereinplatzen zerstört hatte, einen solchen Bruch nach sich zog?

Mina empfand eine Mischung aus Melancholie und Unwohlsein. Sie kam sich vor, als wäre sie während eines steilen Aufstiegs plötzlich ausgerutscht und wieder ins Tal geglitten und hätte nun keine Energie mehr, erneut aufzusteigen.

Der Arzt stand plötzlich auf. Mit gerunzelter Stirn und zusammengebissenen Zähnen sagte er, ohne sie anzusehen:

»Du kannst mir nachher im Auto erzählen, was du vorhast. Jetzt entschuldige mich bitte, ich muss in mein Büro, um zu telefonieren.«

Er ging und ließ eine zutiefst beunruhigte Mina zurück. Dieser Mann hatte nicht nur eine verblüffende Ähnlichkeit mit Robert Redford in *Brubaker*, einem Film, den sie

Dutzende von Malen gesehen hatte, sondern auch etwas Rabiates und zugleich Verletzliches, das in ihr die Lust weckte, über ihn herzufallen und lauter Dinge mit ihm zu veranstalten, die man besser nicht beim Namen nannte. Hätten ihre Freundinnen gewusst, was da gerade vor ihrem inneren Auge ablief, dachte die Sozialarbeiterin, sie hätten ein völlig anderes Bild von ihr bekommen – von wegen Ausbund an Tugendhaftigkeit.

Der Gedanke an ihre Freundinnen erinnerte sie daran, dass sie ja ihren verrückten Plan, Flor und Ofelia zu helfen, mit Lucianas Hilfe hatte umsetzen wollen. Sie griff nach ihrem Handy, das auf dem Fenstersims lag, und beugte sich wie immer mit ausgestrecktem Arm gefährlich weit zum Fenster hinaus, um wenigstens eine schwache Verbindung zu bekommen – sie sah aus wie eine Freiheitsstatue mit Wirbelsäulenverkrümmung.

Zunächst musste sie ihrer Freundin die Situation natürlich erklären. Luciana ließ sich zwar nicht allzu lange bitten, wenn es um Geld ging, wollte aber mit einer interessanten Geschichte belohnt werden.

Sie schmückte also die Tatsachen ein wenig aus: Das Alter des Mädchens setzte sie leicht herab, das der Mutter etwas herauf, die noch unbekannten Schwiegereltern stellte sie als furchteinflößende Monster und hinterhältige Kerkermeister dar und Alfonso Caputo als gewalttätigen pädophilen Mafiaboss und Vergewaltiger. Den Ausschlag gab jedoch die angebliche Beziehung des Mannes zu einer Serbin: Lulù war lange Zeit in einen Schriftsteller verliebt gewesen, der dann mit einer Serbin durchgebrannt war. Die Gelegenheit, auf diese Weise posthum Rache zu nehmen, konnte Lulù sich nicht entgehen lassen.

Mina beendete das Telefonat, und während sie auf Rudy wartete, kehrten ihre Gedanken unweigerlich zu ihrer Nicht-Beziehung zu Domenico zurück.

Der Gynäkologe hatte tatsächlich eine schlaflose Nacht hinter sich. Dass dies einzig und allein an seiner Sorge um Flor und Ofelia lag, war jedoch nicht richtig.

Natürlich spielten die beiden eine Rolle, und zwar eine große. Er hatte sich ja deshalb für den Beruf entschieden, weil er das Leid schutzbedürftiger Frauen nicht einfach hinnehmen wollte, und die Wunden auf Ofelias Gesicht, ihr Hinken und ihre zutiefst verzweifelte Ausstrahlung hatten sein Blut zum Kochen gebracht. Aber das war es nicht allein.

Dottor Gammardella fühlte sich zum ersten Mal in seinem Leben beschmutzt.

Seine Beziehung zu Viviana war in Anbetracht der räumlichen Distanz und der wachsenden Unterschiede zwischen ihnen sicher nicht sonderlich erfüllend, aber er hatte nie das Bedürfnis nach Veränderung verspürt. An Gelegenheiten hätte es sicher nicht gefehlt, das begriff sogar er, obwohl er sich seiner Attraktivität nicht bewusst war. Seine Arbeit nahm ihn aber völlig in Beschlag, für soziale Kontakte blieb keine Zeit. Der sporadische Kontakt mit Viviana genügte, um ihn daran zu erinnern, dass durchaus auch Emotionen in einem Leben Platz haben sollten.

Als er jedoch am Vortag plötzlich Mina im Arm gehalten hatte, ohne sich nachträglich erklären zu können, wie es dazu gekommen war – und er hatte es tausend Mal versucht! –, schien etwas in seinem Inneren geborsten zu sein, wie ein Damm, und eine geheimnisvolle dunkle Flüssigkeit war in sein noch immer benebeltes Gehirn gedrungen.

Mina war eine schöne Frau, das war ihm sofort aufgefallen. Kein umgänglicher Charakter, sie war streitbar und musste immer Kontra geben: Das war vermutlich der Grund, weshalb sie keinen Ehering trug und bis in die Nacht hinein im Büro blieb. Jedenfalls war sie sehr anziehend, fand er. Er hätte auch nicht leugnen können, dass er seit ihrer ersten Begegnung ein seltsames Ziehen in der Magengegend verspürte. Weiter ging es jedoch nicht, denn ihr keinesfalls freundliches Verhalten ihm gegenüber hatte dieses Gefühl wieder erstickt.

Und dann war jene seltsame Sache passiert, völlig rätselhaft oder vielleicht auch ganz eindeutig. Minas Körper an seinem, ihr warmer Atem auf seinem Gesicht. Doch jetzt, allein in seinem Sprechzimmer, nachdem er den im Flur wartenden Patientinnen signalisiert hatte, dass es gleich losgehen würde, vor dem Bildschirm des Computers, den Finger auf der Maustaste, jetzt musste er sich eingestehen, dass es ihre Augen waren, die ihn einfach umgehauen hatten. Er hatte eine Mischung aus Begehren und Verwirrung darin gelesen, aus Wut und Sehnsucht, aus Hoffnung und Verzweiflung, und das hatte ihn endgültig erwischt. Und zugleich hatte es ihm äußerstes Unbehagen verursacht, denn er war schließlich gebunden, und eine solche Bindung, das hatte man ihm beigebracht, gab man nicht einfach auf.

Genau das war der Grund, warum er die ganze Nacht nicht hatte schlafen können. Der Widerspruch, der Graben, der Abgrund zwischen dem, was er wollte, und dem, was er sollte. Er war wütend auf Mina, o ja, weil sie ihn, wenn auch nicht absichtlich, so doch durch ihr offensichtliches Desinteresse an einer engeren Beziehung zu ihm in eine Krise gestürzt hatte. Und eine Krise hatte Domenico Gammardella, genannt Mimmo, noch nie durchlebt.

Es gab nur eines, was da zu tun war, und zwar sofort. Ein Klick auf ein Icon auf seinem Desktop.

Ein melodischer, künstlicher Wählton erklang, gefolgt von einem weiteren. Ein tiefer Atemzug. Und noch einer. Schließlich erschien das verschlafene Gesicht einer attraktiven Ärztin ohne Grenzen auf dem Bildschirm, in einem Feldbett irgendwo auf der anderen Seite des Globus. Hinter ihr war finstere Nacht.

Neben ihr jedoch: ein dunkelhäutiger Mann mit breiten Schultern, der wachsam in die Kamera blickte.

Sein Oberkörper war nackt.

28

De Carolis rühmte sich der Tatsache, dass die Tür zu seinem Büro immer offenstand. Auf diese Weise entstand der Eindruck völliger Transparenz, und seine legendäre Konzentration gestattete es ihm, auch im hektischen Gewimmel auf den Korridoren des Justizpalastes in aller Ruhe zu arbeiten. Jene Angewohnheit seines Vorgesetzten war eine von den Schwierigkeiten, mit denen Gargiulo zu kämpfen hatte, denn immer, wenn er ihm etwas mitzuteilen hatte, war er gezwungen, auf der Schwelle zu warten, bis der Staatsanwalt auf ihn aufmerksam wurde.

Diesmal stand er bereits seit fünf Minuten im Türrahmen, ohne dass De Carolis, der mit grimmiger Miene auf seine Computertastatur einhämmerte, ihn eines Blickes gewürdigt hätte. Noch eine Minute und ich huste, dachte Gargiulo. Noch dreißig Sekunden.

Er hüstelte.

De Carolis sah nicht auf, sagte aber immerhin wie beiläufig und in düsterem Tonfall:

»Klingt nach Reizhusten, Gargiulo. Glauben Sie mir! Gehen Sie endlich mal zum Arzt.«

Der Inspektor schlug die Hacken zusammen.

»Jawohl, Dottore. Ich habe mir bereits einen Termin beim Dienstarzt geben lassen. Wenn Sie gestatten, würde ich Ihnen jetzt aber erst mal den Bericht der Spuren-

sicherung und die bisherige Internetrecherche näher erläutern.«

Der Staatsanwalt starrte unbeirrt weiter auf seinen
Bildschirm, las eine Textpassage erneut durch, kehrte
leise fluchend zu einer anderen Stelle zurück, fügte rasch
eine Korrektur ein und speicherte das Dokument ab. Erst
dann widmete er seine Aufmerksamkeit dem Carabiniere,
der sich wie immer in solchen Momenten sehnlichst auf
einen anderen Planeten wünschte.

»Im Hause Morra wie erwartet kein besonderer Befund,
Dottore. Auffallend das völlige Fehlen von Fingerabdrü-
cken auf dem Telefonhörer, nicht mal die des Toten, der
ja, wie wir wissen, den Apparat benutzte, als er ermordet
wurde. Woraus hervorgeht, dass jemand das Objekt anschließend abgewischt hat.«

De Carolis nickte zerstreut.

»Alternativ ließe sich annehmen, dass Morra über tele-
kinetische Fähigkeiten verfügte und das Telefon benutzte,
ohne es zu berühren. Oder auch, dass er als unverbesser-
licher Reinigungsfetischist den Hörer abgewischt hat,
um keine Fingerabdrücke auf dem Plastik zu hinterlassen,
und unmittelbar darauf tot zusammengebrochen ist.«

Gargiulo schüttelte den Kopf.

»Dies steht jedoch im Widerspruch zu dem Bericht der
Gerichtsmedizin, Dottore, die versichert, dass Morra auf
der Stelle tot war.«

De Carolis ballte ein paar Mal die Finger zur Faust und
öffnete sie wieder.

»Wie es häufig der Fall ist, wenn jemand eine Kugel
im Hirn stecken hat, genau. Verzeihen Sie die Unterbrechung, Gargiulo. Fahren Sie fort.«

Der Inspektor lächelte zuvorkommend.

»Wenn Sie irgendwelche Hypothesen aufstellen möchten oder Zweifel haben – bitte, nur zu!«

De Carolis nahm seine Brille ab, stützte die Ellbogen auf die Schreibtischplatte und legte das Gesicht in die Hände. Er sagte kein Wort, und erst als Gargiulo ihn fragte, ob er Kopfschmerzen habe, und ihm anbot, ein Glas Wasser zu holen, erwiderte er:

»Nein, nein, Gargiulo, um Gottes willen. Reden Sie weiter. Ich bin nur müde. Lebensmüde, um genau zu sein.«

Der Inspektor hüstelte und fuhr fort:

»Es wurden auch sonst keine Fingerabdrücke in der Wohnung gefunden. Im Gegensatz zu denen von De Luca, der sich dort sehr … sehr gut auszukennen schien. So haben wir beispielsweise einen kompletten Satz Fingerabdrücke seiner beiden Hände am Kopfteil des Bettes gefunden, so als hätte er sich dort festgehalten …«

De Carolis schoss in die Höhe, Schaum vor dem Mund.

»Gargiulo, verdammt noch mal! Fahren Sie fort, die Position, die De Luca eingenommen hat, interessiert mich nicht! Also, die seiner Hände, als er … Mit anderen Worten: Beschränken Sie sich auf die relevanten Dinge!«

Der Inspektor blinzelte verwirrt.

»Aber, Dottore, woher wollen wir denn wissen, was relevant ist und was nicht? Müssen wir nicht alle Informationen sammeln, um dann unsere Schlüsse daraus zu ziehen? In der Polizeischule sollte ich immer …«

De Carolis, der zum Fenster getreten war, starrte auf die mehr als zwanzig Stockwerke unter ihm liegende Straße.

»Gargiulo, was glauben Sie: Wenn sich einer da runterstürzt, ist er dann tot?«

Zustimmend schlug der Carabiniere die Hacken zusammen. Als er die Anspielung begriff, errötete er und redete hastig weiter.

»Wir glauben, dass der Mörder Handschuhe trug. Wie die Spurensicherung mir glaubhaft versichert hat, ist abgesehen von dem Telefonhörer keine Oberfläche gereinigt worden, um Fingerabdrücke zu beseitigen. Wie auch die anderen Tatorte war das Zimmer in einem äußerst reinlichen und aufgeräumten Zustand. Kommen wir zu den Rosen: Hier hat sich bestätigt, was wir in Bezug auf die anderen Vorfälle bereits ermitteln konnten.«

Er blätterte in den Unterlagen, die er in der Hand hielt. Der Staatsanwalt blickte weiterhin mit beunruhigendem Interesse auf die Straße hinab.

»Zwölf an der Zahl, unterschiedlich alt, jeweils ein, zwei Tage auseinander. Der übliche Abstand, eine perfekte Abfolge: Nachdem er den ersten Satz Rosen überbracht hatte, knöpfte sich der Mörder das zweite Opfer vor – natürlich immer unter der Voraussetzung, dass die Morde und die Rosen etwas miteinander zu tun haben.«

De Carolis drehte sich überrascht um.

»Sie gehen also davon aus, dass der Mörder zufällig all diejenigen tötet, die zwölf Rosen geschenkt bekommen haben, ja, Gargiulo? Interessant, interessant. Wenn das so ist, dann stelle ich meine Frage von vorhin anders, sie lautet dann: Wenn jemand einen Carabiniere aus dieser Höhe aus dem Fenster stößt, können wir dann sicher sein, dass der Carabiniere auch korrekt unten am Boden aufschlägt?«

Gargiulo wich instinktiv einen Schritt zurück.

»Nein, nein, natürlich nicht, Dottore, aber solange es keine ausdrückliche Verbindung gibt, können die beiden Tatsachen nicht notwendigerweise miteinander in Bezug gesetzt werden. Ich muss zugeben, dass dieser Zufall im Hinblick auf die verwendete Tatwaffe etwas Eigentümliches an sich hat, aber …«

De Carolis ging zum Schreibtisch, setzte die Brille auf, die er dort hatte liegen lassen, und ließ sich auf den Schreibtischstuhl fallen. Auf einmal fühlte er sich alt, sehr alt.

»Aha, dann haben wir also die Bestätigung für die Luger P08 auch für den Fall Morra. Schön, das ist ein Trost. Es bedeutet, dass wir die richtigen Schlüsse gezogen haben. Die Presse weiß noch von nichts, richtig?«

»Nein, Dottore, es ist uns gelungen, die Sache mit den Rosen und der Waffe geheim zu halten. Natürlich hat der eine oder andere Journalist versucht, einen hypothetischen Zusammenhang zwischen den einzelnen Verbrechen herzustellen. Ich weiß allerdings nicht, wie lange es uns noch gelingen wird, denn Morra war stadtbekannt, im Gegensatz zu den anderen Opfern, einmal abgesehen von Giuseppe Santoni, dem Musiker.«

»Verstehe. Jetzt aber haben wir von diesem Theaterstück erfahren, nicht wahr? Etwas, das mit zwölf Rosen zu tun hat, es war sogar das Debüt des berühmten Morra als Bühnenbildner. Sie hatten ja im Netz recherchiert, oder?«

Gargiulo machte ein bedrücktes Gesicht.

»In dem Punkt habe ich leider keine großen Neuigkeiten, Dottore. Die Kollegen waren sehr fleißig und sind noch zugange, aber bislang haben sie nichts gefunden.«

De Carolis blieb der Mund offen stehen.

»Wie denn, nichts gefunden? Sie machen wohl Witze! Das Debüt eines der berühmtesten italienischen Bühnenbildner, der sogar im Ausland gearbeitet hat, ein nationales Ruhmesblatt, und es gibt nichts über dieses Theaterstück im Netz?«

Gargiulo schlug betrübt die Hacken zusammen.

»Nein, Dottore. Wir haben alles durchforstet, aber in sämtlichen Artikeln und Berichten über Morra wird die Ausstattung von Shakespeares *Wie es euch gefällt* als seine erste Arbeit bezeichnet, am Teatro Moderno im Februar 1997. Davor gibt es keine Hinweise auf andere Stücke. Aber wie gesagt, wir sind noch dran, ich habe sogar ein paar Kollegen ins Zeitungsarchiv geschickt.«

De Carolis nickte stumm und starrte ins Leere. Dann stand er auf und ging, wie immer die Hände im Rücken verschränkt, erneut auf das Fenster zu.

Leise, als würde er zu sich selbst sprechen, sagte er:

»Trotzdem, irgendwie sagt mir das mit den zwölf Rosen etwas. Ich weiß nicht, was, aber irgendetwas sagt es mir.«

29

Mit unterschiedlichen Gefühlen starrten sie alle drei auf das Fahrzeug, das in dem engen Innenhof geparkt stand. Rudy war sichtlich von Stolz erfüllt; aufgeregt drehte er eine viel zu große Chauffeurmütze in den kleinen Händen. Domenico wirkte gleichgültig, als beschäftigten ihn Fragen von ganz anderer Tragweite.

Mina war entsetzt.

»Trapanese, was ist *das* denn? Wo sollen wir denn mit dieser Schrottkarre hinfahren? Soll das ein Witz sein?«

Rudy drehte sich zu ihr um. Irgendwie schaffte er es, zugleich stolz, unterwürfig und lüstern dreinzublicken.

»Dottoressa, dieses Auto stand zur Verfügung, also haben sie es mir gegeben. Wir können jetzt wirklich keine Ansprüche stellen, finden Sie nicht? Ich verstehe auch gar nicht, was damit verkehrt sein soll: Es ist klein, leicht manövrierbar, ideal, um sich damit durch enge Gassen zu zwängen. Es hat ein Martinshorn, wie gewünscht. Und es ist ein Krankenwagen, so wie wir ihn brauchen. Also, da fehlt nichts, würde ich sagen!«

Das Fahrzeug war ein weißroter Panda mit der Aufschrift *Staatliches Gesundheitsamt – Bluttransport*.

Domenico runzelte die Stirn.

»Und was ist, wenn sie uns anhalten? Wir müssten uns dann ja rechtfertigen ...«

Rudy erwiderte kampfeslustig:

»Verzeihung, Dottore, aber ich sehe wirklich nicht, wo das Problem liegt. Da steht drauf, dass wir Blut transportieren, oder nicht? Und da sind wir drei an Bord. Und haben wir etwa kein Blut im Körper? Was mich betrifft, so fühle ich mich ehrlich gesagt in Anwesenheit der Dottoressa sogar noch mehr durchblutet. Das Auto transportiert uns, wir haben Blut in uns, also transportiert das Auto Blut.«

Mina musterte ihn angewidert.

»Trapanese, an Ihnen ist ein Rechtsanwalt verloren gegangen. Und zwar einer von der schlimmsten Sorte. Abgesehen davon, wer hat eigentlich gesagt, dass Sie mitkommen sollen? Der Kollege und ich sind hier mehr als genug, und außerdem können wir behaupten, wir seien dienstlich unterwegs. Sie dagegen …«

»Nein, nein, Dottoressa. Kommt gar nicht in Frage! Mein Bekannter hat das Auto *mir* geliehen, ich darf also niemand anders damit fahren lassen. Und außerdem, die Gassen hier in dieser Stadt, bei allem Respekt, da kann man keine Frau oder einen aus Campobasso ans Steuer lassen. Hier gelten ganz andere Verkehrsregeln, glauben Sie mir.«

Als wäre damit das letzte Wort gesprochen, setzte er sich resolut die Kappe auf das schüttere Haar, die ihm sofort bis unter die Augenbrauen rutschte, und schwang sich auf den Fahrersitz.

Mina und Domenico tauschten einen besorgten Blick, dann stiegen sie ebenfalls ein, Domenico hinten, Mina vorn. Rudy startete den Motor und fuhr los.

Rudys Fahrweise war gelinde gesagt desaströs. Mina wusste nicht, ob sie sich fühlen sollte wie bei einer Verfolgungsjagd à la *Mission Impossible*, bei der auch die Passanten von Stuntmen dargestellt werden, oder wie bei einem Wagenrennen aus *Ben Hur*. Die ganze Zeit stand Rudys Fuß bleischwer auf dem Gaspedal. Um zu verlangsamen, in jenen raren Augenblicken, in denen es ihm angeraten schien, schaltete er lediglich kurz herunter. Funktionstüchtige Bremsen? Fehlanzeige. Der Besitzer des Fahrzeugs – wer auch immer das war – schien unter »Auto« nichts anderes als eine intakte Karosserie zu verstehen.

Domenico und Mina konnten es nicht glauben, dass niemand die Polizei rief. Im Gegenteil, die Fußgänger und die anderen Autofahrer schienen diese Art von Fahrstil geradezu zu erwarten. Das Martinshorn war weniger ein Alarmsignal als vielmehr eine Art Geleit: Ohne mit der Wimper zu zucken und in beeindruckender Geschwindigkeit brachten Fuhrmänner, Händler, Jugendliche, Alte und Kinder Kisten und Aufsteller, Kinderwagen und sich selbst in Fensternischen und geöffneten Türen in Sicherheit und machten so auf wundersame Weise Platz für Rudy, der zwar wegen der heruntergerutschten Kappe kaum etwas sah, aber einen Heidenspaß zu haben schien.

Bevor Mina Luft holen konnte, kam der Panda schon vor dem Vico Albanesi 50 ruckartig zum Stehen.

Atemlos keuchte die Sozialarbeiterin:

»Ich hätte nicht gedacht, dass in einem Land wie Italien, das sich als zivilisiert betrachtet, jemand wie *Sie* den Führerschein bekommen kann, Trapanese. Sie sind kein Krimineller, Sie sind das Mensch gewordene Kapitalverbrechen!«

Rudy strahlte sie aus seinem zahnlosen Mund an.

Mina bedachte ihn mit einem verzweifelten Blick und sagte:

»Also, der Plan ist folgender: Wir sind hier wegen einer Krebsvorsorgeuntersuchung für Immigrantinnen unter Federführung des Staatlichen Gesundheitsamts. Gratis – das zieht immer. Wir haben Listen, Ofelia steht auf einer davon. Auch Flor muss untersucht werden. Ziel der ganzen Aktion ist natürlich, allein mit ihnen reden zu können, um ihnen das Angebot zu machen, über das wir im Beratungszentrum gesprochen haben, und zu sehen, ob sie es annehmen. Ich hoffe es jedenfalls. Wenn nicht, müssen wir aufgeben. Bei jemandem, der sich nicht helfen lassen will, ist Hopfen und Malz verloren. Alles klar?«

Domenico zuckte mit den Achseln. Er schien seltsam angespannt, und Mina musterte ihn besorgt.

Rudy sagte:

»Dottoressa, ich warte hier, sonst ist nur noch die Karosserie übrig, wenn wir wiederkommen, das ist das Einzige, was man nicht als Ersatzteil weiterverkaufen kann. Außerdem, sollte Caputo auftauchen, was eigentlich nicht sein dürfte, wenn ich meine Nichte richtig verstanden habe, weil er eine wichtige Sitzung irgendwo beim Vesuv hat, eine Art Kongress, sage ich mal, dann schalte ich das Martinshorn ein und warne Sie.«

Mina nickte, diesmal voller Bewunderung.

»Kompliment, Trapanese. Vorzügliche Taktik. Gut, gehen wir.«

Unter den mehr als neugierigen Blicken einer Pförtnerin, die mythischen Ursprungs sein musste, halb weibliches Wesen, halb durchgesessener Stuhl, bestiegen sie einen überraschenderweise funktionierenden Aufzug. Die Kabine, die in einem erstickend schmalen Schacht im Treppenhaus nach oben rauschte, bot gerade mal zwei Personen Platz, vorausgesetzt, sie hatten normale Körpermaße und keinen überbordenden Vorbau.

Für Mina und Domenico war die Fahrt nach oben gleichermaßen unerträglich, wiederholte sich doch nun der zufällige Körperkontakt vom Vortag, der so viel Schaden angerichtet hatte. Mina starrte auf eine Mücke, wie sie eigenartigerweise zu jeder Jahreszeit in Fahrstühlen zu finden sind; diese hier war groß und Ehrfurcht gebietend und verharrte fest auf einer Stelle an der Wand.

Domenico, den Blick unverwandt auf einen Punkt oberhalb von Minas Kopf gerichtet, atmete flach und dachte an das Gesicht des Mannes, den er auf dem Handydisplay seiner Freundin gesehen hatte. Mit wild pochendem Herzen hatte er sofort die Verbindung unterbrochen und war, statt auf die verzweifelten Rückrufversuche Vivianas zu reagieren, auf die Straße gerannt, um frische Luft zu schnappen. Bei seiner Rückkehr hatte er eine sms von ihr vorgefunden: »Tut mir leid. Ich wollte nicht, dass du es so erfährst.«

Während sein Kopf mit diesen trübsinnigen Gedanken beschäftigt war, schrie sein Körper stumm nach einer Berührung mit diesem Ausbund an Weiblichkeit. Endlich hatte der Aufzug sein Ziel erreicht, und beide schossen nach draußen. Der Gynäkologe trug seinen Arztkittel, die Sozialarbeiterin hielt eine Aktenmappe und einen Stift in der Hand. Offizieller konnte man kaum aussehen.

Auf ihr Klingeln kam eine alte Frau an die Tür und blickte sie aus ihren kleinen Augen misstrauisch an. Bevor Mina einen Ton hervorbringen konnte, fiel sie ihr schon ins Wort.

»Wir brauchen nichts.«

Seufzend klingelte Mina erneut. Diesmal stand ein alter Mann neben der alten Frau, mit denselben kleinen, misstrauischen Augen. Sie sahen aus wie Zwillinge.

»Wir brauchen nichts, ist das so schwer zu verstehen?«, knurrte der Alte.

Mina zuckte mit den Achseln und schaute mit gespielter Gleichgültigkeit zu Domenico hinüber.

»Na gut, dann gehen wir wieder, Gammardella. Nicht mal medizinische Untersuchungen wollen sie hier gratis haben. Dann schicken wir ihnen halt das Gesundheitsamt zur Kontrolle auf den Hals. Das Bußgeld bringt sie vielleicht zur Räson. Einen schönen guten Tag!«

Sie wandte sich zum Gehen. Wie sie vermutet hatte, besann sich die alte Frau als Erste eines Besseren.

»Moment, Dottoressa, das ist ein Missverständnis. Wir haben gedacht, Sie wollen uns was verkaufen.«

Domenico, der instinktiv begriffen hatte, dass in diesen Kreisen die ernsten Themen unter Männern besprochen wurden, während das Vorgeplänkel den Frauen überlassen blieb, erklärte dem Mann rasch, was sie vorhatten. Empört über sein Machogehabe hätte Mina ihn gleichzeitig am liebsten erwürgt und leidenschaftlich geküsst.

Der Alte tat, als hätte er verstanden, und wich ein paar Zentimeter zur Seite. Es war eindeutig die Aufforderung, seine Wohnung zu betreten.

Der Geruch nach Zwiebeln haute sie beinahe um. Die Frau sagte stolz:

»Neapolitanisches Gulasch.«

Sie wurden in ein Wohnzimmer geführt, das aussah wie aus einem Siebzigerjahre-Film. Die abgestandene Luft bezeugte, dass es lange nicht benutzt worden war.

Die Frau sagte:

»Wenn ich das richtig verstanden habe, bekommen die immigrierten Frauen von Ihnen eine kostenlose medizinische Untersuchung, richtig? Das gilt dann wohl auch für meine Schwiegertochter, die hier bei uns wohnt. Die Arme ist gestern erst die Treppe runtergefallen, sie war sogar im Krankenhaus deswegen und ist noch ein bisschen mitgenommen. Aber die Untersuchung können Sie trotzdem machen, oder?«

Domenico lächelte gewinnend. Mina musste an den Robert Redford aus *Der Unbeugsame* denken, einer ihrer Lieblingsfilme, obwohl es um Baseball ging.

»Keine Sorge, Signora. Und wo ich schon einmal da bin, würde ich selbstverständlich auch die anderen Frauen des Haushalts untersuchen, also auch Sie.«

Sofort verschwand das Misstrauen vom Gesicht der alten Frau und machte einem wunderschönen Lächeln Platz. Domenico untersuchte sie rasch, empfahl ihr ein paar Vitamine und machte ihr ein Kompliment wegen ihrer jugendlichen Haut. Mina kam sie eher vor wie eine runzlige Kröte, doch sie schätzte die Strategie des Kollegen.

Geschmeichelt flötete die Frau:

»Dottore, ich bringe Sie jetzt zu meiner Schwiegertochter und meiner Enkelin, damit Sie sie untersuchen und mir sagen können, wie es um sie steht. Sie werden sehen, die Kleine ist eine Augenweide – alle sagen, sie ist mir wie aus dem Gesicht geschnitten.«

Ein paar Minuten später standen sie vor Ofelia und Flor, die sie ebenso überrascht wie erschrocken anstarrten. Mit einem Lächeln, als begegneten sie sich zum ersten Mal, erläuterte Mina ihnen betont freundlich den angeblichen Zweck ihres Besuchs. Zugleich versuchte sie, ihnen mit den Augen den wahren Grund zu signalisieren.

Das Mädchen begriff sofort, was Sache war, und tat so, als sträubte sie sich dagegen, untersucht zu werden. Ihre Großmutter versuchte sie zu beruhigen.

»Komm, meine Kleine, wir gehen jetzt in die Küche, und du kriegst ein paar Kekse. Und die Herrschaften untersuchen in der Zwischenzeit deine Mama, die dir danach sagen kann, ob's wehgetan hat oder nicht.«

Der Großvater, der klarstellen wollte, dass er der Herr im Hause war, aber auch das richtige Maß an Anstand besaß, hatte sich auf den Flur verzogen.

Als sie allein mit Ofelia waren und die Tür hinter sich geschlossen hatten, sah Mina die Peruanerin scharf an.

»Ofelia, wenn Sie wollen, schicken wir Sie nach Hause, nach Peru, zusammen mit Ihrer Tochter. Und zwar noch heute. Dann sind Sie beide in Sicherheit. Ansonsten erwartet Sie hier ein erbärmliches Leben. Wir haben keine Zeit zu verlieren. Sie müssen sich auf der Stelle entscheiden.«

30

De Carolis schloss die Tür zu seinem Büro ab und ging in Richtung Ausgang. Er wirkte nicht unbedingt müde, eher konzentriert mit etwas beschäftigt.

Zerstreut nickte er dem Wachbeamten in der Halle zu, der seinen Gruß nur mit einer vagen Andeutung erwiderte. Das Geräusch seiner Schritte, erst in der Halle, dann auf der Straße, schien die Gedanken des Staatsanwalts wieder ins Lot zu bringen.

Er mochte keinen Geleitschutz, was auch einer der Gründe dafür war, dass er beschlossen hatte, einen bestimmten Typus von Ermittlungen zu meiden. Lieber waren ihm Verbrechen aus Leidenschaft, Affekthandlungen, Erpressung, häusliche Gewalt. Der Mord im Treppenhaus, die Messerstecherei in der Küche, der völlig aus dem Ruder gelaufene Familienstreit, das war es, was ihn faszinierte.

Ihm selbst waren große Gefühlsaufwallungen fremd. Er empfand höchstens eine gewisse Gereiztheit, obwohl er keineswegs alles in sich hineinfraß. Doch schreckliche Wutanfälle oder große Szenen, nein, das passte nicht zu ihm.

Die Frau, mit der er sich regelmäßig traf, sagte ihm gern, sie liebe seine Ironie, seinen Sarkasmus, sein Lächeln weit mehr als lautes Lachen oder Umarmungen, die einem den Atem raubten. Er hatte sie bei einer Ermittlung kennengelernt; es ging um einen Stalker, der sie erst mit seiner Leidenschaft erstickte, dann mit seinen Aufmerksamkeiten und schließlich beinah mit einem Sofakissen in einem Nobelrestaurant. Eine Frau wie sie, die Gefühle gewissermaßen hautnah zu spüren bekommen hatte, musste zwangsläufig von jemandem wie De Carolis fasziniert sein, dessen Gefühlsbarometer immer um denselben Wert herum ausschlug. Er selbst bezeichnete sich als »Austarierer«.

Aber dieses Mal, dachte er, während er, die Hände auf dem Rücken verschränkt, die Hauptstraße des Centro Direzionale entlangging, um zum Parkhaus zu gelangen, dieses Mal war die Sache seltsam. Um nicht zu sagen: sehr seltsam.

Zwar spürte er hier wie sonst auch die Leidenschaft in der Tat, blinde Wut, Rachsucht und Mitleidlosigkeit, aber es lag auch eine äußerst hellsichtige, überaus präzise und detailgenaue Planung der Morde vor.

Die Vorstellung von einem Serienmörder war De Carolis zuwider. Er hielt sie für eine Abstraktion, eine amerikanische Erfindung, mit der sich Bücher und Filme verkaufen ließen. Natürlich konnte jemand mehrere Menschen umbringen, aber so, als wäre es quasi ein und derselbe, als folgte er einem Prinzip. Den Typus jedoch, der wahllos allen Prostituierten mit roten Haaren den Bauch aufschlitzte, weil er als kleiner Junge von einer rothaarigen Lehrerin Schläge auf den Hintern bezogen hatte, das hielt er für Nonsens. So etwas gab es nur in Romanen.

Aber dieses Mal, dachte De Carolis, schien es wirklich in diese Richtung zu gehen. Die Ermordeten wiesen keine Gemeinsamkeiten auf, sie hatten nichts miteinander zu tun, hatten keine gemeinsamen Kontakte, keine finanziellen Verbindungen. Ein vermögender Anwalt und Workaholic, eine depressive Hausfrau mit Alkoholproblem, ein eigentlich begabter, aber gescheiterter Musiker, ein erfolgreicher schwuler Bühnenbildner. Alle ungefähr im selben Alter, obwohl der Bühnenbildner mit seinen paar Jahren mehr auf dem Buckel selbst da aus dem Rahmen fiel.

Die Sache mit den Rosen beschäftigte ihn am meisten. Er hatte die Worte Gargiulos noch im Ohr: eine Rose pro Tag und kurz darauf eine neue Serie für einen anderen Adressaten. Ob der Mörder nun zum letzten Mal zugeschlagen hatte? Oder fragte sich da draußen noch jemand, wer wohl der heimliche Bewunderer war, der ihm – oder ihr – alle paar Tage eine Rose schickte?

Bis es zwölf waren.

Warum zwölf, gab es dafür eine Erklärung? Warum zum Teufel zwölf? Weil es zwölf Monate gab? Er hatte eine kleine Liste angelegt: Da waren die zwölf Apostel, die zwölf Ritter der verdammten Tafelrunde, die zwölf olympischen Götter. Herkules musste zwölf Arbeiten ausführen, zwölf Titanen gab es. Und zwölf war die Zahl der alchemistischen Transmutation.

Also, erklärst du mir bitte mal, was diese Zwölf soll? Zwölf Rosen, aus welchem Grund?

De Carolis kam es so vor, als wollte der Mörder über diese Geschichte mit der Zwölf entdeckt werden. Wohl nicht aus Aberwitz, sondern weil er den Wunsch hatte, sein Werk zu signieren. Und wer etwas signiert, tut dies, damit sein Name bekannt wird.

Der Staatsanwalt war bei seinem Auto angekommen und öffnete die Wagentür.

Und dann war da natürlich noch diese lästige persönliche Sache. Er musste unbedingt herausfinden, aus welchem dunklen Motiv ihm diese Worte, »die zwölf Rosen«, vertraut klangen.

Warum musste er dabei an etwas Altes, im Verborgenen Schlummerndes denken? Weshalb hatten sie ihm gleich beim ersten Mal, als er sie in der Vase bei De Pasca sah, einen leisen Stich versetzt, wie eine alte Narbe?

Er schaltete die Zündung ein und seufzte.

Vielleicht war es Zeit für ein Telefonat.

31

Domenico warf einen besorgten Blick zur Tür.
»Wir haben nicht viel Zeit, Ofelia. Sie müssen sich rasch entscheiden.«

Die Peruanerin schüttelte langsam den Kopf. Sie hatte die Lippen fest aufeinandergepresst und starrte ins Leere. In ihren dunklen Augen lag so viel Angst, Unsicherheit und Misstrauen – aber auch eine verzweifelte Sehnsucht.

Mina beschloss, an Letztere zu appellieren.

»Zu Hause, Ofelia. Zu Hause! Dort, wo Ihre Eltern sind, Ihre Lieblingsorte, Ihre persönlichen Dinge. Auch Flor könnte glücklich dort sein; als sie uns von den Großeltern in Peru erzählte, haben ihre Augen richtig geleuchtet. Was lassen Sie hier schon zurück?«

Ofelia sah zu ihr auf.

»Nichts. Ich würde nichts zurücklassen. Es gibt keine Liebe, wenn ein Mann einer Frau so was antut. Nur wegen Flor bringt er mich nicht um, sonst hätte er es längst getan.«

Mit schneidender Stimme sagte Domenico:

»Und wie lange wird Flor Sie noch beschützen können? Wann werden Sie sich beim Sturz auf der Treppe die Wirbelsäule brechen und sterben oder, schlimmer noch, im Rollstuhl landen?«

Mina erhöhte die Dosis.

»Und was wird dann aus Flor? Vielleicht wird sie mit

so einem Typen, wie ihr Vater einer ist, verheiratet, und es erwartet sie ein Leben voller Leid. Tun Sie es wenigstens ihretwegen!«

Es klingelte an der Tür. Alle drei hielten sie den Atem an. Im Flur hörte man einen kurzen Wortwechsel zwischen dem Schwiegervater und einem Lieferanten, dann fiel die Eingangstür wieder ins Schloss, und sie atmeten erleichtert auf.

Ofelia sagte:

»Manchmal kommt er ganz plötzlich zurück. Und immer ist dann irgendetwas schiefgelaufen. Wenn er Stress bei der Arbeit hat, schlägt er mich. Immer.«

Domenico flüsterte:

»So können Sie nicht weiterleben. Bitte, Ofelia. Bitte!«

Die Frau schwieg. Man konnte förmlich sehen, wie sie gegen ihre letzten inneren Widerstände ankämpfte. Sie streckte die zitternden Finger nach dem blauen Fleck an ihrem Hals aus, brachte es aber nicht fertig, ihn zu berühren.

Sie hob den Blick und schaute Mina fest in die Augen.

»In Ordnung. Gut. Bringen Sie mich nach Hause.«

Mina lächelte. In ihrer Erleichterung streckte sie Domenico die Hand hin, der sie nahm und drückte. Ihre Blicken kreuzten sich für einen Moment, der ein Leben lang anzudauern schien.

»Okay. Also, machen wir es so: Sie nehmen nur die Pässe mit, sonst gar nichts. Niemand darf Verdacht schöpfen, dass Sie das Land verlassen. Alles, was Sie brauchen, werden wir neu kaufen. Haben Sie mich verstanden?«

Ofelia nickte.

»Meinen Pass haben sie versteckt. Flor ist dort mit eingetragen, weil mein Mann offiziell keine Kinder haben darf, aus ... arbeitsrechtlichen Gründen. Aber ich weiß, wo mein Schwiegervater ihn aufbewahrt; ich glaube, ich kann ihn mir da holen. Ich werde sagen, dass es um einen Termin in der Schule geht. Die sind nicht böse, die beiden Alten. Sie haben nur Angst vor ihrem Sohn. Wie ich. Wie alle.«

Mina begriff: Sie musste unbedingt dafür sorgen, dass Ofelias Furcht nicht überwog und ihren Fluchtinstinkt unterdrückte.

»Sie werden ihn nie wiedersehen. Wir werden nicht zulassen, dass er Ihnen etwas antut. Nie wieder.«

Domenico nickte.

»Los, beeilen wir uns.«

Mina fügte hinzu:

»Wir warten an der Ecke der Piazza auf Sie. Nehmen Sie sich die Zeit, die Sie brauchen. Machen Sie alles ganz in Ruhe, um keinen Verdacht zu erregen. Wir sind mit einem rotweißen Panda vom Gesundheitsamt mit Martinshorn und der Aufschrift *Bluttransport* unterwegs. Und bitte, nehmen Sie nichts mit! Nur den Pass.«

Sie ließen Flor ins Zimmer eintreten, zusammen mit ihrer Großmutter. Domenico untersuchte sie sorgfältig und sagte lächelnd:

»Alles in schönster Ordnung bei der Signorina. Sie wird ein langes, glückliches Leben haben, ganz bestimmt.«

Er sah ihr dabei fest in die Augen, und das Mädchen nickte ernst.

Sie ließen sich von dem alten Mann ein gefälschtes Dokument unterschreiben und verabschiedeten sich betont herzlich.

Unten auf der Straße stand Rudy an den Wagen gelehnt und merkte gar nicht, dass er zum Gespött einer Gruppe von Kindern geworden war, die sich über seine Chauffeurmütze kaputtlachten. Die war ihm nämlich bis auf die Nase gerutscht.

Wie mit Ofelia verabredet, fuhren sie das kleine Stück bis zu dem einen Ende der Piazza, um dort auf sie zu warten. Der Hausmeister sagte:

»Wenn Sie mich fragen, Dottoressa, sind wir hier zu nah dran. Wenn jemand von Caputos Leuten das Haus überwacht …«

Mina schüttelte den Kopf.

»Das Risiko müssen wir eingehen, Trapanese. Wenn die beiden eine größere Strecke zurücklegen müssen, besteht die Gefahr, dass sich ihnen jemand in den Weg stellt oder sie aus Angst wieder umkehren. Falls sie überwacht werden, gilt das umso mehr: Jede Route, die von der üblichen abweicht, würde die Spitzel nur in Alarmbereitschaft versetzen.«

Domenico nickte zustimmend.

»Auf jeden Fall. Und wir dürfen auch nicht die beiden Alten unterschätzen, ihre Aufpasser. Wenn Ofelia oder Flor etwas Ungewöhnliches sagen oder tun, werden sie sofort zum Hörer greifen und ihren Sohn anrufen. Wir müssen sie rasch ins Auto verfrachten und zum Flughafen bringen. Aber sag mal, was ist eigentlich mit den Tickets, dem Check-in …«

Zu seiner und auch ihrer eigenen Verblüffung schenkte Mina ihm ein Lächeln.

»Nur die Ruhe. Ich habe eine Freundin, die … die weiß, wie man so was macht. Es ist alles bereit, die

Bordkarten sind schon ausgedruckt. Außerdem haben die beiden kein Gepäck. Wir müssen nur heil am Flughafen ankommen.«

Rudy lächelte und drehte sich so, dass er Minas Rundungen genau im Blick hatte.

»Keine Sorge, Dottoressa. Dafür bin ich ja da. Das Auto und ich, wir sind das perfekte Team.«

Die nächsten Minuten verbrachten sie wartend und zunehmend nervös. Als Minas Handy plötzlich klingelte, zuckten sie alle drei gleichzeitig zusammen. Domenico stieß mit dem Kopf an die Decke und schimpfte leise in seinem Heimatdialekt.

Mina entschuldigte sich und stieg aus, um den Anruf entgegenzunehmen.

»Wann hast du heute vor, nach deiner nutzlosen Tätigkeit zu Hause aufzuschlagen?«

Wie immer hatte Problem Nummer 1 so laut in den Hörer gebrüllt, dass Mina instinktiv ihr Handy auf Armlänge von ihrem Ohr hielt.

»Hallo, Mama. Schön, dass du mich so nett begrüßt. Ich kann dir nicht sagen, wann ich komme, ich muss hier gerade ein ernstes Problem lösen und …«

»Das kann ja wohl nichts Ernstes sein, bei der mickrigen Bezahlung. Jeder ist so viel wert, wie man ihm zahlt, das ist ein einfaches Prinzip.«

»Mama, das ist Blödsinn: Es gibt Dinge, die man aus dem Gefühl gesellschaftlicher Verantwortung heraus tut, und …«

»So ein Quatsch! Hättest du doch nur einen Funken gesellschaftlicher Verantwortung deiner Mutter und dir selbst gegenüber, statt dich für ein paar dahergelaufene

Afrikaner aufzuopfern, die am besten dort geblieben wären, wo sie herkommen!«

Bei Concettas Gebrüll war es unvermeidlich, dass der halbe Platz das Telefonat mitanhören konnte, und so drückte eine vorbeilaufende tätowierte junge Frau Mina kurz den Arm und formte tonlos den Satz: »Wie meine Oma!«, und ein junger Schwarzer lächelte ihr verständnisvoll zu.

Mina nickte dankend und seufzte. Die ganze Zeit behielt sie die Stelle im Auge, an der die schmale Gasse in die Piazza mündete. Hier mussten Ofelia und Flor jeden Moment erscheinen.

»Na schön. Also, liebe Mama, was wolltest du eigentlich von mir? Kann ich etwas für dich tun?«

»Willst du mich veräppeln, oder was?«, brüllte Concetta so laut, dass das halbe Viertel sie hören konnte. »Ich wollte dir sagen, dass auch heute wieder eine Lieferung gekommen ist – der scheint es also ernst zu meinen. Und dann wollte ich dir noch mal einschärfen, heute ja pünktlich zu Hause zu sein. Die neue Perle kommt zum Probeputzen. Endlich eine Italienerin, die ist bestimmt tausend Mal besser als diese ganzen Ostschlampen. Aber du musst auch da sein, also blamier mich nicht.«

Zwei blonde Frauen sahen sie fragend an. Mit einem Achselzucken bat Mina um Entschuldigung.

»Mama, das ist doch wohl nicht nötig, dass ich auch dabei bin, oder? Sie soll ja nur die Wohnung putzen. Schließlich ist sie kein Herzchirurg, der mich untersuchen muss …«

Concetta duldete keinen Widerspruch.

»Sie hat klipp und klar gesagt, die erste Grundreinigung ist gratis, aber es müssen alle Bewohner anwesend sein. Du kannst machen, was du willst – lesen, arbeiten, lernen –, sie will nur, dass du in deinem Zimmer bist. Gratis, verstehst du? Da merkt man gleich, dass sie ein echter Profi ist, nicht wie diese Schlam …«

Besorgt um sich blickend fiel Mina ihr ins Wort.

»Gut, gut, Mama, ich bin dann so gegen acht zu Hause, das Flugzeug startet um sieben, von daher …«

»Was für ein Flugzeug? Was hat das jetzt mit einem Flugzeug zu tun?«

Am liebsten hätte Mina sich auf die Zunge gebissen. Jetzt hatte sie den Salat, ihre Mutter würde keine Ruhe geben, bis sie alle Einzelheiten ihres geheimen Plans erfuhr. Also tat sie so, als wäre die Leitung urplötzlich gestört.

»Mama, ich kann dich nicht hören … Entschuldige, aber ich habe kein Netz …«

Sie hatte kaum auf die Austaste ihres Handys gedrückt, als es erneut klingelte. Das geschah immer, wenn Concetta das Gespräch für nicht richtig beendet hielt.

Fest entschlossen, den Anruf nicht entgegenzunehmen, warf sie einen Blick auf das Display.

Es war nicht ihre Mutter. Es war Claudio, schon zum zweiten Mal an diesem Tag.

32

Das Handy klingelte bereits zum dritten Mal, und Mina war noch immer unschlüssig, ob sie rangehen sollte oder nicht. Eine weitere Diskussion mit ihrem Exmann war das Letzte, was sie jetzt gebrauchen konnte. Auf der anderen Seite konnte sie das Gespräch jederzeit abbrechen, sobald sie Ofelia und Flor auftauchen sah. Aber was noch viel wichtiger war: Vielleicht könnte Claudio ihr ja sogar nützlich sein.

Eine Passantin, die sie so zögerlich dastehen sah, rief ihr im Vorübergehen zu:

»Gehen Sie lieber ran! Sonst hören die nie auf, Sie mit ihren Werbeangeboten zu belästigen. Ich hebe immer ab. Ein ›Verpiss dich!‹, und die sind für immer geheilt.«

Mina gab Domenico ein Zeichen, kurz zu warten, atmete einmal tief durch und sagte:

»Oh, Claudio, hallo! Wie geht's?«

Der Tonfall ihres Exmanns war erstaunlich neutral.

»Hallo, Mina, hast du kurz Zeit? Ich muss dich was fragen, was dir vielleicht seltsam vorkommt, aber es ist wichtig. Ich würde dich nicht stören, wenn du nicht die Einzige wärst, die mir helfen könnte.«

»Okay, wenn's schnell geht, gerne – ich warte gerade auf jemanden und muss dann sofort unterbrechen. Ach übrigens, hast du heute Abend schon was vor? Ich brauche dich nämlich eventuell.«

»Na klar doch. Also, pass auf: Wir kennen uns doch schon seit unserem ersten Jahr an der Uni, oder? Ich habe Jura studiert, du Psychologie. Wir haben uns bei einem Sit-in kennengelernt, wie das halt damals so war. Richtig?«

»Claudio, sag mal, spinnst du? Was soll das, eine romantische Reise in die Vergangenheit? Oder hast du Alzheimer und weißt nicht mehr, was …«

Ihr Gesprächspartner auf der anderen Seite der Leitung verlor die Fassung, was ungewöhnlich für ihn war.

»Verdammt, Mina, kannst du mir nicht ein einziges Mal antworten, ohne erst selbst Fragen zu stellen? War es nun so oder nicht?«

Mina schwieg einen Augenblick, dann sagte sie:

»Claudio, du machst mir Angst. Ja, natürlich, es war genau so. Und jetzt?«

Sie konnte hören, wie er einen Seufzer der Erleichterung ausstieß.

»Entschuldige bitte, aber es ist wirklich wichtig. Woran musst du denken, wenn ich ›zwölf Rosen‹ sage?«

Mina musste lachen.

»O Gott, erinnere mich nicht daran, das ist ja ewig her! Ehrlich gesagt ist die ganze Sache mir inzwischen ziemlich peinlich. Aber wir hatten unseren Spaß, und von daher …«

Claudios Stimme klang belegt, als er sagte:

»Dann stimmt es also, ja? Es war dieses schreckliche Stück, das ihr damals zusammen mit den Leuten vom Kollektiv aufgeführt habt?«

»Also, ›schrecklich‹ scheint mir jetzt doch sehr übertrieben, Claudio. Okay, der Text war nicht so brillant, als dass er in die Theatergeschichte eingegangen wäre, aber schlecht war er auch nicht. Und immerhin hatte er so etwas wie eine Aussage: Jeder von uns hat zwei Rosen überbracht und an Menschen erinnert, die ihr Leben für die Freiheit gelassen haben. Jaja, wir waren schon ganz schön links damals…«

Claudio atmete schwer.

»Wo und wie oft wurde das Stück aufgeführt?«

»Nur ein einziges Mal, in der Aula bei den Psychologen. Das Bühnenbild war sehr schön; der Typ, der es gestaltet hat, war ein paar Jahre älter als wir und ist später ziemlich berühmt geworden. Das Sit-in war dann aber beendet, und wir haben das Stück nicht mehr aufgeführt. Aber sag mal, warum willst du das alles wissen?«

Claudio murmelte:

»Deshalb findet man nirgendwo einen Hinweis darauf, verdammter Mist. Hör zu, Mina, weißt du noch die Namen der Leute, die da mitgemacht haben?«

Mina, die jeden Moment mit Ofelia und Flor rechnete und den Blick fest auf die Gasse gerichtet hatte, in der sie auftauchen mussten, erwiderte zerstreut:

»Nein, woher auch, das ist doch hundertfünfzig Jahre her! Ich kann mich erinnern, dass ich mit den Leuten nicht so viel am Hut hatte, ich bin nicht mal zu der Premierenparty gegangen und habe sie nie wieder gesehen, keinen einzigen von ihnen. Ich glaube, es gab da eine gewisse Titina, eine wunderschöne, sehr elegante junge Frau. Und einen Typen, der ziemlich gut Klavier spielen konnte, ich weiß nicht mehr, wie er hieß. Aber was ist denn los, Claudio? Ist was passiert?«

Claudio senkte seine Stimme zu einem Flüstern. Ein leichtes Zittern lag darin.

»Bist du sicher, dass du dich nicht mehr erinnerst, Mina? Es ist tatsächlich vor Kurzem etwas passiert, das …«

Mina brach in Gelächter aus.

»Ach so, du warst das also! Claudio, das ist wirklich lieb von dir, und ich bin dir sehr dankbar, aber ich verstehe wirklich nicht, warum du auf diese Art an etwas erinnern willst, das so lange zurückliegt. Wir haben doch ganz andere Erinnerungen, viel jüngere, oder nicht? Jedenfalls sind sie wunderschön.«

Es blieb so lange still am anderen Ende der Leitung, dass Mina schon glaubte, die Verbindung sei unterbrochen worden.

»Hallo, Claudio? Bist du noch da?«

Langsam erwiderte ihr Exmann:

»Was heißt das, ›sie sind wunderschön‹? Wovon sprichst du, Mina?«

»Wovon ich spreche? Na, von den Rosen, Claudio! Ich dachte, du wärst das gewesen, eine pro Tag, zwölf Tage lang, es kam mir wirklich etwas übertrieben vor. Was nicht heißen soll, dass es mir nicht gefallen hätte, ganz im Gegenteil, aber …«

»Zwölf … Sagtest du ›zwölf‹? Und die zwölfte wurde schon überbracht? Wann war das?«

Mina lächelte.

»Was ist das, ein Test? Du musst es doch wissen, du hast sie schließlich geschickt … Heute kam die letzte. Aber ich war noch nicht wieder zu Hause, will sagen: Wenn ein Briefchen dabei sein sollte, habe ich es noch nicht gesehen.«

Claudios Stimme überschlug sich nun fast.

»Mina, du gehst erst dann nach Hause, wenn ich es dir

sage, verstanden? Und lass um Gottes willen niemanden in die Wohnung! Sag deiner Mutter, sie soll keinem aufmachen, und ...«

In dem Augenblick sah Mina Ofelia und Flor aus der Gasse kommen. Trotz ihres verletzten Beins ging Ofelia mit hastigen Schritten, die Panik stand ihr ins Gesicht geschrieben. Das Kind versuchte mitzuhalten, indem es immer wieder einen Hüpfer einlegte.

Mina sagte hastig:

»Sorry, Claudio, ich muss auflegen. Wenn noch was ist, ruf meine Mutter an. Wir hören uns dann vielleicht später.«

Und damit schaltete sie das Handy aus.

33

Rasch zwängten sich Ofelia und Flor durch die Menge der Passanten auf dem Gehsteig und stiegen in den Panda, ohne sich noch einmal umzusehen. Mina nahm auf dem Rücksitz neben Mutter und Tochter Platz, Domenico neben dem Fahrer.

Mina sah, dass in Flors Manteltasche ein kleiner Stoffhund steckte. Natürlich, dachte sie gerührt, sie war ja noch ein Kind, das mit Dingen konfrontiert wurde, denen es kaum gewachsen sein konnte.

Ofelia wirkte sichtlich panisch, die schwarzen Augen weit aufgerissen, die Lippen aufeinandergepresst. Ihre Hände kneteten den Griff ihrer Handtasche. Rudy fuhr los. Wie vereinbart hielt er sich an eine normale Geschwindigkeit, damit sie kein Aufsehen erregten, und reihte sich in den dichten Feierabendverkehr ein. Die Vitrinen der Geschäfte waren bereits erleuchtet, die Straßen voller Menschen.

Mina fragte:

»Ist alles gut gegangen? War irgendetwas auffällig?«

Ofelia gab keine Antwort. Sie schaute durch die Scheibe nach draußen, als suchte sie etwas.

Flor sagte:

»Wir haben den Großeltern gesagt, ich bräuchte dringend neue Unterwäsche, deshalb müssten wir welche besorgen gehen. Mama hat so getan, als würde sie alleine loswollen, aber ich habe darauf bestanden, sie mir selbst auszusuchen. Meine Großeltern sind immer froh, wenn Mama nicht alleine rausgeht, wir waren ziemlich sicher, dass sie mich mitschicken würden.«

Ofelia murmelte:

»Nur dass das Geschäft, wo wir sonst Wäsche kaufen, in der anderen Richtung liegt. Hoffentlich haben sie uns nicht vom Fenster aus nachgesehen.«

Keine zwei Minuten später sagte Rudy leise:

»Dottoressa, da folgt uns ein weißes Auto.«

Domenico drehte sich hastig um und bemerkte einen SUV mit abgedunkelten Scheiben, der sich nach einem etwas gewagten Überholmanöver vor einen Kleinlaster schob und im Abstand von zwei Autos hinter ihnen fuhr.

»Vielleicht ist es auch nur jemand, der es eilig hat. Versuch mal, ein paar Autos zu überholen, und schau, was er macht.«

Ofelias Miene wurde auf der Stelle noch verzweifelter. Als wollte sie sich verkriechen, zog sie den Kopf ein, während Flor aufrecht zwischen ihr und Mina sitzen blieb und konzentriert geradeaus blickte.

Rudy ließ sich nicht lange bitten und brach unter lautstarkem Protest eines mit offenem Fenster fahrenden Taxifahrers seitlich aus, um sich ein paar Autos weiter vorne wieder einzureihen. Sofort signalisierte das Bremsenquietschen hinter ihnen, dass der SUV dasselbe getan hatte.

Mina seufzte leise. Sie ließ die Ereignisse der letzten zwölf Stunden Revue passieren. Trotz aller Schwierigkeiten war es kein SchT gewesen, allerdings stand der Erfolg der Mission noch aus. Und sie hatten ja tatsächlich in

Erwägung gezogen, dass das Haus, in dem die Caputos wohnten, überwacht würde.

Wie zur Bestätigung ihrer Gedanken ertönte ein markerschütterndes Handyklingeln aus der Handtasche Ofelias, die vor Schreck zusammenzuckte. Mit zitternder Hand zog sie das Mobiltelefon heraus. *Schwiegervater* blinkte auf dem Display. Die Frau wurde blass.

Die Sozialarbeiterin nickte.

»Okay. Sie wissen also Bescheid.«

Domenico klammerte sich an den Haltegriff und checkte, ob sein Sicherheitsgurt korrekt saß; die hinten Sitzenden waren so eingezwängt, dass keine zusätzliche Sicherung nötig war. Mina empfahl Flor und Ofelia, die Augen zu schließen.

Und ab ging die Fahrt!

Rudy wollte sich über schmalere Straßen, in denen der SUV ihnen nur mit Mühe würde folgen können, durchkämpfen. Bis zum Flughafen waren es nur wenige Kilometer, aber ihre Verfolger ahnten vielleicht nicht, wohin sie wollten, und der Rennfahrer-Hausmeister am Steuer des Panda hatte keine Lust, ihnen einen Vorteil zu verschaffen. Doch der SUV schien sich für einen Motorroller zu halten, fuhr über Bürgersteige, missachtete Vorfahrtsregeln und ignorierte rote Ampeln, nur um ihnen auf den Fersen zu bleiben.

Sehr zur Beunruhigung Minas und vor allem Domenicos, der das Gefühl hatte, leibhaftig an einer Art Videospiel teilzunehmen, biss Rudy sich auf die Lippen und nahm seine Kappe ab. Und wie von einer plötzlichen Platzangst heimgesucht, stürzte sich der Panda in das Gassengewirr der Altstadt.

Bislang hatte Trapanese das Martinshorn nicht zum Einsatz gebracht, aus Angst, hinter ihnen könnte sich eine Gasse bilden, in die dann unweigerlich der SUV vorgestoßen wäre. Jetzt aber schaltete er die Sirene ein, um den schlafmützigen Passanten, die sich in der verkehrsberuhigten Zone in trügerischer Sicherheit wähnten, noch ein paar Sekunden mehr Zeit zu geben, fluchtartig zur Seite zu springen. In den kaleidoskopartig flimmernden Gesichtern, die an ihr vorbeirauschten, bemerkte Mina erneut das Fehlen von Überraschung oder Verwirrung, nur jene grundsätzliche Resignation gegenüber allen Ereignissen.

Auf dem Display von Ofelias Handy blinkte im Wechsel mit *Schwiegervater* nun auch *Alfonso* auf. Es war allen klar, dass, sollte der Fluchtplan nicht aufgehen, weit mehr drohte als der nächste Treppensturz.

Während der Panda auf einer nur Rudy vertrauten Route durch die engen Gassen raste, fragte sich Mina beklommen, ob sie die beiden Frauen mit ihrer Rettungsaktion nicht in eine noch viel bedrohlichere Situation gebracht hatte.

Durch die schmalen Gässchen war der SUV erwartungsgemäß nicht hindurchgekommen, was die fünf Insassen des Panda wieder Hoffnung schöpfen ließ. Unzählige Male schrammte der Wagen um Haaresbreite an einem Unfall vorbei.

Mina sagte leise:

»Wenn wir das hier heil überstehen, haben wir sie abgehängt!«

Doch leider sollte nur der erste Teil ihres Satzes in Erfüllung gehen. Als sie mit qualmenden Reifen vor der

Abfertigungshalle der internationalen Flüge zum Stehen kamen, sahen sie in einiger Entfernung die weiße Schnauze des SUV auftauchen.

Es war Flor, die mit tonloser Stimme auszusprechen wagte, was alle dachten:

»Der Pass. Sie haben entdeckt, dass der Pass nicht mehr in der Schublade ist.«

Heiße Tränen liefen der verzweifelten Ofelia übers Gesicht. Als Krankenwagen durfte der Panda dichter an der Abfertigungshalle parken, der SUV hingegen musste vor einer etwa dreihundert Meter weiter entfernten Schranke halten. Die Türen gingen auf, und sie sahen drei Männer aus dem Auto springen.

Rudy schüttelte den Kopf.

»Sie hätten mich nie eingeholt. Niemals, wenn sie nicht gewusst hätten, wohin wir wollten.«

Aus seiner Totenstarre erwacht, hatte Domenico endlich auch den Verschluss seines Sicherheitsgurts gelöst. Aufmunternd sagte er:

»Vielleicht schaffen wir es noch. Los, schnell!«

Mina machte einen Satz aus dem Auto, nahm Flor bei der Hand und rannte auf die Automatiktür des Flughafengebäudes zu. Ofelia schien apathisch, untröstlich. Hinkend versuchte sie, mit den anderen mitzuhalten.

Als sie den Kopf drehte, um sich nach ihren Verfolgern umzusehen, stieß sie hervor:

»Er ist auch dabei!«

Mina fragte:

»Wer?«

Flor drückte ihre Hand.

»Mein Vater. Der Dicke mit der Glatze.«

34

In der Abflughalle angekommen, schaute Mina sich kurz um. Hastig sagte sie zu Domenico:

»Ich muss jemanden suchen gehen. Versteck sie, schnell!«

Der Gynäkologe blinzelte verwirrt, ganz wie Robert Redford in *Vier schräge Vögel*. Sie mochte den Film, aber ein zweites Mal hätte sie ihn wohl eher nicht sehen wollen.

»Und wo? Die sind gleich hier!«

Mina deutete auf eine Tür.

»Dort!«

»Aber das ist doch die Damentoilette!«

Die Sozialarbeiterin zuckte mit den Achseln und rannte los.

Als Domenico hinter der Glasfront die drei Männer erblickte, die nach ihnen Ausschau hielten, stieß er einen tiefen Seufzer aus und verschwand mit Ofelia und Flor in der Damentoilette.

Er versuchte, unbemerkt an den Frauen vorbeizukommen, die an den Waschbecken standen oder sich die Hände im warmen Luftstrom des Trockners rieben, indem er sich an der Wand entlangdrückte. Doch er hatte keine Chance: Sämtliche Frauen starrten ihn empört an, als wäre er in ein Heiligtum eingedrungen. Mit schuldbewusster Miene legte er den Zeigefinger auf die Lippen. Prompt stellte sich ihm eine Dirndl tragende Walküre in den Weg und verpasste ihm ohne Vorwarnung eine schallende Ohrfeige.

Mit hochrotem Kopf massierte sich Domenico die brennende Wange und gab Flor und Ofelia, die hilflos im Raum stehen geblieben waren, ein Zeichen, sich in einer der Kabinen einzuschließen. Er würde draußen auf sie warten.

Er hatte die Tür des Damen-WCs kaum einen Spaltbreit geöffnet, als er auch schon ihre drei Verfolger vorbeieilen sah. Der Kahlköpfige, demnach Alfonso Caputo, gab den beiden anderen einsilbige Befehle. Domenico bemerkte unter der Achsel des Mannes die Wölbung, auf die er seine Hand gelegt hatte.

Wenn das mal gut ging, dachte der Gynäkologe. Das Ganze konnte genauso gut in einer Katastrophe enden.

In dem Moment tauchte Mina zusammen mit einer eleganten hochgewachsenen Frau in seinem Blickfeld auf. Er sah, wie die Sozialarbeiterin ihre Begleiterin auf die drei Männer aufmerksam machte.

Domenico erstarrte vor Schreck. Doch dann erinnerte er sich, dass ihre Verfolger ja weder Mina noch ihn selbst kannten.

Mit einem erleichterten Seufzer trat er auf die beiden Frauen zu. Mina übernahm die Vorstellungsrunde.

»Das ist Domenico, der Arzt in unserem Beratungszentrum. Und das Luciana, eine Freundin von mir, die uns behilflich sein wird.«

Lulù hatte den Arzt mit offenem Mund angestarrt. Jetzt breitete sich ein strahlendes Lächeln auf ihrem Gesicht aus.

»Ach, das ist also dein Kollege! Und ich habe mich

schon gefragt, warum du abends ständig so lange im Büro bleibst. Da kriegt man ja richtig Lust, sich sozial zu engagieren.«

Mina kochte innerlich.

»Lu, lass uns bitte keine Zeit verlieren, es geht hier um Sekunden. Also, wie sieht es aus?«

Ohne den Blick von Domenico abzuwenden, der trotz seiner geschwollenen Wange noch immer sehr ansehnlich war, zog Luciana einige Papiere aus ihrer Louis-Vuitton-Handtasche.

»Das sind die Bordkarten. Das Gepäck der anderen Fluggäste ist schon eingeladen worden, hat mein Freund, der hier bei der Fluglinie arbeitet, mir gesagt. Gleich fängt das Boarding an. Eure beiden Freundinnen dürfen als Erste an Bord, und zwar durch diese Tür da hinten. Aber durch die Passkontrolle und den Metalldetektor müssen sie trotzdem. Also: Sonderbehandlung, doch an die zehn Minuten dauert es bestimmt.«

Domenico räusperte sich.

»Hallo, sehr erfreut, ich heiße Domenico. Aber Sie können mich gerne Mimmo nennen.«

Luciana strahlte ihn an.

»Hallo, Mimmo. Ich heiße Luciana, und du kannst mich nennen, wie du willst.«

Mina brüllte beinahe:

»Luciana, bitte! Sag mir lieber, wie wir die beiden zum Abflugschalter bugsieren sollen, wenn die drei Typen hier auf und ab patrouillieren.«

Luciana folgte Minas Blick. Ihre besorgte Miene verriet, dass sie die Gefahr erkannt hatte.

Domenico sagte:

»Flors Vater ist der Dicke mit der Glatze. Ihn müssen wir ausschalten; die beiden anderen dürften hier am Flughafen eher keine Scherereien machen.«

Luciana nickte, zückte ihr Handy und wählte eine Nummer.

»Der mit der Glatze.«

Dann wandte sie sich wieder Mimmo zu und übergab ihm die Bordkarten.

»Hör gut zu, mein Süßer: Auf mein Zeichen hin lässt du die beiden raus. Du und Mina, ihr nehmt dann sofort die Rolltreppe dort hinten und wartet oben an der Glastür mit der Aufschrift *Privat* auf mich. Und pass auf, dass du keinen Kinnhaken oder gar eine Kugel abkriegst, wäre zu schade um dein hübsches Gesicht.«

Domenico sah Mina fragend an. Diese Frau erschien ihm ein wenig seltsam. Mina nickte augenrollend.

»Danke, Lu. Ich weiß zwar nicht, was genau du vorhast, aber es wird schon das Richtige sein. Wäre übrigens das erste Mal in deinem Leben.«

In einer Mischung aus Neid und Bewunderung schaute Luciana erst zu Domenico und dann zu Mina.

»Danke gleichfalls, Schätzchen. Ich kann dir nur zu deinem Fang gratulieren. Hätte ich dir gar nicht zugetraut ... Aber jetzt – auf in die Schlacht! Und du passt gut auf mein Zeichen auf, du Erzengel!«

Mit diesen an Domenico gerichteten Worten entfernte sie sich eilig, um vor der Anzeigetafel mit den Abflügen stehen zu bleiben.

Kurz darauf tauchte in der Halle eine untersetzte Brünette auf, gefolgt von einer mageren Frau mit Brille und einer ledernen Aktenmappe unterm Arm. Mina stöhnte:

»O Gott!«

Die Brünette blieb direkt vor Alfonso Caputo stehen, der die Umgebung auf der Suche nach Frau und Tochter sondierte. Da er sie keines Blickes würdigte, raffte sie ihren Rock und verpasste ihm einen kräftigen Tritt gegen das Schienbein.

Vor Überraschung und Schmerz brüllte der Mann auf, presste die Hände auf die malträtierte Stelle und hüpfte auf dem anderen Bein herum.

»Wer … wer zum Teufel bist du? Und was …?«

Seine beiden Spießgesellen schauten sich überrascht an und kamen näher. Die Brünette begann, im heftigsten Neapolitanisch eine Schimpftirade loszulassen.

»Du verdammter stinkender Mistkerl, du wolltest wohl die Hufe schwingen, was? Erst eine Unschuld vom Lande schwängern, und dann die Biege machen – das hast du dir wohl so gedacht! Erbärmlicher Schlappschwanz!«

Es dauerte keine zwei Sekunden, und schon war ihr die Aufmerksamkeit der ganzen Abflughalle sicher. Wie besessen krakeelte die Brünette und schlug mit ihrer Handtasche auf Caputos kahles Haupt ein.

Um ein Haar hätten Mina und Domenico vor lauter Begeisterung über das Schauspiel Lulùs hektische Zeichen verpasst. Rasch huschte der Arzt erneut in die Damentoilette, um Flor und Ofelia aus der Kabine zu holen.

Draußen wurden die beiden Frauen von Mina in Empfang genommen, die ihnen einschärfte, nicht auf das zu achten, was um sie herum passierte, und ihr zu folgen. Die Brünette hieb noch immer auf Caputo ein, der verblüfft auf das von einer Platzwunde über der Augenbraue herabtropfende Blut starrte.

»Verdammt, was soll das? Ich kenne dich doch gar nicht!«

Als einer der beiden Begleiter Caputos versuchte, gegen die wie ein neapolitanisches Waschweib Zeternde handgreiflich zu werden, stellte sich ihm die dünne Frau mit der Brille in den Weg.

»Stopp! Ich bin Anwältin und habe hier eine richterliche Verfügung gegen Sie: Obwohl Sie meine Mandantin geschwängert haben, planen Sie, mit einer Serbin durchzubrennen, womit Sie gegen Ihre Unterhaltspflichten verstoßen. Geben Sie bitte Ihre Personalien an.«

Der Mann wich zurück, als hätte sie einen Revolver auf ihn gerichtet. Mit Messern und Ketten kannte er sich aus, aber vor einer Anwältin und richterlichen Verfügungen hatte er höllischen Respekt.

Inzwischen hatten Domenico und Mina die beiden Frauen unbeobachtet zum Gate gebracht, überwacht von Luciana, die von der Galerie des oberen Geschosses aus der mit der vermeintlichen Verfügung wedelnden Greta ein Zeichen gab, woraufhin die Anwältin unmerklich nickte.

Währenddessen genoss das blaublütigste Mitglied der gesamten Adelsgesellschaft am Golf von Neapel, Minas dritte Busenfreundin Delfina Fontana Solimena dei Baroni Brancaccio, den Auftritt ihres Lebens: als *die* vulgäre Frauenfigur aus dem Volk schlechthin, die es dem Mann gibt, der ihr das Herz gebrochen hat.

Was ihr einen Heidenspaß machte.

35

Sie trafen sich in der Espressobar, wo man den letzten guten Kaffee trinken konnte, bevor man das Land verließ.

Eine halbe Stunde hatte es gedauert, bis alles über die Bühne gegangen war. Ofelia und Flor hatten die Abflughalle dank der Beziehungen Lucianas über die Priority Lane verlassen. Minas reiche Freundin hatte auch für das nötige Reisegepäck gesorgt, mit all dem, was man während des langen Fluges und der ersten Tage in Peru brauchen konnte. Dort würden Ofelias Eltern ihre Tochter und Enkelin in Empfang nehmen, sie waren während des Eincheckens telefonisch benachrichtigt worden.

Der Abschied war rasch über die Bühne gegangen. Die kläglichen Versuche, den Beschimpfungen Delfinas etwas entgegenzusetzen, waren das Letzte, was Ofelia und Flor von ihrem Ehemann respektive Vater hören sollten.

Mina war sich bewusst, dass sie etwas Illegales getan hatte. Dieser Vater hatte Rechte wie alle Väter, und sie hatte ihm diese Rechte mit Hilfe ihrer Freundinnen streitig gemacht. Andererseits stand der Mann ohnehin seit langer Zeit mit einem Fuß im Gefängnis. Und wer konnte schon sagen, ob ihr waghalsiges Unterfangen nicht vielleicht sogar den Waffenhändler Alfonso Caputo daran gehindert hatte, als Mörder seiner Frau zu enden.

Die große Eifersuchtsszene am Check-in war so

schnell aufgelöst, wie sie begonnen hatte. Der etwas verspätete Auftritt zweier Polizisten hatte Greta veranlasst, Delfina das verabredete Zeichen zu geben. Die gerade noch fuchsteufelswilde Gattin hatte plötzlich den Schalter umgelegt:

»Oh, warte mal, du bist ja gar nicht mein Alfredo! Also, du siehst ihm ähnlich, aber mein Alfredo ist viel, viel schöner! Verzeihung, meine Herren, ich habe mich wohl geirrt. Auf Wiedersehen!«

Bevor die Ordnungshüter nach ihren Personalien fragen konnten, hatten sich die drei Männer bereits aus dem Staub gemacht. Rudy, der noch immer am Steuer des Panda wartete, um jederzeit die nächste halsbrecherische Rettungsfahrt starten zu können, sah, wie Caputo von seinen beiden Schergen zu dem suv komplimentiert wurde. Fluchend tupfte er sich die noch immer blutende Wunde über der Augenbraue ab, die ihm Delfinas im Racherausch geschwungene Handtasche zugefügt hatte. Die Angst, auf einem von ihm häufig geschäftlich genutzten Flughafen als Gewalttäter dingfest gemacht zu werden, war wohl doch größer als jene, Ehefrau und Tochter zu verlieren.

Mina saß am Tisch in der Espressobar, eine Tasse mit dampfendem Kaffee vor sich. Sie stand noch immer unter Anspannung.

»Ich fürchte, das war's noch lange nicht. Diese Typen werden sich nicht einfach so geschlagen geben, und die Adresse von Ofelias Eltern in Peru dürfte Caputo bekannt sein. Sie haben sich ja dort kennengelernt.«

Domenico nickte.

»Stimmt. Andererseits findet Ofelia sich in ihrer Heimat besser zurecht als anderswo. Vielleicht schafft sie es, ihre Spuren zu verwischen oder sogar eine neue Identität anzunehmen. Und wer weiß, vielleicht lernt sie ja jemanden kennen, der sich ihrer annimmt und sie beschützt. Erst mal hast du sie in Sicherheit gebracht. So viel steht fest.«

Die drei Freundinnen hatten sich die ganze Zeit verständnisinnige Blicke zugeworfen, was Mina auf die Palme brachte. Sie wusste genau, dass die Begegnung mit dem Gynäkologen, der dem Robert Redford aus *Die Brücke von Arnheim* bis aufs Haar glich, in nächster Zeit das beherrschende Gesprächsthema bei unzähligen Aperitifs sein würde – die meisten davon ohne sie.

Delfina flüsterte in einer Lautstärke, sodass man es auch noch auf der einen halben Kilometer entfernten Startbahn 5 hören konnte:

»Wie lange wolltest du uns dieses Vergnügen eigentlich noch vorenthalten, Mina? Wir hatten ja keine Ahnung, was das Beratungszentrum alles zu bieten hat! Wirklich nett, dieser Dottor Gammardella!«

Domenico strahlte sie an.

»Bitte nennt mich Mimmo. Ich hatte auch keine Ahnung, dass Mina so engagierte Freundinnen hat. Sie achtet immer peinlich genau darauf, Privates und Berufliches zu trennen.«

Die Sozialarbeiterin warf Domenico einen Blick von der Seite zu. Hatte er das jetzt ironisch gemeint?

»Darum geht es gar nicht«, verteidigte sie sich. »Wir haben nur so selten mal Zeit. Die Arbeit frisst einen auf, Domenico wird ständig von Leuten belagert, die sich untersuchen lassen wollen …«

Greta lächelte lasziv.

»Das kann ich mir vorstellen. Bei den Damen im Spanischen Viertel kommt es vermutlich nicht so häufig vor, dass ihnen jemand von dieser Sorte zwischen die Beine fasst ...«

Mina hüstelte.

»Auf jeden Fall möchte ich mich bei euch bedanken. Ich hatte Luciana gebeten, mir bei den Tickets und den Bordkarten behilflich zu sein, aber ich wusste nicht, dass auch ihr beiden mit von der Partie sein würdet!«

Delfina lächelte. Sie hatte die unglaubliche Gabe, geräuschvoll zu lächeln.

»Na, so ein Spektakel konnten wir uns doch nicht entgehen lassen! Lulù hat den Auftrag, uns sofort zu informieren, wenn wieder eins deiner Abenteuer ins Haus steht, du bist nämlich die einzige Abwechslung in unserem eintönigen Leben. Und ich hatte schon seit ewigen Zeiten davon geträumt, jemandem mal so eine Szene zu machen; du weißt ja, in meiner Familie ein Ding der Unmöglichkeit.«

Greta nickte eifrig.

»Also, ich muss bei so was auch immer dabei sein.« Dann wandte sie sich an Mimmo: »Du kannst dir nicht vorstellen, in welche rechtlichen Schwierigkeiten sich die liebe Mina schon gebracht hat! Das kann sie verdammt gut, schon immer. Besser, ich bin in der Nähe, dann wird sie wenigstens nicht gleich eingebuchtet.«

Mina wurde rot.

»Also, was zeichnet ihr denn da für ein Bild von mir! Ich versuche nur, meinen Mitmenschen zu helfen ...«

Luciana legte Mimmo eine Hand auf den Arm.

»Aber ja doch, natürlich ist sie ein wunderbarer Mensch, sie ist die Beste. Nur muss man ab und zu … ein wenig auf sie aufpassen, genau. Wahrscheinlich hast du sie inzwischen auch ein bisschen kennengelernt, oder? Zumindest hoffe ich das für sie.«

Minas Gesicht rötete sich noch intensiver.

»Pass auf, Luciana, unsere Beziehung ist rein geschäftlich. Wir sind weder befreundet, noch haben wir uns je außerhalb des Beratungszentrums getroffen, und …«

Luciana lächelte gönnerhaft.

»Na, aber hier sind wir doch wohl außerhalb des Beratungszentrums, oder? Und wir unterhalten uns und trinken Kaffee. Da kann man doch mal die Formalitäten beiseitelassen, nicht wahr?«

Delfina nickte bekräftigend.

»Außerdem sind wir ja mitverantwortlich für eine gute Tat, die vielleicht einen illegalen Touch hat, sodass wir sie leider nicht bei den endlosen Canasta-Abenden erzählen können, die unser Leben so bereichern – also lass uns wenigstens eine neue Freundschaft schließen.«

Greta fragte den Arzt:

»Und, Mimmo, was treibst du so, wenn du nicht gerade dem Pöbel unter den Rock guckst? Womit vergnügst du dich sonst?«

Der Arzt rutschte auf seinem Stuhl hin und her.

»Also, von vergnügen kann nicht die Rede sein – nicht, weil ich was dagegen hätte, nein, es mangelt mir einfach an Gelegenheiten. Oder anders gesagt: Gelegenheiten hätte ich schon, sogar einige, es gibt viele Leute, auch Patienten, die gerne was mit mir unternehmen würden, aber ich … Na ja, ich bin abends einfach oft ziemlich kaputt.«

Luciana riss die Augen auf.

»Tatsächlich? Das heißt, du gehst gar nicht aus? Einer wie du, der aussieht wie Kevin Costner?«

Delfina brüllte:

»Was erzählst du denn da? Siehst du nicht, dass er Paul Newman bis aufs Haar gleicht? Das habe ich sofort gedacht, als ich ihn vorhin gesehen habe!«

Greta zuckte verächtlich mit den Achseln.

»Ihr versteht wirklich nichts von Männern ... Das ist der Doppelgänger von Patrick Dempsey, und er hat auch noch denselben Beruf.«

Egal, was sie gerade für sie getan hatten – Mina hätte ihre Freundinnen am liebsten an Ort und Stelle gemeuchelt. Sie versuchte, das Ganze herunterzuspielen:

»Jedenfalls haben wir wahnsinnig viel zu tun, ich bin abends auch immer völlig erledigt und will dann nicht noch ...«

Luciana hob die Hand.

»Stopp! Du, Mina, gehst nie aus, weil mit dir etwas nicht stimmt, er dagegen scheint mir ganz normal zu sein, wenn auch nur geistig und nicht körperlich. Wir werden dich ab sofort unter unsere Fittiche nehmen, lieber Mimmo, und dir die Schönheiten dieser Stadt nahebringen, nicht wahr, Mädels?«

Greta und Delfina nickten voller Begeisterung.

Mimmo, der sich alles andere als wohl in seiner Haut zu fühlen schien, blickte hilfesuchend zu Mina hinüber.

»Also, ich weiß nicht, ob ich da der Richtige bin ...«

Die Sozialarbeiterin bekam Mitleid mit dem armen Gynäkologen, der in die Fänge dieser Raubkatzen geraten war. Immerhin hatte sie ja die Situation herbeigeführt, dass sie alle an diesem Ort zusammengefunden hatten.

»So, meine lieben Hyänen, um das mal klarzustellen: Der Herr hier hat eine feste Freundin, ebenfalls Ärztin, wenn ich richtig informiert bin, also wischt euch den Geifer vom Mund und benehmt euch anständig.«

Zur allgemeinen Überraschung verdüsterte sich Domenicos Miene schlagartig. Mit schneidender Stimme sagte er an Mina gewandt:

»Du bist leider falsch informiert, liebe Kollegin. Wenn du hier schon Klatsch und Tratsch verbreitest, dann bring dich doch bitte auf den neusten Stand!«

In das betretene Schweigen hinein fügte Mimmo mit einem strahlenden Lächeln hinzu:

»Ich bin frei wie ein Vogel, meine Damen. Und stehe Ihnen gerne zur Verfügung.«

Mina hatte das Gefühl, in einem Albtraum zu stecken, aus dem es kein Entrinnen gab. Um die Situation zu überspielen, schaltete sie ihr Handy wieder ein, das augenblicklich klingelte.

Ein Unglück kommt selten allein, dachte Mina, als sie den Namen der Anruferin auf dem Display las. Vor all den Zeugen wollte sie Problem Nummer 1 aber dann doch nicht einfach wegdrücken.

Wie üblich streckte sie die Hand mit dem Mobiltelefon weit von sich und sagte in Erwartung des Schlimmsten:

»Hallo, Mama, entschuldige, ich bin in einer Sitzung und …«

Als sie bemerkte, dass ihre Mutter in ganz normaler Lautstärke sprach, hielt sie besorgt das Handy ans Ohr.

»… mehrmals angerufen, aber dein Handy war ausgeschaltet. Wie geht es dir, mein Schatz? Alles in Ordnung?«

Mina starrte das Display an, als hätte sie ein exotisches Tier vor sich. Es war ihre Mutter, kein Zweifel.

»Mama, alles okay bei dir?«

»Aber natürlich, Liebes!«, flötete ihre Mutter ungewohnt sanft. »Entschuldige bitte, dass ich dich während der Arbeit störe.«

Wenn sie kreischend berichtet hätte, dass Sonia sie mit dem Brotmesser bedroht hatte, hätte sich Mina weniger Sorgen gemacht.

»Mama, was ist denn los? Haben sie dich verhext?«

Die Freundinnen sahen besorgt zu ihr hinüber. Concetta kannten sie nur allzu gut.

»Ich sage dir doch: Alles in schönster Ordnung, Liebling. Ach, sag mal, wann wolltest du denn heute nach Hause kommen? Du weißt ja, die neue Haushaltskraft ist heute bei uns, sie will dich unbedingt kennenlernen.«

Mina verzog das Gesicht. Das also war der Grund für die honigsüße Freundlichkeit: Problem Nummer 1 wollte mit Minas Hilfe Eindruck bei der neuen Perle schinden. Was vielleicht gar kein dummer Gedanke war: Normalerweise ergriff jeder drei Sekunden nach der ersten Begegnung mit Concetta bereits die Flucht.

»Ach, stimmt ja. Das hatte ich völlig vergessen. Ich komme jetzt gleich nach Hause, ich nehme mir ein Taxi und …«

Domenico fiel ihr ins Wort.

»Nicht doch, Rudy wird dich nach Hause fahren. Ich unterhalte mich noch ein wenig mit diesen hübschen Damen hier.«

Greta lächelte ihr Raubtierlächeln.

»Oh, das darfst du gerne! Und keine Sorge, so schnell wirst du uns auch nicht mehr los. Wir werden dir zeigen, wie man sich in dieser Stadt vergnügen kann.«

36

Auf dem Weg zu Minas Wohnung ließ Rudy sich berichten, was im Flughafengebäude passiert war. Er hatte schon damit gerechnet, mitansehen zu müssen, wie die drei Neandertaler, die dem SUV entstiegen waren, Ofelia und Flor an den Haaren nach draußen schleiften, während seine Freunde von den herbeizitierten Sanitätern reanimiert werden mussten. Wie erfreut war er, als er Mina völlig unversehrt erblickte!

Er brachte sie nach Mergellina, und wie bei einem Chamäleon bewegten sich seine Augen unabhängig voneinander: Das rechte war auf Minas Kurven gerichtet, das linke auf die Straße. Sein Fahrstil war genauso chaotisch wie vorher, vom Einsatz des Martinshorns, seinem neuen Lieblingsspielzeug, war er nun gar nicht mehr abzubringen.

Mina fasste rasch die Ereignisse zusammen. Sie fühlte sich Trapanese zu großem Dank verpflichtet, war aber auch sehr angespannt. Sie sehnte sich danach, endlich allein zu sein, und ihre Situation zu überdenken.

Das Positive: Ofelia und Flor befanden sich in Sicherheit, Problem Nummer 1 hatte sich ungewohnt sanftmütig gezeigt, die Mädels standen nach wie vor hinter ihr.

Das Negative: Alfonso Caputo war auf freiem Fuß und zudem verletzt, daher vermutlich äußerst erbost; Problem Nummer 1 klang süß und unterwürfig genauso falsch wie ein verstimmtes Klavier; die drei Hyänen, ihre besten Freundinnen, hatten sich voller Gier auf den Gynäkologen gestürzt; Domenico »Nenn mich Mimmo« behandelte sie einfach nur mies.

War das Glas nun halb voll oder halb leer? In ihrem angeborenen Pessimismus neigte Mina zu Letzterem. Ihr graute bereits davor, morgen einem schwer verkaterten Gammardella gegenübertreten zu müssen. Wahrscheinlich hätte sie sich dem feierwütigen Quartett einfach anschließen sollen, aber sie hatte schließlich ihrer Mutter versprochen, nach Hause zu kommen.

Rudy ließ sie vor dem Eingangstor aussteigen und beugte sich in einem Anflug von Vertraulichkeit vor, um ihr ein keusches Abschiedsküsschen zu geben, doch sie ignorierte es und ließ ihn in dieser Haltung sitzen. Um seine Ehre zu retten, brauste der Hausmeister mit quietschenden Reifen davon, noch immer leicht vornübergebeugt, als könnte er vor Hämorrhoiden nicht richtig sitzen.

Eigentlich hätte Mina Lust auf eine Zigarette gehabt, vielleicht auch auf ein Bier, doch statt sich die paar Minuten Entspannung zu gönnen, ging sie nach oben, denn sie war spät dran. Wie seltsam ruhig es heute war, kaum Verkehr. Eben Monatsende, kein Geld mehr, dachte sie. Alle vor der Mattscheibe.

Kaum hatte sie die Wohnungstür aufgeschlossen, hörte sie einen in Lichtgeschwindigkeit abgespulten *Chattanooga Choo Choo*, und keine Sekunde später hatte sich zu ihrem großen Erstaunen schon Concetta herbeigebeamt. Normalerweise musste Mina in der ganzen Wohnung nach ihrer Mutter suchen, um dann lediglich mit einem unwirschen Nicken begrüßt zu werden.

Heute lächelte ihre Mutter sie sogar an, küsste sie obendrein und sagte:

»Schön, dass du da bist, mein Schatz!«

Mina wurde ein wenig schwindelig. Seit ihrer Hochzeit hatte ihre Mutter sie nicht mehr geküsst, und davor allenfalls fünf Mal.

»Mama, was ist denn in dich gefahren? Morgen rufen wir gleich Pater Angelo an, damit er uns einen guten Exorzisten empfiehlt. Mach dir keine Sorgen, in deinen Körper scheint ein Dämon gefahren zu sein, aber wir werden dich schon wieder befreien.«

Concetta, sonst nie verlegen um eine sarkastische Antwort, beschränkte sich diesmal auf ein Juchzen.

»Ach, du bist ja lieb, mein Schatz. Hör zu, du musst gleich in dein Zimmer gehen, Signora Luisa, die uns gerne zeigen möchte, wie sie arbeitet, erwartet dich dort. Die ganze Wohnung ist schon blitzeblank geputzt, diese Frau ist wirklich eine absolute Perle!«

Mina schaute sich suchend um, ob sie nicht womöglich in einer Folge von *Versteckte Kamera* gelandet war.

»Ich verstehe immer noch nicht ganz, weshalb diese Signora Luisa Wiehießsienochgleich mich braucht, um mir zu demonstrieren, wie sie mein Zimmer aufräumt – das ich im Übrigen stets in tadelloser Ordnung halte, weil du mir sonst monatelang damit in den Ohren liegst. Seit Anbeginn aller Zeiten ist es normal, dass in einem Zimmer, das man saubermachen will, keine Leute herumstehen.«

Concetta wollte schon aufbegehren, riss sich aber im letzten Moment zusammen.

»Das ist eben das Besondere an ihr, sie macht es nun mal anders als zum Beispiel diese Schlampe aus Moldawien, der wir hier bezahlten Urlaub ermöglicht haben. Sie möchte jeden in seiner normalen Umgebung sehen. Das ist die neue, ganzheitliche Reinigungsmethode.«

Mina hatte ihre Zweifel am Gehalt dieser These, gab dann aber nach. Sie war einfach nur müde.

»Na schön, Mama, meinetwegen mache ich auch diesen Unsinn mit. Ich muss sowieso noch ein paar Berichte fürs Ministerium schreiben und werde still am Schreibtisch sitzen, während die Signora tut, was sie nicht lassen kann. Danach gehe ich sofort ins Bett, gute Nacht schon mal.«

Concetta nickte eifrig. Entsetzt stellte Mina fest, dass sie Tränen in den Augen hatte.

»Mina, hör zu: Ich habe es dir nie gesagt, aber ich habe dich wirklich sehr lieb. Und wenn ich dir manchmal zu streng vorkomme, dann ist das nur zu deinem Besten. Komm, gib mir einen Kuss.«

Spätestens jetzt war Mina davon überzeugt, dass irgendetwas mit den Medikamenten ihrer Mutter nicht stimmen konnte. Morgen würde sie als Erstes das Verfallsdatum ihrer Tabletten kontrollieren.

Sie nickte verwirrt lächelnd und ging in ihr Zimmer.

Signora Luisa hatte mit Sicherheit die Sechzig schon überschritten, ihr graues Haar war ordentlich frisiert, und sie trug einen blauen Kittel, der ihr eine Idee zu groß war. Sie hatte Latexhandschuhe über ihre Hände gestreift und stand in der Ecke gegenüber der Tür. Neben ihr, wie Waffen und Munition, lagen säuberlich aufgereiht die Requisiten der Reinemachefrau: Besen, Bürste, Eimer und Scheuermittel.

Mina wünschte ihr Guten Abend und musterte sie

rasch. Irgendwie kam sie ihr bekannt vor, aber sie hatte keinen blassen Schimmer, wo sie ihr schon einmal begegnet war.

»Meine Mutter hat mir von Ihrer Art zu arbeiten erzählt, Signora. Ich persönlich finde es ja etwas seltsam, aber wenn es für Sie okay ist – bitte. Was muss ich tun?«

Signora Luisa lächelte. Ein Netz von Fältchen legte sich über ihre Stirn und Wangen.

»Dottoressa, das ist eine Marotte von mir. Ich muss wissen, wie sich die Leute in ihrer Umgebung verhalten, damit ich sie zufriedenstellen kann. Ich gebe Ihnen ein Beispiel: Wenn Sie es gewohnt sind, sich in bestimmten Bahnen zu bewegen, etwa vom Schreibtisch zur Tür, dann darf da kein Stuhl im Weg stehen. Wenn Sie gerne im Bett lesen, wäre es gut, wenn das große Kissen auf dem flachen liegt, damit Sie es bequemer haben. Alles nur Kleinigkeiten, aber ich muss es einmal gesehen haben. Ich verspreche Ihnen, es wird kein zweites Mal geben, dass wir hier zusammentreffen. Ganz sicher nicht.«

Mina zuckte mit den Achseln.

»Bitte, ganz wie Sie wollen. Ich setze mich mal an den Schreibtisch, ich muss noch ein paar Papiere lesen. Das ist doch in Ordnung, oder?«

»Natürlich, Signora. Sie werden sehen, ich störe Sie überhaupt nicht. Es wird der ruhigste, unbeschwerteste Abend, den Sie je erlebt haben.«

Mina nickte verwundert. Dann sagte sie:

»Sind wir uns wirklich noch nie begegnet? Ich habe nämlich das Gefühl, Sie zu kennen. Sie wohnen nicht zufällig im Spanischen Viertel?«

Signora Luisa lächelte erneut und überprüfte den perfekten Sitz ihrer Latexhandschuhe.

»O nein, Signora. Wer hält es in diesem Durcheinander schon aus? Nein, danke. Ich wohne am Stadtrand, in einer Sozialwohnung.«

Mina hatte sich an den Schreibtisch gesetzt und ein paar Dokumente in die Hand genommen.

»Ah ja? Gute Entscheidung, ich könnte auch ein wenig Ruhe gebrauchen. Und wohnen Sie allein?«

Die Frau hatte begonnen, das Regal in Minas Rücken abzustauben.

»Nein, ich lebe mit meiner Tochter zusammen, die etwa in Ihrem Alter ist, Signora. Leider geht es ihr nicht gut. Aber machen Sie sich keine Sorgen, auch Sie werden Ihre wohlverdiente Ruhe finden. Vielleicht schon früher, als Sie glauben.«

Mina murmelte zustimmend, schon ganz auf das Juristenlatein einer ministeriellen Verordnung konzentriert. Sie war so in den Text vertieft, dass sie das metallische Klicken hinter sich nicht hörte.

In dem Moment wurde die Tür von außen aufgerissen, und zwei Carabinieri stürmten ins Zimmer, die Berettas im Anschlag.

»Lassen Sie die Waffe fallen, Signora! Und Hände hoch!«

Mina ließ erschrocken das Blatt mit der ministeriellen Verordnung fallen und hob die Hände.

Der eine Carabiniere rief unwirsch:

»Nicht Sie. Die andere!«

Mina drehte sich um und sah, wie Signora Luisa eine große Pistole zu Boden gleiten ließ und ihre Latexhände hob.

Hinter den Carabinieri und noch vor der hastig herbeirollenden Concetta kam Staatsanwalt Claudio De Carolis, ihr Exmann, zur Tür herein.

37

Nein, danke. Ich brauche keinen Anwalt.
Ich werde Ihnen alles erzählen, keine Sorge. Ich möchte bitte nur ein Glas Wasser.

Ich bin froh, dass Sie mich jetzt festgenommen haben. Ich war mir wirklich nicht sicher, ob ich die Signora Settembre umbringen sollte. Schließlich war sie an jenem Abend, an dem die Party stattfand, gar nicht mit dabei. Als sie noch sprechen konnte, das heißt, bevor das begann, was sie dahin gebracht hat, wo sie heute ist, hat Martina mir erzählt, dass die Signora aus einem der besseren Viertel stammt und ein bisschen etepetete war, und dass sie zwar mitgespielt hat in dem Stück, aber eher gegen ihren Willen, und dass sie nie zu irgendwelchen Treffen oder Festen gegangen ist. Sie würde Schickeria-Sit-ins betreiben, hat Martina immer gesagt, und dann hat sie gelacht.

Das ist das Wichtigste, was Sie wissen müssen, sonst begreifen Sie gar nichts: Martinas Lachen. Wenn Martina lachte, ging die Sonne auf. Ein befreiendes, ansteckendes Lachen, das nichts Gekünsteltes hatte, ein warmes, weibliches Lachen. Man konnte nicht ernst bleiben, wenn sie lachte, meine Martina. In dem Moment, als ich begriffen habe, dass sie nie wieder lachen würde, habe ich verstanden, dass es Zeit ist zu handeln.

Das Zweite sind die Rosen. Mir war natürlich bewusst, dass die Rosen Sie wie die Brosamen des Kleinen Däumlings auf meine Spur bringen würden. Ehrlich gesagt, hatte ich erwartet, dass Sie schon früher darauf gekommen wären und mich verhaftet hätten. Aber letztlich war es mir ziemlich egal. Ich wollte nur, dass Sie das Prinzip verstehen, und ohne die Rosen wäre das nicht möglich gewesen, nicht wahr? Andererseits haben Sie erst mal gar nichts verstanden, das war auch ein Glück, denn so konnte ich die Sache vollenden.

Die Rosen standen natürlich für das Theaterstück. Gut, ich weiß, dass es in Vergessenheit geraten ist, aber ich war ja damals dabei und kann Ihnen sagen, die Aula war voll, und alle Anwesenden hatten ihren Spaß und waren auch gerührt, so wie es im Theater sein soll. Der Text stammte von dem, der dann Anwalt wurde, De Pasca. Eine symbolhafte Geschichte, da gab es dieses Porträt von einer Frau, und die Schauspieler brachten ihr eine Rose und hielten einen kleinen Monolog, es gab ihren Sohn, ihre Tochter, die Schwiegertochter, eine Geliebte und so weiter. *Die zwölf Rosen* hieß das Stück. Jeder hatte zwei Monologe, damit es ein wenig länger wurde, und der Sinn des Ganzen erschloss sich einem erst nach und nach, es war wie ein Puzzle, bei dem man erst am Ende erkennt, was es darstellen soll.

Wissen Sie, es war gar kein schlechtes Stück. Sehr symbolisch eben. Ein gewisser Santoni, der später ganz erfolgreich Schlager komponierte, hatte eine seltsame, aber schöne Musik dazu geschrieben. Es gab eine einzige echte Schauspielerin, die Capano, sie war wirklich göttlich. Und die Signora Settembre hier war auch dabei, sie spielte eine ziemlich rabiate Gouvernante und die Geliebte des Sohnes. Und dann war da meine Martina.

Mein Mann und ich hatten nur sie. Ursprünglich wollten wir ganz viele Kinder haben, doch dann blieb es bei dem einen, mein Mann war in Kurzarbeit, und mit meiner Arbeit verdiente ich nicht so viel wie heute. Aber wir wollten die beste Schule für Martina, und sie sollte studieren. Wir haben sie immer ein wenig von ihren Altersgenossen ferngehalten, das war ein Fehler, wir hatten Angst, sie könnten einen schlechten Einfluss auf sie nehmen. Martina, müssen Sie wissen, war ein sehr liebes und sanftes Mädchen, aber nicht unbedingt das standhafteste. Sie hatte ihre festen Ansichten, die wir ihr ja auch vermittelt haben, aber sie war so zart! Es ist schwer sich vorzustellen, wie sie damals war, wenn man sie heute sieht.

Das mit dem Theaterstück ereignete sich in ihrem ersten Semester. Es hatte ein Sit-in gegeben, aber ein ziemlich harmloses, es waren ja nicht mehr die siebziger Jahre, gewisse Dinge machte man zu Martinas Zeiten nur, um nicht studieren zu müssen, aus Solidarität mit diesem oder jenem, in Opposition zu einem bestimmten Professor oder Rektor und so weiter. Martina war entzückend, zart und wunderschön: Sie kannte niemanden, fühlte sich ganz verloren, anders als auf dem Gymnasium, wo sie noch wie in einem Kokon geborgen war. Die Uni kam ihr am Anfang vor wie ein Moloch.

Kontaktiert hat sie der spätere Regisseur und Bühnenbildner Morra. Er war Assistent, in Martinas Augen so viel wie ein Professor, eine Lehrkraft und daher jemand Wichtiges, eine Autorität. Wäre es einer der Studenten gewesen, einer ihrer Kommilitonen, sie hätte ihm nicht mal eine Antwort gegeben, das hatten mein Mann und ich ihr immer eingeschärft, und damals tat sie noch, was wir ihr sagten. Sie war unsere ganze Hoffnung, unsere Martina.

Sie hat es uns nicht erzählt, erst ganz zum Schluss. Vielleicht wollte sie uns überraschen, oder sie hatte Angst, dass wir es ihr verbieten könnten. Jedenfalls hat sie während der ganzen Probenzeit kein Wort gesagt, und wir erfuhren es erst, als sie uns die Einladung zur Premiere mitbrachte. Die zugleich die letzte Vorstellung war.

Morra sagte ihr, er würde sie schon seit ein paar Tagen beobachten. Dass sie die Eleganz und die nervöse Unruhe besitze, die perfekt für die beiden Rollen seien, die der Tochter und der Schwester der Frau auf dem Bild. Genauso sagte er es: »die Eleganz und die nervöse Unruhe«. Ich hoffe, er schmort für immer in der Hölle, aber ich muss zugeben, er hatte einen guten Blick, dieses perverse Schwein. So war Martina, genau so, sie strahlte Eleganz aus und eine gewisse Unruhe. Aber das haben wir, ihre Eltern, nicht gesehen.

Das Theaterstück war ein ziemlicher Erfolg, und wäre das Sit-in nicht zu Ende gegangen, es hätte vielleicht noch mehr Vorstellungen gegeben. Vielleicht hätte es jemand Wichtiges gesehen und wäre begeistert gewesen von Martinas Charme und der Intensität ihres Spiels. Vielleicht hätte er sie in einem neuen Stück besetzt und wir wären heute nicht hier. Aber mit »Was wäre, wenn?« schreibt man nicht Geschichte, oder? Eben.

Jedenfalls war es ein Erfolg, und Erfolge muss man feiern. Morra veranstaltete eine Party, ein paar Tage später, für die Schauspieler, die Techniker und so weiter. Bei ihm zu Hause, aber nicht dort, wo er gestorben ist. Damals wohnte er in einer Dachgeschosswohnung in der Altstadt, »Loft« sagt man wohl dazu, so hat Martina es mir erzählt, mit einer Terrasse über den Dächern. Was hätten wir tun sollen, mein Mann und ich? Ihr verbieten hinzugehen? Sie war doch so glücklich. Alle waren da, alle ihre neuen Freunde. Nur die Signora Settembre war nicht mit von der Partie, sie hatte gesagt, sie sei müde und hätte eine Prüfung vor sich. Sie war die Einzige, die nicht hingegangen ist.

Diese Party ist der Grund, weshalb wir heute hier sind. Der Grund, weshalb so viele gestorben sind, nicht nur die mit den Rosen. Könnte ich bitte noch ein Glas Wasser haben? Das wäre lieb.

Ich glaube, Morra war es, der das Zeug besorgt hat. Ich habe mich zigtausend Mal gefragt, wer es gewesen sein könnte, und bin auf keine andere Antwort gekommen. Hätte es jemand anders mitgebracht, dann hätte er doch sein Veto eingelegt. Er war schließlich Dozent und hätte ein Auge darauf haben müssen. Und doch machte das Zeug an jenem Abend die Runde.

»Probier mal«, haben sie zu Martina gesagt, »komm schon!« Vielleicht wollte sie nicht, zumindest hoffe ich das, aber am Ende nahm sie doch davon. Sie war schwach, leicht beeinflussbar, das habe ich Ihnen ja schon gesagt. Sie probierte es aus. Und geriet in einen Tunnel, aus dem sie nie wieder herausfand.

Zunächst bemerkten wir nichts. Wir arbeiteten von früh bis spät, abends waren wir so kaputt, dass wir vor dem Fernseher einschliefen. Wir waren froh, dass Martina jetzt Freunde hatte und regelmäßig ausging. Wir dachten, es sind doch Studenten, nicht? Ordentliche Leute, mit Geld, zumindest im Vergleich zu uns. Vielleicht findet sie einen Verlobten und kommt aus diesem Elend raus.

Doch nein: Martina, unsere süße, wunderschöne Martina, unsere einzige Hoffnung mit einer verheißungsvollen Zukunft vor sich, sie hatte begonnen zu sterben. Jahrelang haben wir versucht, sie von dem Zeug abzubringen, wir machten Schulden, wir haben alles verkauft, was wir verkaufen konnten. Ich fing an, auf meiner Arbeit zu stehlen: eine Kette, einen Ring. Ich achtete streng darauf, dass es Dinge waren, deren Fehlen unbemerkt blieb, aber ein paar Mal wäre ich um ein Haar aufgeflogen. Mein Mann ging nachts raus auf die Straße, um sie zu suchen, er fand sie an Orten, die er mir nicht beschreiben konnte. Wenn er nach Hause kam, biss er sich auf die Lippen, unfähig, über das Erlebte zu sprechen.

Martina war ein Gespenst, in einem noch viel schlimmeren Zustand als jetzt. Unsere Tochter, unsere einzige Hoffnung, war eine Art Zombie geworden, ständig auf der Suche nach dem nächsten Schuss. Und dem übernächsten. Und dem überübernächsten.

Als es vor sieben Jahren zu dem Unfall kam, war das in gewisser Weise eine Erlösung. Verstehen Sie mich nicht falsch – es war das größte Unglück, das uns passieren konnte, aber ich bin sicher, Martina wäre sonst in jenem Jahr gestorben. Und wenn der jetzige Zustand als Leben zu bezeichnen ist – wovon ich überzeugt bin –, dann ist sie gerettet. Wir erhielten einen Anruf vom Krankenhaus, weil eine, die mit ihr im Auto war, die wir aber nie kennengelernt haben, überlebt hatte und sich an ihren Namen erinnerte; es hatte ja keiner von ihnen irgendwelche Papiere bei sich. Zu viert waren sie, in einem gestohlenen Wagen, zwei Männer und zwei Frauen, zugedröhnt mit weiß Gott wie viel und wovon. Direkt auf einen Brückenpfeiler sind sie geprallt, irgendwo am Stadtrand. Die beiden Männer, die vorne saßen, waren sofort tot. Es gab keinerlei Hinweise auf Bremsspuren, die Polizei sagte, sie seien mit hundertachtzig unterwegs gewesen. Sechs Monate lang schwebte Martina zwischen Leben und Tod, dann war sie über den Berg.

Aber sie ist nie wieder aufgewacht.

Mein Mann ist kaum ein Jahr darauf gestorben. Sie saßen einander gegenüber, ohne zu sprechen und völlig ausdruckslos, Vater und Tochter. Glauben Sie mir, die beiden so zu sehen, brach mir das Herz. Krebs, hieß es. Aber für mich ist er in dem Auto gestorben, das gegen den Zementpfeiler geprallt ist.

Ich habe irgendwie weitergemacht. Martina kann mich hören, da bin ich sicher. Daher rede ich ständig mit ihr. Ich bin sehr tüchtig in meinem Beruf und verdiene ganz ordentlich. Ich bekomme außerdem eine Witwenrente, also, wir kommen ganz gut über die Runden.

Eines Abends jedoch – wir saßen vorm Fernseher, und ich hielt Martinas Hand, da sie wie ein Vögelchen ab und zu von einem Zittern geschüttelt wird, und dann streichele ich sie –, eines Abends also habe ich plötzlich begonnen, alles zu rekonstruieren. Ereignis um Ereignis habe ich Revue passieren lassen, die ganze Vergangenheit, bis ich zu der Party aus Anlass der *Zwölf Rosen* kam. Ich hörte wieder die grässlichen Schreie meiner Tochter in einer Entzugsklinik, als sie dieses Stück und die Party verfluchte. Es ist unglaublich, aber bis dahin hatte ich nie einen Zusammenhang gesehen. Und da beschloss ich, mich auf die Suche zu machen. Der Programmzettel, der im Zimmer meiner Tochter an der Wand hängt, half mir dabei. Es stehen alle Namen drauf.

Nein, danke, wie gesagt, ich brauche wirklich keinen Anwalt. Ich *will* ja, dass man erfährt, was geschehen ist. Weil ich es getan habe.

Zuerst habe ich alle Adressen aufgetrieben. Dann habe ich mich ans Beobachten gemacht. Ich habe sehr viel Zeit darauf verwendet, fast zwei Jahre, wissen Sie. Ich war sehr gut darin. Gewohnheiten, Familienumstände. Zum Beispiel weiß ich ganz genau, in welchen Geschäften Sonia, die Reinigungskraft dieser Wohnung hier, einkaufen ging. Sie ist übrigens ganz hervorragend, Signora Concetta, ganz ehrlich, ich verstehe was davon. Ich kenne das Beratungszentrum, die Arbeitszeiten der Signora Mina. Und ich weiß auch alles über die anderen, den Taxifahrer, mit dem die Capano verheiratet war, den Finanzberater, mit dem der widerliche Morra zusammen war, die Schwester von Santoni. Alles. Sie wissen ja, wie es ist, Dottore, nicht? Eine Frau wie ich ist in dieser Stadt unsichtbar. Sie kann hingehen, wo sie will, tun, was sie will – keiner sieht sie.

Als ich das Gefühl hatte, dass ich bereit war, habe ich begonnen, die Rosen zu schicken.

Die Rosen waren wichtig, Herr Staatsanwalt. Nicht, um die Aufmerksamkeit auf mich zu lenken, zumindest nicht, bevor ich mit allen fertig war. Nein, diese Dreckskerle, die den Tod meines Mannes auf dem Gewissen haben und den meiner Tochter, auch wenn sie noch atmet, sie sollten begreifen, weshalb sie ihr Leben verwirkt hatten. Das verstehen Sie, nicht wahr, Herr Staatsanwalt? Ich hatte natürlich kein Gesetz auf meiner Seite. Ich konnte niemanden für irgendetwas anklagen, ich konnte keinen Prozess erwarten, der mir Gerechtigkeit widerfahren ließ. Ich musste selbst handeln.

Ich brachte also die Pistole vom Großvater meines Mannes in Ordnung. Wir haben sie wie eine Reliquie aus dem Krieg bei uns in einer Schublade aufbewahrt. Ich weiß nicht, wie oft die kleine Martina als Kind die Geschichte von dem deutschen Offizier anhören musste, der im Sterben seine Waffe ihrem Urgroßvater anvertraut hatte, damit dieser sich etwas zu essen kaufen konnte. Ich übte nachts im Hof – in meinem Viertel fällt es nicht weiter auf, wenn jemand Schießübungen macht. Das tun dort ganz viele.

Und dann suchte ich sie auf, einen nach dem anderen; ich brauchte nur zu sagen, dass ich Arbeit suchte und dass ich einmal zur Probe bei ihnen putzen würde, rundum, damit sie sehen könnten, wie ich arbeite. Gratis. Dieses Wort öffnet alle Türen, wissen Sie, Herr Staatsanwalt? Niemand sagt Nein, wenn es gratis ist.

Ich mache mir keine Sorgen um Martina, oder darum, wer sich jetzt um sie kümmern wird. Sie werden sie irgendwo hinbringen, wo man sie gut behandelt, nicht wahr? Und ihr ist es sowieso egal, wo sie ist.

Ich bereue nichts, Herr Staatsanwalt. Ich bin überzeugt, das Richtige getan zu haben. Letztlich – und das sage ich nicht, weil ich sie hier vor mir sehe –, letztlich bin ich aber froh, dass Sie Signora Mina gerettet haben. Sie ist eine tüchtige Frau, sie setzt sich sehr für die Armen und Verzweifelten ein, ich habe sie lange genug beobachtet, um das beurteilen zu können. Aber ihr Name stand nun mal auf dem Programmzettel. Es war eine Frage der Ordnung, der Symmetrie. Und mit der Ordnung habe ich es nun einmal.

Ist vielleicht eine Berufskrankheit.

38

Es gelang ihr nicht, das Zittern ihrer Hände zu unterdrücken. Sie sah sie auf dem Wohnzimmertisch liegen, wie zwei Tiere, die ein Eigenleben führten und vor Angst bibberten.

Sie hob den Blick.

»Ich kann es nicht glauben. Wirklich, ich kann es nicht glauben: Ihr beide, die Menschen, von denen ich dachte, dass sie am meisten an meinem Wohlergehen interessiert sein müssten, habt mich bewusst dem Risiko ausgesetzt, erschossen zu werden. Oder nein, ich bitte um Entschuldigung, ihr habt mich keinem Risiko ausgesetzt, ihr habt einen Plan ausgeheckt, bei dem die Möglichkeit bestand, dass ich sterben könnte.«

Concetta stieß ein Prusten aus.

»Mein Gott, jetzt übertreibst du aber. Du warst überhaupt keinem Risiko ausgesetzt, in der Abstellkammer lagen sechstausend Carabinieri auf der Lauer, und Claudio war im Bad; sie wären auch schon eher dagewesen, wenn dieser Esel von deinem Exmann die Klotür aufgekriegt hätte, du weißt ja, das Schloss macht manchmal Zicken.«

Claudio stotterte verlegen:

»Ich … äh, ich konnte ja nicht ahnen, dass man den Schlüssel bei diesem komischen Schloss andersrum drehen muss, und genauso wenig konnte ich abschließen –

wenn die Litterio ins Bad gewollt und mich da gesehen
hätte …«

Mina unterbrach ihn.

»Aber warum habt ihr sie nicht sofort verhaftet, verdammt noch mal? Warum musstet ihr so weit gehen?
Was, wenn sie gleich auf mich geschossen hätte, ohne mir
stundenlang zu erzählen, wie sie ihren verfluchten Job
macht?«

Claudio wedelte abwehrend mit der Hand.

»Aber nein, der Modus Operandi war bei ihr immer
derselbe; solche Leute haben ein ganz bestimmtes Täter-
profil, ganz bestimmte Regeln, die sie jedes Mal befolgen.
Wir waren uns absolut sicher. Außerdem hatten wir keinen Haftbefehl, um sie festnehmen zu können, sie hat nie
irgendwelche Spuren hinterlassen. Wir waren gezwungen, sie auf frischer Tat zu ertappen, sozusagen mit der
Maus zwischen den Zähnen.«

Mina sprang auf. Inzwischen war es drei Uhr nachts,
und die Anstrengungen des Tages, die Angst und die
knapp überwundene Todesgefahr ließen die dunkelsten
Seiten ihres Charakters zum Vorschein kommen.

»Aber die Maus war ich, verdammte Scheiße! Es kann ja
wohl nicht wahr sein, dass keiner von euch beiden an die
Möglichkeit gedacht hat, dass sie mich erschießen könnte!
Du vielleicht, Mama? Es ist wirklich schockierend!«

Problem Nummer 1 wirkte ehrlich empört.

»Du machst hier ein Riesentheater, statt froh zu sein, an
der Festnahme einer Mörderin beteiligt gewesen zu sein,
die mindestens vier Menschenleben auf dem Gewissen
hat! Weiß der Himmel, ob da nicht noch weitere Leichen
im Keller liegen.«

Aus zusammengekniffenen Augen starrte Mina sie an.

»Darf man erfahren, wie zum Teufel ihr euer hübsches Spielchen organisiert habt?«

Claudio gab ein verlegenes Hüsteln von sich. Die Tatsache, dass er Mina noch immer nicht ins Gesicht schauen konnte, zeigte, wie unangenehm ihm die ganze Sache war.

»Als du mir am Telefon von den Rosen erzählt hast, hat sich in meinem Kopf alles zu einem Bild zusammengefügt. Ich habe mich an diese schreckliche Komödie erinnert, in die du mich geschleppt hast, als wir beide noch an der Uni waren. Der Gedanke hat die ganze Zeit in meinem Unterbewusstsein geschlummert; es war ein Detail, das wir nicht an die Presse gegeben haben. An dem Punkt habe ich deine Mutter angerufen, um mehr über diese potenzielle Zugehfrau zu erfahren, und …«

Concetta nickte stolz.

»Den Plan habe natürlich ich ausgeheckt. Diese Dummköpfe wären nie auf die Idee gekommen, es sind schließlich alles Männer. Ich habe Claudio gesagt, was sie wann zu tun haben.«

Mina konnte es nicht glauben.

»Du? Meine Mutter? Die Frau, die mich auf die Welt gebracht hat?«

Die alte Dame rief entrüstet:

»Das ist aber gar nicht nett von dir, dass du mich jetzt an die Fehler erinnerst, die ich in meinem Leben gemacht habe. Ich sagte doch schon, es bestand überhaupt kein Risiko für dich.«

»Aber warum hast du mir nichts davon erzählt? Warum hast du mich nicht gewarnt?«

»Ist doch klar – du hättest dich garantiert verraten. Du

bist die schlechteste Schauspielerin der Welt; sogar ich erinnere mich noch an diese Komödie, es war furchtbar. Und dann haben wir uns doch so nett voneinander verabschiedet, richtig liebevoll. Es wäre nicht das schlechteste Adieu gewesen.«

Mina fühlte sich wie ein Schnellkochtopf, der kurz vorm Explodieren war. Sie schaute zu Claudio, doch der starrte höchst konzentriert auf das Spitzendeckchen auf dem Tisch.

Sie zeigte mit dem Finger auf ihn.

»Und du hast mit ihr unter einer Decke gesteckt! Mit diesem Ungeheuer!«

Der Mann versuchte zu beschwichtigen.

»Der Plan war gut. Und er ist aufgegangen, das musst du zugeben, abgesehen von dem Badezimmerschloss … Eine kleine Panne, die aber an dem Einsatz selbst nichts geändert hat. Hör mal, wenn eine gute Journalistin, eine, die ihren Job wirklich versteht, Interesse an dem Fall haben sollte, wärst du dann bereit für ein exklusives Interview? Wenn du nicht willst, wäre es auch kein Problem, aber wenn doch, würde Susy …«

Ein Klingeln an der Haustür unterbrach Claudio und ersparte Mina, ihm eine Antwort zu geben, die mit Sicherheit von epischer Breite gewesen wäre.

Sonia schlurfte ins Wohnzimmer.

»Die Signora Greta ist unten. Sie sagt, Signora Mina soll runterkommen.«

»Ich bin noch nicht fertig mit euch. Lasst euch das gesagt sein, ich bin noch nicht fertig mit euch …«

Wie es ihre Art war, machte Mina sich bereits Sorgen, kaum war sie zur Tür hinaus. Es war extrem spät, was mochte Greta wohl von ihr wollen? Sie hatte ihre Freundinnen mitten in der »Nenn mich Mimmo«-Phase allein mit Domenico zurückgelassen – und sie kannte die drei und ihr Potenzial als Trio Infernale.

Unter den aufmerksamen Blicken der Carabinieri, die nach wie vor auf der Straße Wache schoben und auf De Carolis warteten, stürmte sie aus dem Tor. Greta beobachtete die Männer argwöhnisch; für sie als Strafverteidigerin waren sie so etwas wie ihre natürlichen Feinde.

»Was zum Teufel ist passiert? Weißt du, wie viel Uhr es ist?«, fragte Mina.

Die Freundin erwiderte:

»Mal halblang, du warst ja wohl auch noch nicht im Bett, oder? Was sollen denn diese ganzen Carabinieri hier vor eurem Haus? Hast du endlich deine Mutter umgebracht?«

Mina zog eine Grimasse.

»Pustekuchen! Es hätte nicht viel gefehlt, und sie hätten *mich* umgebracht. Aber das ist eine sehr lange Geschichte – ich rufe dich morgen an und erzähle sie dir. Kannst du mir freundlicherweise erklären, was du hier um diese Uhrzeit machst?«

Die Freundin schnaubte.

»Hör zu, dein Kollege sieht wirklich toll aus, ein echtes Naturereignis, genau wie dieser Filmstar, dieser Wie-heißt-er-noch-gleich. Alles, was du willst. Aber was nützt das, wenn einer bei der zweiten Margarita – ich betone: bei der zweiten, nicht, dass es nachher heißt, wir hätten ihn in Alkohol ertränkt –, wenn einer bei der zweiten Margarita … Kannst du dir das vorstellen, sogar Fünfzehnjährige schaffen es spielend bis zur sechsten, was ist schon eine Margarita, praktisch reines Wasser …«

Mina schlug sich die Hände vors Gesicht und brach in Tränen aus. Schluchzend sagte sie:

»Liebste Greta, ich mag dich wirklich gern, das weißt du. Aber ich hatte heute einen solchen SchT, einen größeren SchT kann man sich gar nicht vorstellen, deswegen: Bitte, komm endlich zum Punkt! Wenn nicht, leihe ich mir die Pistole von einem dieser Carabinieri hier und erschieße erst mich und dann dich.«

Greta betrachtete die Angelegenheit von einem rein professionellen Standpunkt aus.

»Das heißt, du fügst dir eine Schusswunde zu, die nicht tödlich ist, sonst könntest du kaum … Okay, okay, du musst mir nicht gleich an die Gurgel gehen. Ich komme zum Punkt: Also, bei der zweiten Margarita fängt der Typ doch an zu greinen und hört gar nicht mehr auf. Lauter zusammenhangloses Zeug, die Arbeit, die Familie, eine gewisse Vivi, die offenbar eine schlechte Ärztin ist, aber dafür eine echte Schlampe – und vor allem du.«

Mina blinzelte.

»Ich?«

Die Freundin nickte bedeutungsvoll.

»Ja, du! ›Mina, die nicht mit mir redet, Mina, die mich schlecht behandelt, Mina, die so toll ist‹ – Mina rauf und runter. Als wäre er besessen. Du weißt, dass wir dich wirklich gernhaben, dass wir uns um dich sorgen. Wir sind deine Freundinnen, oder etwa nicht? Aber einen Kerl auf ein Getränk auszuführen, der sofort sternhagelvoll ist, und sich dann diese Leier anhören zu müssen, das ist sogar für uns zu viel.«

Zu ihrem eigenen Verdruss spürte Mina, wie sich um ihre Mundwinkel herum ein beharrliches kleines Lächeln breitmachte, das sich selbst von ihrer Erschöpfung nicht einschüchtern lassen wollte.

»Okay, aber ... aber was soll ich denn jetzt machen? Also, vielleicht ist er ja nicht gewöhnt, Alkohol zu trinken, und ...«

»Delfina und Lulù haben versucht rauszufinden, wo er wohnt, um ihn dort abzuliefern, aber der ist ja nicht mal in der Lage, ihnen eine halbwegs vernünftige Antwort zu geben. Der jammert einfach nur weiter und sagt, er weiß nicht, was er tun soll. Da gab's wohl mal eine Umarmung zwischen euch, eine einzige, und er dachte, du hättest Fieber. Und dann hat er noch was von einer Bluse gefaselt, die ...«

Mina hielt es für besser, das Thema nicht weiter zu vertiefen.

»Jaja, schon verstanden. Und jetzt?«

»Also haben wir ausgelost, wer von uns ihn zu dir bringen muss, denn vielleicht weißt du ja, wo er wohnt. Wir haben versucht, dich anzurufen, aber dein Handy ist ausgeschaltet, weil du bekanntlich mit den Hühnern schlafen gehst, du Häschen. Am Ende habe ich das große Los gezogen, während die anderen Mädels mit ein paar Freunden in der Cocktailbar geblieben sind. Und hier bin ich nun. Er sitzt da, in meinem Auto. Wahrscheinlich badet er schon in einem See von Tränen.«

Mina war bereits losgerannt. Domenico saß auf dem Beifahrersitz, angeschnallt. Sie machte ihn los und zog ihn aus dem Auto, er schwankte, sein Blick war unstet, die Haare zerstrubbelter denn je, und ein blonder

Flaum hatte sich auf seinen Wangen gebildet. Seine Augen schwammen in Tränen, er zog die Nase hoch. Die Sozialarbeiterin fand ihn unwiderstehlich, genau wie Robert Redford in *Aus nächster Nähe*, ihrem absoluten Lieblingsfilm.

Er schaute sie an und versuchte, seinen Blick scharf zu stellen.

»Mina? Bist du's? Bin ich schon tot, oder träume ich?«

Greta schnaubte:

»Wenn du mich fragst, ist er tot *und* träumt.«

Mina machte ihr ein Zeichen, sich zu verziehen. Sie würde sich um alles kümmern.

Ihre Freundin lächelte erleichtert und sagte:

»Du kannst ihn gerne behalten, Schwester. Er ist wie gemacht für dich: hübsch, gesund und hilfebedürftig. Was willst du mehr?«

Sie setzte sich in ihr Auto, und unter den missbilligenden Blicken der Carabinieri raste sie mit quietschenden Reifen davon.

»Mach dir keine Gedanken, Domenico. Ganz ruhig, ich helfe dir«, sagte Mina.

Er schaute sie aus seinen großen Augen an und sagte mit belegter Stimme:

»Bitte, nenn mich Mimmo …«

Und Mina stellte erstaunt fest, dass sich selbst der schlimmste aller SchTs am Ende doch noch zum Guten gewendet hatte.

Mit einem wunderschönen Epilog.

Dank

Ein kleines blaues Buch. So einfach und doch so bedeutungsvoll. Ein Anhaltspunkt für jeden, der eine italienische Buchhandlung betritt. Ein Lächeln für jeden, der weiß, dass er im Regal eine ganz bestimmte Art von Text finden wird, eine ganz bestimmte Art von Geschichte. Ein kleines blaues Buch.

Auch ein Anlaufpunkt: Denn der eigene Name auf dem Umschlag eines solchen kleinen blauen Buchs bedeutet für jeden Geschichtenerzähler, dass er sich in der wunderbaren Gesellschaft guter Freunde, großartiger Autoren und außergewöhnlicher Charaktere befindet.

Vor allem heißt es, demselben Verlagsprogramm [gemeint ist der Verlag Sellerio Editore] anzugehören wie der Größte von allen, der sich in die Herzen von Millionen von Leserinnen und Lesern geschrieben hat, der unsere Träume zu erzählen vermochte wie kein anderer. Der Mann, der den Kriminalroman all'italiana auf die Nachttische von Menschen brachte, die nie zuvor ein Buch aufgeschlagen hatten. Der Meister des Romans und des Lebens, den wir alle so sehr brauchen. Der Geschichtenerzähler mit dem weitesten, dem hellsten Blick der letzten fünf Jahrzehnte.

Mit diesem kleinen blauen Buch dem großen Andrea Camilleri zu danken, in aufrichtiger Bewunderung und tieftraurig über seinen Verlust, ist wenig genug.

Maurizio de Giovanni

Maurizio de Giovanni, 1958 in Neapel geboren, ist Neapolitaner durch und durch und damit natürlich auch ein Tifoso des SSC Neapel. Als junger Mann interessierte er sich allerdings mehr für Wasserball und führte seinen Verein Volturo als Kapitän bis in die Serie A2. Nach dem frühen Tod seines Vaters verließ der studierte Altphilologe seine Heimatstadt, um auf Sizilien bei einer Bank zu arbeiten. Zurück in Neapel, begann er Anfang der 2000er Jahre neben seinem Job bei der Banco di Napoli mit dem Schreiben und gewann 2005 einen Wettbewerb für Nachwuchsautoren. Seine Krimis um Commissario Ricciardi, angesiedelt im Neapel der 1930er Jahre, und die Romane um den im heutigen Süditalien ermittelnden Ispettore Lojacondo wurden in zahllose Sprachen übersetzt und von der Kritik gefeiert. Maurizio de Giovanni ist verheiratet und Vater zweier Söhne.

KAMPA VERLAG

Laura Lippman
Die Frau im grünen Regenmantel
Ein Fall für Tess Monaghan

Roman

Aus dem amerikanischen Englisch
von Sepp Leeb

Tess Monaghan erwartet ihr erstes Kind. Allerdings verläuft die Schwangerschaft der 35-jährigen Detektivin aus Baltimore nicht ohne Komplikationen. Tess muss Bettruhe halten. Natürlich könnte sie jetzt endlich all die Bücher lesen, die sich auf ihrem Nachttisch stapeln, lieber aber beobachtet sie die Spaziergänger im Park gegenüber. Eine Frau im grünen Regenmantel fällt ihr auf, samt Windhund. Als der Hund eines Tages allein durch den Park läuft, vermutet Tess ein Verbrechen und fängt an zu ermitteln: vom Bett aus, unterstützt von ihrer besten Freundin Whitney und von Crow, dem Vater des Babys. Was zu Konflikten führt, denn Crow findet, dass Tess dringend über ihre berufliche Zukunft nachdenken sollte. Oder will sie etwa Kinderwagen schiebend Verdächtige beschatten? Der Haussegen hängt schief, und es kommt noch schlimmer …

»Eine der begabtesten
amerikanischen Krimiautorinnen.«
The Independent, London